연세 한국어 3

연세대학교 한국어학당 편

연세대학교 대학출판문화원

前言

　　在韓國享譽盛名的延世大學韓國語學堂擁有韓國語教育 50 年的優良傳統，為韓語教學，曾經編著許多優質的教材。近來，由於全世界人民對韓國和韓國文化的關心程度不斷提高，致力於學習韓語的海外人士也大幅增加，於此同時，學生對於韓語教材的要求也不斷變得更多元化。因此延世大學韓國語學堂針對多樣化的學生，出版本系列教材，不僅可以培養韓語能力，同時可以了解韓國文化的新教材。

　　《最權威的延世大學韓國語》教材的內容，不僅包括不同韓語學習階段所要求的內容為主題的會話，以及對語彙和文法的系統性訓練，更包括為實踐聽、說、讀、寫能力培養發展而編寫的多樣練習題與情境活動等，是一套多元、綜合性的教材。本系列教材以學生為學習中心，以其感興趣的主題和情境為基礎，完成各種語言溝通的任務，進而精熟韓語。

　　希望《最權威的延世大學韓國語》對於所有致力於正確了解並使用韓語的學生都能有所幫助。

延世大學韓國語學堂
教材編輯委員會

일러두기

- '연세 한국어 3'은 한국어를 배우려는 외국인과 교포 성인 학습자를 위한 중급 단계의 책으로 내용은 총 10개의 과로 이루어져 있으며, 각 과는 5개의 항으로 이루어져 있다. '연세 한국어 3'은 중급 수준의 한국어 숙달도를 지닌 학습자가 꼭 알아야 할 주제를 중심으로 구성되었으며 이와 함께 필수적인 어휘와 문법, 문화와 사고방식을 소개함으로써 한국에 대한 이해를 넓히고자 하였다.

- 각 과의 앞에는 해당 과의 제목 아래에 각 항의 제목과 어휘, 문법, 과제를 제시하여 각 과에서 다룰 내용을 한 눈에 알아보기 쉽게 하였다. 그리고 매 과의 마지막 항은 '읽기'로 끝났다. 문화부분은 각 과의 주제과 관련된 내용을 선정하여 다루었다.

- 각 과의 제목은 주제에 해당하는 명사로 제시하였으며, 각 항의 제목은 본문 대화 부분에 나오는 중요 문장으로 제시하였다.

- 각 항은 제목, 학습 목표, 삽화와 도입, 본문 대화, 어휘, 문법 설명, 문법 연습, 과제의 순서로 구성되어 있다.

- 학습 목표에는 학습자들이 학습해야 할 의사소통적 과제와 어휘, 문법을 제시하였다.

- 도입 질문은 주제와 기능을 쉽게 이해할 수 있는 삽화와 함께 제시하여 학습자로 하여금 주제와 과제에 대한 흥미와 호기심을 가질 수 있도록 하였다.

- 본문 대화는 각 과의 주제와 관련된 가장 전형적이고 대표적인 대화 상황을 8명의 주요 인물의 일상생활을 중심으로 설정하고자 하였으며 각각 3개의 대화 쌍으로 구성하였다.

- 어휘는 각 과의 주제나 기능과 관련된 어휘 목록을 선정하여 제시하고 연습 문제를 통해 확인하도록 하였으며, 과제에 나오는 새 단어는 과제 밑에 번역을 붙였다.

- 문법 설명 부분에서 해당 문법에 대해 학습자의 모국어로 설명하고 각각의 예문을 제시하였다. 그리고 문법 연습은 각 과에서 다루어야 할 핵심 문법 사항을 각 항마다 2개씩 추출하여 연습 문제의 형태로 제시하였다.

- 과제는 학습 목표에서 제시한 의사소통 기능에 부합되는 것으로 각 항마다 2개를 제시하였다. 특히 과제 1은 각 항에서 다룬 주요 문법을 활용한 단순 활동으로, 과제 2는 각 항의 핵심 기능을 종합적으로 수행하는 통합 활동으로 구성하였다. 과제에서는 말하기, 듣기, 읽기, 쓰기의 네 기능을 적절히 제시하였다. .

- 문화는 각 과의 끝 부분에 실었는데 각 과의 주제와 관련된 한국 문화를 학습자의 눈높이에 맞추어 쉽게 설명하는 방식으로 기술하였다. 또 자기 나라의 문화와 비교해 보거나 자신의 경우를 말하게 하는 등 비교문화적인 관점을 바탕으로 언어 학습 활동과 연계하도록 구성하여 그 내용이 문화적 지식에 그치지 않고 한국어 능력과 통합적으로 학습될 수 있도록 하였다.

- 색인에서는 각 과에서 다룬 문법과 어휘를 가나다 순으로 정리하였으며 해당 본문의 과와 항을 함께 제시하였다.

內容介紹

● 《最權威的延世大學韓國語 3 》是為學習韓語的外國人準備的中級階段教材，其內容共有
10 課，每課各有 5 個小單元。以中級程度的學生必須掌握的主題為中心編寫，包括該階段
必需的語彙和文法，並通過對文化及思考方式的介紹使學生們增加對韓國的了解。

● 每一課的最前面，在主題下方介紹每一個小單元的的題目、語彙、文法、練習題等內容，
使每一課裡出現的內容一目了然。每一課的最後都以「閱讀」結束。在文化部分，選定與
該課內容相關的文化主題進行簡單的說明。

● 每課的題目使用與主題相關的名詞，每個小單元的題目則使用在對話中出現的重要句子。

● 每課以題目、學習目標、插畫和導入題問、課文對話、語彙、文法說明、文法練習、練習
題為順序組成。

● 學習目標的部分，列出了學習者們必須掌握的溝通技巧、語彙及文法。

● 導入提問的部分，透過容易理解主題和溝通技巧的插畫，使學習者對主題與內容產生興趣
及好奇心。

● 課文對話的部分，致力於列出與主題相關的最典型、最具代表性的對話情境。以八名主要
人物的日常生活為中心，每小節各以 3 組對話組成。

● 語彙部分，選出與各課主題及溝通技巧相關的語彙，並透過練習題使學習者更熟悉，練習
題中出現的新單字則另外標示在練習題下方。

● 文法說明部分，以學習者的母語對該語法加以說明並提出範例，在文法練習部分，對每課
中必須掌握的核心語法，從每小節中各選出 2 個，以練習題的形式呈現。。

● 練習題部分與學習目標中的溝通技巧相結合，每小節各選出 2 個左右。尤其，練習題 1 是
運用各小節中出現的主要文法設計的簡單練習，練習題 2 則是針對各小節出現的核心語法
所設計的綜合練習。在這個部分適當地分配了聽、說、讀、寫四種技巧的訓練。

● 文化部分安排在每課的最後，利用淺顯易懂的韓語文章描述與課程相關的韓國文化。另外
，以比較文化的觀點為基礎，透過與自己國家的文化相比較或分享自身經驗等練習，使學
習者不只學習韓國的文化，同時也能提高韓語能力，達到更深入的學習。

● 索引部分，對每一課出現的語彙以字母的順序排列，並標明所屬的章節。

차례

目錄

YONSEI KOREAN 3

課程大綱

	主題	小單元名稱	課程目標	語彙	文法	文化
01	興趣嗜好	你有什麼興趣？	談談興趣	與興趣相關的語彙	-던데요 -네요	韓國人的休閒活動
		有時候也會畫風景畫	說明興趣嗜好	與興趣活動相關的語彙	-는 편이다 -고요	
		你要加入哪個社團？	介紹感興趣的社團	與社團活動相關的語彙	-는데도 -기만 하다	
		（人物）說最常去爬山	調查休閒生活	與休閒活動相關的語彙	-자마자 -는대요	
		世界各國人民的興趣				
02	日常生活	我是新搬到前面的理惠	問候	與問候相關的語彙	-으려던 참이다 -을 텐데	搬家糕餅
		請剪短一點	使用便利設施	與使用便利設施相關的語彙	-거든요 -고 말고요	
		我是看了廣告後過來的	應徵打工	與就業相關的語彙	-었었- -던데	
		電話無法撥通	申請維修	與故障和維修相關的語彙	피동 -어 놓다	
		搬家糕餅				
03	家人與朋友	身體健康才可以做任何事情	談關心健康	與健康相關的語彙	-어야 -는다면	韓國人的健康飲食
		要想保持健康就必須努力	介紹對健康有益的運動	與運動相關的語彙	-어야지요 사동	
		像泡菜或大醬這樣的食物是代表性的健康食品	調查健康食品	與飲食相關的語彙	이라든가 -는다고 하던데	
		不過量攝取也很重要	調查保持健康的生活習慣	與生活習慣相關的語彙	-는다고 보다 -는답니다	
		火氣				
04	演出與欣賞	我來買票，你請我吃晚餐	介紹演出	與演出相關的語彙	만 못하다 -는 대신에	四物遊戲
		因為說要一起看《春香傳》，所以打算先買票	預購演出票	與預購相關的語彙	-는다고 해서 -고서	
		最後的場面令人印象深刻	談談觀後感	與觀看演出相關的語彙	-을 뿐만 아니라 -어야지	
		的確很值得一看	推薦演出	與推薦相關的語彙	-을 만하다 -을걸요	
		潭陽竹子慶典				
05	人	我的朋友昨天上新聞了	介紹朋友	與能力相關的語彙	-는 모양이다 -을 뿐이다	世宗大王
		碰到了一位很好的房東阿姨喔	談談韓國人的特點	與性格相關的語彙	-는다면서요? -만하다	
		捐一大筆錢不是件容易的事	介紹佳話	與經濟生活相關的語彙	-기란 -었던 것 같다	
		我想成為像老師那樣的人	採訪	與職別相關的語彙	-었을 텐데 -거든	
		傻瓜溫達與平岡公主				

	主題	小單元名稱	課程目標	語彙	文法	文化
06	聚會文化	先跟奶奶問好	參加家庭活動	與家庭活動相關的語彙	-어다가 이라도	聚會文化
		（他）託我向你問好	轉達問候	與問候相關的語彙	-더라 -다니요?	
		有迎新活動，你能來吧？	邀請參加歡迎會	與迎新相關的語彙	-고 나서 -지	
		就簡單地喝點茶吧	參加會餐	與職場生活聚會相關的語彙	-는다니까 -지요	
		他，她				
07	犯錯與道歉	我把日記本當成作業交出去了	談談失誤	與不小心犯錯相關的語彙	-는다는 것이 -을까 봐	文化衝擊與失誤
		寄宿家庭的朋友們之間不就像一家人一樣嘛	描述受到文化衝擊的經驗	與韓國生活禮節相關的語彙	-어 버리다 -잖아요	
		反倒是我感到抱歉	道歉	與道歉相關的語彙	-고 해서 -지 그래요?	
		也曾經用其他方法表示歉意	談談道歉的經驗	與理解相關的語彙	-고도 -단 말이에요?	
		從失誤中產生的發明				
08	學校生活	讓我們一起討論一下吧	計畫郊遊	與郊遊相關的語彙	-으면서도 -도록 하다	韓國的學校
		我們當語言交換，好嗎？	擬定語言交換學習進度	與語言交換相關的語彙	어찌나 -는지 -고 말다	
		搞不好會跟比較親的朋友說呢！	談談煩惱	與苦惱、擔心相關的語彙	-고는 -을지도 모르다	
		想念韓國的大學	諮詢	與諮詢相關的語彙	-으면 되다 -이라서	
		給尊敬的老師				
09	拜託與拒絕	不好意思，能麻煩你替我買瓶飲料嗎？	請求 I	與請求相關的語彙1	-기는요 -느라고	語言的禮節
		你能幫我拍張照嗎？	請求 II	與請求相關的語彙2	담화 표지 -게	
		怎麼辦呢？	拒絕 I	與拒絕相關的語彙1	-다니 -게 하다	
		可能有點困難	拒絕 II	與拒絕相關的語彙2	-는다지요? -을 건가요?	
		委婉的拒絕				
10	昨天與今天	常常去看電影	回憶過去	與時間相關的語彙	-다가도 -곤 하다	漢江的過去與現在
		十年前是怎麼樣呢？	比較現在與過去	與比較相關的語彙	전만 해도 -는다고 할 수 있다	
		如果沒來韓國會是怎麼樣呢？	表達假定	與推測相關的語彙	-었다면 -었을 것이다	
		據說不只做家務，連小孩都能照顧	預測未來	與未來生活相關的語彙	-듯이 은 물론	
		有趣的地名故事				

톰슨 제임스
미국 기자

제임스의 하숙집 친구

요시다 리에
일본 은행원

제임스의 하숙집 친구

츠베토바 마리아
러시아 대학생

제임스의 반 친구

왕 웨이
대만 회사원 (연세 무역)

제임스의 반 친구

김미선
한국 대학원생

마리아의방 친구 / 민철의여자 친구

정민철
한국 여행사 직원

미선의 남자 친구

이영수
한국 대학생

제임스와 리에의 하숙집 친구

오정희
한국 회사원 (연세 무역)

웨이의 회사 동료

제 1 과 취미생활

1-1 취미가 뭐예요?

학습 목표 ● 과제 취미에 대해 말하기 ● 문법 - 던데요 , - 네요 ● 어휘 취미 관련 어휘

두 사람은 무슨 이야기를 합니까 ?
여러분의 취미는 무엇입니까 ?

◀》 001~002

제임스   미선 씨는 취미가 뭐예요 ?

미선   저는 여행을 좋아해서 시간이 있을 때마다 여행을 가요 .

제임스   그래요 ? 시간을 내기가 힘들지 않아요 ?

미선   어렵기는 하지만 마음만 먹으면 시간을 내는 건 가능하던데요 .
           제임스 씨는요 ?

제임스   저는 우표 모으는 것을 좋아해요 .
           세계 여러 나라의 우표를 거의 5,000 장 정도 모았어요 .

미선   정말 많이 모았네요 .

시간을 내다 抽出時間   마음을 먹다 下決心   가능하다 (可能) 可能   모르다 不知道
세계 (世界) 世界   거의 幾乎

2

어휘

01 [보기] 에서 알맞은 어휘를 골라 빈 칸에 쓰십시오 .

02 어떤 취미가 어울릴까요 ?

1) 저는 음악을 좋아합니다 .   (　오페라 감상)
2) 저는 새로운 곳에 가는 것을 좋아합니다 .   (　　　　　)
3) 저는 집에 있는 것을 좋아합니다 .   (　　　　　)
4) 저는 움직이는 것을 좋아합니다 .   (　　　　　)
5) 저는 오래된 물건을 좋아합니다 .   (　　　　　)

문법 설명

01 - 던데요

在將自己曾經直接看到或感受到的事實解釋說明給他人時使用。若對方是比較親密的人或晚輩時則使用 "- 던데"。用在動詞或形容詞語幹後。

- 가 : 요가를 배워보니까 어때요?
  나 : 생각보다 어렵던데요.
- 甲：學了瑜伽之後，感覺怎麼樣？
  乙：比想像中要難。

- 가 : 학교 앞에 있는 식당에 가 봤어요?
  나 : 네. 음식도 맛있고, 값도 싸던데요.
- 甲：你去過學校前面的餐廳嗎？
  乙：去過，既好吃，又便宜。

- 가 : 그 학생은 1 급이지요?
  나 : 네, 그런데 어려운 단어를 많이
  알던데요.
- 甲：那個學生是 1 級的吧？
  乙：對，但是她知道很多比較難的
  單字。

- 가 : 어제 본 영화 어땠어요?
  나 : 배우가 연기를 아주 잘 하던데요.
- 甲：昨天看的電影怎麼樣？
  乙：演員的演技非常好。

02 - 네요

描述因為現在聽到或看到後才知道的事實時使用。如果對方是比較親密的人或晚輩時，則使用 "- 네"。用在動詞或形容詞語幹後，如果是過去的事實，則使用 "- 었네요"。

- 일요일인데 도서관에 학생이 아주
  많네요.
- 雖然是星期天，可是圖書館裡的學
  生還蠻多的嘛！

- 얇은 책인데 가격이 비싸네요.
- 這麼薄的書，還真貴阿！

- 마리아 씨, 사진을 잘 찍으시네요.
- 瑪麗亞，你很會拍照嘛！

- 수업이 벌써 끝났네요.
- 已經下課了呀！

- 미선 씨, 요가를 처음 배우는데
  아주 잘 하시네요.
- 美善，雖然你第一次學瑜伽，
  可是做得很好嘛。

문법 연습

- 던데요

01 다음 그림을 보고 웨이와 마리아의 대화를 완성하십시오.

마리아 : 웨이 씨, 어제 제임스 씨 집에 갔지요? 제임스 씨 집은 멀어요?

웨이 : 1) **생각보다 학교에서 가깝던데요**.

마리아 : 그래요? 제임스 씨 집은 어때요?

웨이 : 2) _____

마리아 : 제임스 씨가 지난번에 강아지 이야기를 했는데, 강아지도 봤어요?

웨이 : 네, 강아지가 3) _____

마리아 : 제임스 씨가 음식도 만들어 주었어요?

웨이 : 네, 떡볶이를 만들어 주었는데 4) _____

- 네요

02 다음 상황에 맞게 표를 채우십시오.

상황	지금 알게 된 사실	어떻게 말할까요?
오늘 스미스 씨를 처음 만났어요.	한국말을 아주 잘 해요.	스미스 씨, 한국말을 아주 잘 하시네요.
오늘 오랜만에 서점에 왔어요.	책이 생각보다 비싸요.	
지금 영화를 보고있어요.	생각보다 재미있어요.	
밖에 나왔어요.	비가 와요.	

과제 1   말하기

다음 중 여러분의 취미에 표시하고 [보기] 와 같이 대화해 봅시다.

- ☐ 등산
- ☐ 낚시
- ☐ 만화 그리기
- ☐ 악기 연주
- ☐ 운동
- ☐ 여행
- ☐ 음악 감상
- ☐ 영화 감상
- ☐ 독서
- ☐ 요리
- ☐ 외국어 배우기
- ☐ 기타

[보기] 가 : 마리아 씨는 취미가 뭐예요?
나 : 저는 얼마 전에 요가를 시작해서 매일 하고 있어요.
가 : 와, 정말 열심히 **하시네요**. 요가를 해 보니까 어때요?
나 : 건강이 **좋아지던데요**. 한번 해 보세요.

요가 瑜伽

과제 2   읽고 쓰기 ●━━━━━━━━━━━━━━━━━━━━━━

01 다음 글을 읽고 질문에 답하십시오.

제 취미는 영화 감상입니다. 저는 다양한 장르의 영화를 모두 좋아하지만 특히 공포 영화를 좋아합니다. 저는 친구들과 일주일에 한 번씩 영화를 보러 갑니다. 영화를 본 후에 우리들은 그 영화에 대해서 많은 이야기를 합니다. 그리고 다음에 볼 영화에 대해서도 계획을 세웁니다. 이번 주말에는 친구들과 새로 개봉한 영화인 '무서운 사람들'을 보러 가기로 했습니다. 이 영화는 제가 좋아하는 감독의 영화인 데다가 제가 좋아하는 배우가 나와서 매우 기대가 됩니다. 제 친구들은 바둑을 두거나 동전을 수집하는 등 여러 가지 취미 생활을 하지만 저는 영화 감상이 제일 좋습니다. 영화 감상은 제 생활에 기쁨과 힘을 주는 중요한 부분입니다.

1) 이 사람의 취미생활에 대해 맞는 것을 고르십시오. (   )

❶ 이 사람은 무서운 영화를 싫어한다.

❷ 이 사람은 보통 혼자서 영화를 본다.

❸ 이 사람은 다양한 장르의 영화를 다 좋아한다.

❹ 영화를 보는 친구들은 한 달에 한 번씩 만난다.

2) 이 글의 내용과 같으면 ○표, 다르면 × 표 하십시오.

❶ 이 사람은 이번 주에도 영화를 볼 것이다.   (   )

❷ 영화 감상은 이 사람의 생활에서 중요한 부분이다.   (   )

❸ 이 사람은 바둑을 두고 동전을 수집하는 취미도 가지고 있다.   (   )

3) 이 사람이 '무서운 사람들'이라는 영화를 기대하는 이유를 두 가지 쓰십시오.

❶ _____

❷ _____

1-2 가끔 풍경화도 그리고요

학습 목표 ●과제 취미 활동 설명하기 ●문법 -는 편이다, -고요 ●어휘 취미 활동 관련 어휘

두 사람은 무엇에 대해 이야기를 하고 있습니까 ?
여러분은 어떤 그림을 좋아하십니까 ?

🔊 003~004

마리아 그림이 참 좋네요 . 언제부터 그림을 그리기 시작했어요 ?

웨이 얼마 안 됐어요 . 그림을 배우고 싶어서 작년에 학원에 등록했어요 .

마리아 이 그림은 완성하는 데 얼마나 걸렸어요 ?

웨이 두 달쯤 걸렸어요 .

마리아 생각보다 오래 걸린 편이네요 . 주로 인물화를 그리세요 ?

웨이 네 , 가끔 풍경화도 그리고요 .

학원 (學院) 補習班　　등록하다 (登錄) 註冊　　완성하다 (完成) 完成
인물화 (人物畫) 人像畫　　풍경화 (風景畫) 風景畫

어휘

01 [보기] 에서 알맞은 어휘를 골라 빈 칸에 쓰십시오 .

[보기] 전시회   연주회   상영   발표회

그림	화구	전시회	풍경화 , 인물화 , 정물화
음악	악기		고전 음악 , 현대 음악
사진	사진기		인물 사진 , 풍경 사진
무용	의상		발레 , 고전 무용 , 현대 무용
영화	촬영 도구		공포 영화 , 코미디 영화 , 공상과학 영화

02 빈 칸에 알맞은 어휘를 쓰십시오 .

❶ _____ 에 초대합니다 . 아름다운 풍경화를 보실 수 있습니다 . 그림을 좋아하시는 분들은 꼭 와 보세요 .

피아니스트 ○○○의 가을 ❷ _____ 에 당신을 초대합니다 . 꼭 오셔서 즐거운 시간을 보내시기 바랍니다 .

연세대학교 3급 학생들의 연극 ❸ _____ 이 / 가 있습니다 .

일시 : ○○년 3월 2일 오후 2시
장소 : 대강당

문법설명

01 -는 / 은 / ㄴ 편이다

在描述某件事實時，不是非常肯定地描述，而是比較傾向於某方面。使用動詞時通常與 "많이 , 자주" 等程度副詞一起使用。動詞語幹後用 "- 는 편이다"，以子音結束的形容詞後用 "- 은 편이다"，以母音結束的形容詞後用 "- ㄴ 편이다"。

● 가 : 마리아 씨는 반 친구들한테
　　 인기가 있나요 ?
　 나 : 네 , 성격이 밝아서 친구들한테
　　 인기가 많은 편이에요 .

甲 : 瑪麗亞在你們班同學中很有人
　　緣嗎 ?
乙 : 是的 , 因為性格開朗 , 所以在
　　朋友當中算是比較有人緣的。

● 가 : 그 시장은 다른 시장보다 물건
　　 값이 싼 편이에요 .
　 나 : 아 , 그래서 언제나 사람이 많군요 .

甲 : 那個市場與其他市場像比價格
　　還算便宜。
乙 : 啊 , 難怪總是那麼多人。

● 가 : 사람들이 이 약을 많이 찾아요 ?
　 나 : 네 , 많이들 찾는 편이에요 .

甲 : 這個藥很多人買嗎 ?
乙 : 對阿 , 來買的人算多的。

● 가 : 외식을 자주 하세요 ?
　 나 : 한 달에 두세 번쯤 하니까
　　 자주 하는 편이에요 .

甲 : 你經常在外面吃飯嗎 ?
乙 : 一個月大概兩三次 , 算蠻
　　多的。

02 - 고요

在對對方或自己所說的內容進行補充或繼續描述時使用。用在動詞或形容詞語幹後。

● 가 : 지금 살고 있는 하숙집은 어때요 ? 마음에 들어요 ?
　나 : 네 , 좋아요 . 학교도 가깝고요 .

甲：現在住的寄宿家庭怎麼樣？

乙：嗯，很好，而且離學校也近。

● 가 : 그 식당 음식이 맛있지요 ?
　나 : 네 , 값도 싸고요 .

甲：那間餐廳的菜好吃吧？

乙：是的，而且價錢也便宜。

● 가 : 밖에 비가 많이 와요 ?
　나 : 네 , 바람도 불고요 .

甲：外面的雨下得很大嗎？

乙：對阿，而且還颱風。

● 가 : 주말에는 뭘 하세요 ?
　나 : 친구들하고 영화를 봐요 . 쇼핑도 하고요 .

甲：你週末要做什麼呢？

乙：跟朋友看電影、逛街。

문법 연습

- 는 / 은 / ㄴ 편이다

01

다음 표를 채우고 대화를 완성하십시오 .

	질문	대답
1)	영화를 얼마나 자주 보세요 ?	일주일에 한 번
2)	가족들과 전화를 자주 하세요 ?	하루에 두 번
3)	외식을 자주 하는 편이세요 ?	두 달에 한 번
4)	술을 자주 드시는 편이세요 ?	
5)	책을 많이 읽으세요 ?	

1) 가 : 영화를 자주 보세요 ?

　나 : 네 , <u>　일주일에 한 번쯤　</u> 보니까 <u>　자주 보는 편이에요 .</u>

2) 가 : 가족들과 전화를 자주 하세요 ?

　나 : 네 , 하루에 두 번쯤 하니까 <u>　　　　　　　　　　</u>

3) 가 : 외식을 자주 하는 편이세요 ?

　나 : 아니요 , 두 달에 한 번쯤 외식을 하니까 <u>　　　　　　　</u>

4) 가 : 술을 자주 드시는 편이세요 ?

　나 : <u>　　　　</u> , <u>　　　　　</u> 으니까 / 니까 <u>　　　　　　</u>

5) 가 : 책을 많이 읽으세요 ?

　나 : <u>　　　　</u> , <u>　　　　　</u> 으니까 / 니까 <u>　　　　　　</u>

- 고요

02 다음 그림을 보고 대화를 완성하십시오.

❶

가 : 연세 식당이 깨끗해요?
나 : 네, 깨끗해요. 값도 싸고요.
가 : 그럼, '신촌 식당'은 어때요?
나 : '신촌 식당'은 좀 지저분해요.
　　 값도 비싸고요.

❷

가 : 서울 공원 어때요?
나 : ＿＿＿＿＿. ＿＿＿＿＿.
가 : 그럼, 한국 공원은 어때요?
나 : ＿＿＿＿＿. ＿＿＿＿＿.

❸

가 : 어디가 더 싸요?
나 : ＿＿＿＿＿. ＿＿＿＿＿.
가 : 그럼, ＿＿＿＿＿은/는 어때요?
나 : ＿＿＿＿＿. ＿＿＿＿＿.

❹

가 : 어느 하숙집이 좋아요?
나 : ＿＿＿＿＿. ＿＿＿＿＿.
가 : 그럼, ＿＿＿＿＿은/는 어때요?
나 : ＿＿＿＿＿. ＿＿＿＿＿.

Y O N S E I K O R E A N 3

과제 1 말하기

[보기] 와 같이 친구와 대화하고 다음 표의 빈 칸을 채워 봅시다 .

[보기] 가 : 리에 씨는 취미가 뭐예요 ?
나 : 저는 요리하기를 좋아해요 . 영화 보는 것도 **좋아하고요** .
가 : 영화를 자주 보세요 ?
나 : 일주일에 한 번쯤 보니까 **자주 보는 편이에요** .

이름	취미가 뭐예요 ?		얼마나 자주 하나요 ?
리에	요리하기	영화 감상	영화 감상은 일주일에 한 번

과제 2 듣고 말하기 [◀ 005]

01 대화를 듣고 질문에 답하십시오 .

1) 여자의 취미는 무엇입니까 ? (   )

❶ 그림 감상   ❷ 그림 그리기   ❸ 그림 수집   ❹ 그림 전시

2) 들은 내용과 같으면 ○표 , 다르면 ✕ 표 하십시오 .

❶ 여자는 풍경화를 잘 그린다 .   (   )

❷ 여자는 전시회에 가고 싶어한다 .   (   )

❸ 여자는 남자와 같이 전시회에 갈 것이다 .   (   )

❹ 그 전시회에 가면 유명한 화가들의 그림을 볼 수 있다 .   (   )

02 여러분은 어떤 취미를 가지고 있습니까? 다음 표에 메모하고 [보기] 와 같이 이야기해 봅시다 .

종류	그림 감상
방법	한 달에 한두 번 전시회 관람
장점	그림을 보면서 아름다움을 느낀다 . 다른 사람의 생각을 알 수 있다 .
비용	전시회 입장료 (입장료가 없는 전시회도 있음)

[보기]

  저는 그림 보는 것을 좋아해서 그림 전시회에 많이 갑니다 . 한 달에 한 번이나 두 번쯤 전시회에 가는데 마음에 드는 그림이 있는 전시회는 여러 번 보러 가기도 합니다 . 저는 그림을 보면서 아름다움을 느낍니다 . 또 그림을 보면 그 그림을 그린 사람의 생각도 알 수 있습니다 . 입장료가 좀 비싼 전시회도 있지만 입장료가 없는 전시회도 많습니다 . 여러분도 한번 가 보세요 .

동서양 (東西洋) 東西方   정물화 (靜物畵) 靜物畵   입장료 (入場料) 入場費 ; 門票

1-3 어떤 동아리에 들 거야?

학습 목표 ● **과제** 취미 동아리 소개하기 ● **문법** -는데도, -기만 하다 ● **어휘** 동아리 관련 어휘

두 사람은 무슨 이야기를 하는 것 같습니까?
여러분은 어떤 동아리에 들었습니까?

🔊 006~007

마리아　제임스, 어떤 동아리에 들 거야?

제임스　아직 못 정했어. 어떤 동아리가 좋을까?

마리아　넌 한국 문화에 관심이 있으니까 탈춤반이나 전통 음악반이 어때?

제임스　글쎄, 지난 번에 소개하는 것을 들었는데도 어떤 동아리에 들어가야
　　　　할지 결정을 못하겠어.

마리아　그럼 학교 홈페이지에 들어가서 동아리 소개를 한번 찾아 봐.
　　　　사진하고 동영상도 있어.

제임스　아, 맞다. 홈페이지에 들어가기만 하면 다 나오는데 괜히 고민했네.

들다 加入　　관심 (關心) 關心　　동영상 (動映像) 影片　　괜히 白白地　　고민하다 (苦悶) 苦惱

어휘

01 다음은 학교 동아리입니다 . 그림에 알맞은 동아리를 [보기] 에서 골라 쓰십시오 .

[보기] 탈춤 동아리　　사진 동아리　　국악 동아리　　　봉사 동아리
　　　　영화 동아리　　등산 동아리　　태권도 동아리　　합창 동아리

국악 동아리

02 이 사람은 어떤 동아리에 들면 좋을까요 ?

1) 제 취미생활이 다른 사람에게 도움이 됐으면 좋겠습니다 . (**봉사 동아리**)

2) 저는 건강에 관심이 많아요 . 　　　　　　　　　　　　　　(　　　　　)

3) 저는 한국 문화를 배우고 싶어요 . 　　　　　　　　　　　(　　　　　)

4) 저는 자연을 가까이하는 것을 좋아해요 . 　　　　　　　　(　　　　　)

5) 음악과 관계있는 활동을 하고 싶어요 . 　　　　　　　　　(　　　　　)

문법
설명

01 - 는데도 / 은데도 / ㄴ데도

用來表示後面句子中發生的結果是在前面句子的背景情況下根本無法想像的。在動詞或形容詞的語幹後使用。動詞語幹後用 "는데도"，以子音結束的形容詞語幹後用 "은데도"，以母音結束的形容詞語幹後則用 "- ㄴ데도"。和 "- 었" 一起使用時，則其順序為 "- 었는데도"。

● 매일 연습하는데도 실력이 좋아 지지 않아요.
雖然每天練習，但是實力還是沒有提高。

● 할 일이 많은데도 피곤해서 그냥 잤어요.
雖然有很多事情要做，但是因為太累就睡著了。

● 그 분은 일본 사람인데도 한국말을 한국 사람처럼 잘 하던데요.
那個人雖然是日本人，但是韓語說的跟韓國人一樣好。

● 계속 약을 먹었는데도 감기가 낫지 않아요.
已經一直在吃藥，感冒卻都沒有好。

02 - 기만 하다 / 만 하다

表示不做別的事，只做某一件事。用在動詞後。若是 "무엇을 하다"，則說 "무엇만 하다"。

● 우리 아이는 집에서 공부만 해요.
我的孩子在家只會念書。（不做其他事）

● 그 사람은 행동은 하지 않고 말만 해요.
他只說不做。

● 요즘 아이들이 공부는 안 하고 놀기만 해서 걱정이에요.
現在的孩子只玩耍不學習，真讓人擔心。

● 요여기 있는 신청서를 쓰기만 하면 상담을 받을 수 있어요.
只要填寫這邊的申請書，就可以進行諮商。

문법 연습

- 는데도 / 은데도 / ㄴ데도

01 다음 그림을 보고 대화를 완성하십시오.

❶

미선 : 리에 씨, 감기는 좀 어때요? 감기는 푹 쉬면 나으니까 좀 쉬세요.

리에 : <u>푹 쉬었는데도</u> 아직 낫지 않았어요.

❷

미선 : 마리아 씨, 요즘 피곤해 보이는데 밤에 잠을 잘 못 자요?

마리아 : 아니요, ... 피곤해요. 요즘 매일 테니스를 쳐서 그런 것
같아요.

❸

 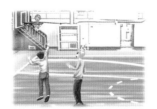

마리아 : 어제 웨이하고 농구 했지? 웨이는 키가 작아서 농구는
잘 못할 것 같은데 어때?

제임스 : 아니야. 웨이는 ....

❹

정희 : 웨이 씨, 시험 잘 봤어요?

웨이 : 아니요, ...

- 기만 하다 / 만 하다

02 다음은 리에가 친구에게 보낸 이메일입니다. [보기]의 동사와 '- 기만 하다'를 이용해서 빈 칸을 채우십시오.

[보기]　　내다　　　자다　　　먹다　　　받다　　　공부를 하다

🏫 **메일쓰기**

[보내기] [임시저장] [다시쓰기] [미리보기] [🔊음성메일] 　[주소록]

보내는 사람	리에	
받는 사람 [참조추가 ▼]		자주 사용하는 메일주소 ▼ / 최근 보낸 메일주소 ▼
제 목		
편집모드	⊙HTML ○TEXT　　개별발송 ☐　메시지 인코딩 한국어(EUC-KR) ▼	

[📄 📑 스타일 ▼ 포멧 ▼ 폰트 ▼ 글자 크기 ▼ | ↶ ↷ | 🔍 🔎 | ✂ 📋 📋 📑 📑 ─ 😊 🌐 🎴 | B I U ABC x₂ x² T▼ 🎨▼ ≡ ≣ | 📋 📋 📋 📋]

> 미선에게
>
> 미선아, 안녕? 우리가 만나지 못한 지 한 달쯤 됐지? 넌 어떻게 지내고 있어?
> 난 한국에 처음 왔을 때는 너무 힘들어서 수업이 끝나고 집에 돌아오면 숙제도 못 하고 **자 기 만 했 는 데** 는데 / 은데 / ㄴ데 지금은 익숙해져서 괜찮아. 한국 음식에도 익숙해져서 좋은데, 운동을 안 하고 ＿＿＿＿＿ 으니까 / 니까 살이 너무 많이 쪄서 걱정이야. 지금까지는 빨리 한국말을 잘 하고 싶어서 ＿＿＿＿＿ 었는데 / 았는데 / 였는데, 이제 운동도 좀 하고 싶어. 그래서 너한테 부탁하고 싶은 것이 있어. 내가 등산 동아리에 들려고 하는데, 가입 신청서를 ＿＿＿＿＿ 으면 / 면 된다고 들었어. 그런데 신청서를 쓰는 것이 생각보다 복잡해서 못 내고 있어. 만나서 신청서 쓰는 것 좀 도와줄 수 있어? 항상 도움을 ＿＿＿＿＿ 어서 / 아서 / 여서 어떻게 하지? 다음에 밥 살게. 그럼 언제 시간이 있는지 꼭 연락해 줘.
>
> 　　　　　　　　　　　　　　　　　　　　　　　　　　　- 리에가

파일 첨부	이름　　　　　　　　　　　크기	[파일추가] [파일삭제] [파일보기]
	◀　　　　　　　　　　　　　▶	총용량: [0 bytes] (최대 20M) 🔄 Simple 업로드
발송 설정	중요도 보통 ▼　보낸메일저장 ☑　서명추가 ☐　내명함첨부 ☐　수신확인 ☑	
예약 설정	☐ ▼년 ▼월 ▼일 ▼시 ▼분	
회신 주소		

[보내기] [임시저장] [다시쓰기]

과제 2   듣고 쓰기 [🔊 008]

01 대화를 듣고 질문에 답하십시오.

1) 남자가 가입한 동아리에 대해 맞는 것을 고르십시오. (   )

❶ 인터넷으로 신청할 수 있다.

❷ 자동차와 관계있는 동아리이다.

❸ 이 동아리는 들어가기가 어렵다.

❹ 이 동아리에는 회원이 별로 없다.

2) 여자에 대해 맞는 것을 고르십시오. (   )

❶ 여자는 유명한 찻집을 많이 알고 있다.

❷ 여자는 남자가 든 동아리에 들 것 같다.

❸ 여자는 남자가 든 동아리에 관심이 없다.

❹ 여자는 그 동아리의 회원들에게 관심이 없다.

3) 들은 내용을 다음 표에 정리하십시오.

동아리 이름	
하는 일	• •

02 여러분이 알고 있는 동아리나 동호회를 소개해 봅시다.

● 동아리 (동호회) 이름 :

● 회비 :

● 하는 일 :

● 기타 :

21

1-4 등산을 제일 많이 한대요

학습 목표 ● 과제 여가 생활 조사하기 ● 문법 – 자마자 , – 는대요 ● 어휘 여가 활동 관련 어휘

미선 씨는 어디에 가려고 합니까 ?

여러분은 시간이 있을 때 무엇을 합니까 ?

🔊 009~010

리에   한국 사람들은 시간이 있을 때 보통 뭘 해요 ?

미선   조사 결과에 따르면 등산을 제일 많이 한대요 .

리에   그렇군요 . 한국에는 산이 많아서 등산하기가 좋을 거예요 .

미선   네 , 그리고 산이 별로 험하지 않아서 아이들도 쉽게 등산을 할 수
        있어요 .

리에   미선 씨도 이번 연휴에 등산 가실 거예요 ?

미선   아니요 . 저는 수업이 끝나자마자 제주도에 갈 거예요 . 친구들과
        제주도 관광을 하기로 했어요 .

조사 (調査) 調查   결과 (結果) 結果   - 에 따르면 根據，按照   험하다 (- 險) 險峻；險要   관광 (觀光) 觀光

어휘

01 [보기] 에서 알맞은 어휘를 골라 빈 칸에 쓰십시오 .

[보기] 감상   촬영   관람   오락   여행

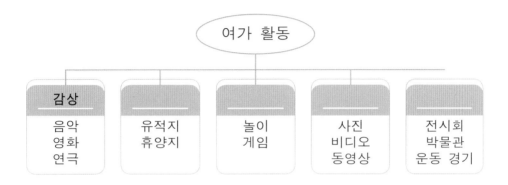

감상				
음악 영화 연극	유적지 휴양지	놀이 게임	사진 비디오 동영상	전시회 박물관 운동 경기

02 관계있는 어휘를 쓰십시오 .

1) 경주 , 로마 , 하와이   (여행   )

2) 로미오와 줄리엣 , 피아노 연주회 , 스타워즈   (   )

3) 사진 전시회 , 김치 박물관 , 축구 경기   (   )

4) 노래방 , 조각 그림 맞추기 , 컴퓨터 게임   (   )

5) 졸업 사진 , 결혼식 비디오   (   )

문법 설명

01 - 자마자

表某件事一發生，另一件事就馬上跟著發生。用於動詞語幹後。

- 6 시가 되자마자 모두들 퇴근했다 .   六點一到，大家就都下班了。
- 그 친구의 목소리를 듣자마자 울기 시작했다 .   一聽到那個朋友的聲音就開始哭。
- 마리아 씨는 버스에서 내리자마자 뛰기 시작했다 .   瑪麗亞一下公車就開始狂奔。
- 우리 아이는 집에 들어오자마자 손부터 씻는다 .   我的小孩一進門就先洗手。

02 –는대요 / ㄴ대요 / 대요 / 이래요 , –내요 , –으래요 / 래요 , –재요

轉達從其他人那裡聽到的事實時使用的 "는다고 해요 , – 냐고 해요 , – 자고 해요 , – 으라고 해요" 等的略詞。

- 그분은 프랑스 사람이래요 .   聽說他是法國人。 / 他說他是法國人。
- 선생님은 성실한 학생이 좋대요 .   聽說老師喜歡誠實的學生。 / 老師說他 喜歡誠實的學生。
- 웨이 씨는 날마다 열심히 공부한대요 .   聽說王偉每天都努力念書。 / 王偉說他 每天都努力念書。
- 학생들이 모두 시험을 잘 봤대요 .   聽說所有的學生都考得不錯。 / 所有的 學生都說考得不錯。
- 제임스 씨는 6 급까지 공부할 거래요 .   聽說詹姆斯要學到 6 級。 / 詹姆斯說他 要學到 6 級。
- 우리에게 뭘 하고 있내요 .   （他）問我們在做什麼。
- 어머니가 늦게 다니지 말래요 .   媽媽說不要太晚回來。
- 친구가 같이 영화를 보재요 .   朋友說一起去看電影。

- 자마자

01 관계있는 것을 연결해서 문장을 만드십시오 .

1) 밖으로 나오다   ●   ● 울기 시작했어요 .

2) 아이가 의사 선생님을 보다 ●　 ● 커피부터 마셔요 .

3) 아침에 일어나다   ●   ● 다 썼어요 .

4) 월급을 받다   ●   ● 비가 오기 시작했어요 .

1) 밖으로 나오자마자 비가 오기 시작했어요 .

2) _____

3) _____

4) _____

- 는대요 / ㄴ대요 / 대요 / 이래요
- 내요 , - 으래요 / 래요 , - 재요

02 다음은 제임스와 마리아의 대화입니다 . 두 사람의 대화를 읽고 제임스와 미선의 대화를 완성하십시오 .

제임스 : 마리아 , 내일 바빠 ?
마리아 : 아니 . 1) 내일은 바쁘지 않아 .
제임스 : 내가 보고 싶은 한국 영화가 있는데 같이 볼래 ?
마리아 : 잘 됐다 . 나도 2) 한국 영화를 좋아해 .
제임스 : 그럼 2 시에 신촌역에서 만날까 ?
마리아 : 신촌역은 복잡하니까 3) 극장 앞에서 만나자 .
제임스 : 좋아 .
마리아 : 표는 4) 사지 마 . 내가 예매할게 .
　　　　 참 , 미선 씨도 같이 보자고 할까 ?
제임스 : 그럴까 ? 그럼 내가 전화해서 물어 볼게 .

제임스 : 미선 씨 , 내일 같이 영화 볼래요 ? 마리아도 같이요 .
미선 　 : 네 , 좋아요 . 마리아 씨도 내일 괜찮대요 ?
제임스 : 네 , 1) **내일은 바쁘지 않대요** . 한국 영화를 보려고 하는데 어때요 ?
미선 　 : 저는 한국 영화를 좋아하는데 , 마리아 씨도 한국 영화를 좋아할까요 ?
제임스 : 네 , 마리아도 2) ＿＿＿＿＿＿＿＿＿＿＿＿＿ .
　　　　 내일 2 시에 신촌 극장 앞에서 만나려고 하는데 괜찮지요 ?
미선 　 : 신촌 극장이요 ? 신촌역에서 만나는 게 좋지 않을까요 ?
제임스 : 마리아가 신촌역은 복잡하니까 3) ＿＿＿＿＿＿＿＿＿ .
미선 　 : 네 , 알겠어요 . 그럼 표는 제가 예매할까요 ?
제임스 : 표는 마리아가 예매하겠다고 4) ＿＿＿＿＿＿＿＿＿ .
미선 　 : 네 , 그럼 내일 봐요 .

YONSEI KOREAN 3

과제 1 말하기

다음은 한국 사람들의 취미를 조사한 표입니다 . 표를 보고 [보기] 와 같이 이야기해 봅시다 .

한국인이 즐기는 취미

순위	취미	비고
1 위	등산 (9.0%)	40 대 이상 남성 취미 1 위
2 위	독서 (8.3%)	30~40 대 여성 취미 1 위
3 위	음악 감상 (7.8%)	20 대 여성 취미 1 위
4 위	컴퓨터 게임 (5.4%)	10~20 대 남성 취미 1 위
5 위	운동 · 헬스 (5.2%)	20~30 대 남성 취미 2 위
6 위	인터넷 · 컴퓨터 (4.5%)	10 대 여성 취미 1 위
7 위	낚시 (4.1%)	30 대 남성 취미 1 위

한국인이 가장 즐기는 취미는 **등산이래요** . 많은 사람들이 좋아하지만 특히 40 대 이상 남성이 가장 **좋아한대요** . 그 다음은

과제 2 읽고 말하기

01 다음을 읽고 질문에 답하십시오 .

여러분은 한가한 시간에 집에 있을 때 무엇을 하십니까 ? 보통 텔레비전을 보면서 쉬시지요 ? 많은 사람들이 이렇게 여가를 보낸다고 합니다 . 좀 더 재미있고 도움이 되는 여가 활동은 없을까요 ? 다음은 제가 조사한 , 집에서 할 수 있는 여가 활동입니다 .

이상 (以上) 以上

첫 번째로 요리가 있습니다. 먹고 싶은 요리를 생각하고 재료를 준비해서 요리하는 것을 즐기는 것입니다. 요리의 맛뿐만 아니라 과정을 즐기는 것이지요.

두 번째로 무엇인가를 만드는 활동이 있습니다. 나무 의자나 커튼 등 여러 가지 물건을 직접 만드는 것입니다. 만드는 것도 재미있지만 직접 만든 물건을 사용하면 더 좋지요.

세 번째로 운동이 있습니다. 집에 운동 기구를 놓으면 편하게 운동을 할 수 있습니다. 마당이 있는 단독 주택이면 운동하기가 더 좋을 것 같습니다.

네 번째로 화초 기르기가 있습니다. 좋아하는 화초가 자라는 것을 보는 기쁨도 느낄 수 있습니다.

다섯 번째로 애완동물을 기르면서 여가 시간을 보내는 것도 나쁘지 않겠지요? 특히 아이가 하나뿐인 집에서는 애완동물이 아이의 친구가 될 수 있을 것입니다.

1) 무엇에 대한 소개입니까?

2) 조사 결과와 같은 내용을 고르십시오. (   )

❶ 요리는 맛과 함께 만드는 과정을 즐길 수도 있다.

❷ 단독 주택이 아니면 집에서 운동을 하기가 어렵다.

❸ 텔레비전을 보면서 쉬는 것은 여가 활동이 아니다.

❹ 애완동물과 화초를 기르는 활동은 어른들이 많이 하는 활동이다.

3) 여러분은 위의 활동 중에서 어느 것을 하십니까? 그 이유는 무엇입니까?

02 가족이 함께 할 수 있는 여가 활동으로는 무엇이 있을까요? 그 활동을 하면 무엇이 좋을 것 같습니까? 표를 채우고 이야기해 봅시다.

활동의 종류	좋은 점
가족이 함께 찜질방에 간다.	가족이 모두 모여서 이야기할 수 있다.

즐기다 享受；愛好   기구 (器具) 器具；設施   단독 주택 (單獨住宅) 獨棟
화초 (花草) 花草   과정 (過程) 過程

1-5 세계인의 취미

🔊 011

　나라마다 사람마다 취미가 다양하다 . 세계 여러 나라 사람들은 어떤 취미 생
활을 할까 ?

　영국인들의 취미 중 가장 인기 있는 것은 정원 1) 가꾸기 2) 이다 . 영국인들은
꽃과 채소를 심고 3) 가꾸는 것을 좋아한다 . 집집마다 집이 작아도 집 앞이나
5 뒤에 정원이 있다 . 영국은 흐리고 비가 자주 와서 우울해지기 쉽다 . 그래서 더
정성껏 4) 정원을 가꾼다 . 그렇게 가꾼 정원에서 바비큐 파티를 하거나 차 모임을
갖으며 즐거운 시간을 보낸다 .

　독일 사람들은 기차를 자주 이용해서 그런지 독일에서는 모형 5) 기차 만드는
것이 인기이다 . 모형 기차 만들기는 기차의 모양과 주변 풍경들을 진짜와
10 똑같이 만드는 것이다 . 부품 6) 값이 비싸기 때문에 혼자 하기보다는 사람들이
서로 같이 만든다 . 그래서 독일에는 작은 마을에도 모형 기차 모임이 한 두
개씩 있고 가끔 전시회를 열기도 한다 . 독일 주요 7) 도시의 기차역에 가면
움직이는 8) 모형 기차를 볼 수 있다 . **함부르크**에는 700 여대의 모형 기차를 볼
수 있는 박물관도 있다 .

15 　일본에서는 어린 아이들뿐만 아니라 40~50 대 어른들이나 노인들도 만화책을
즐겨 읽는다 . 만화를 보면서 즐거움을 찾고 스트레스도 푼다 . 그래서 일본에서는
만화가 소설이나 영화만큼 인기가 있다 . 일본 사람들은 한 사람이 1년에
15 권쯤의 만화책이나 만화 잡지를 읽는다 . 그래서 일본에는 세계적으로 유명한
만화와 만화가들이 많다 . 그리고 만화가 TV 드라마 , 영화나 소설로 다시
20 만들어지기도 한다 .

> • **함부르크** : 독일 북부 엘베 강 하류에 있는 항구 도시 | Hamburg(Germany's northern port city on the Elbe river) | 漢堡 : 德國北部的港口都市 , 位於易北河下游

중국의 아침은 활기차다9). 이른10) 아침부터 공원에서 많은 사람들이 모여 **태극권**을 한다. 태극권은 몸을 천천히 부드럽게 움직이는 운동이어서 노인들도 쉽게 할 수 있다. 태극권은 건강에도 좋고, 운동을 하는 동안 마음도 편해진다. 공원에서는 이밖에도 전통춤, 배드민턴 등을 즐기는 사람들을 많이 볼 수 있다. 새를 키우는 것이 취미인 사람도 있어서 공원이나 거리에서 새와 산책하는 사람의 모습도 쉽게 볼 수 있다.

호주는 날씨가 좋고 자연도 아름다워서 여러 가지 야외 활동11)을 즐기는 사람들이 많다. 특히12) 낚시를 즐기는13) 사람들을 많이 볼 수 있다. 따뜻한 햇볕14) 아래에서 낚시를 하며 여유롭게15) 자연을 즐긴다. 잡은 물고기는 집에 가져가서 가족들과 요리를 해서 먹기도 한다. 하지만 잡은 물고기를 모두 가지고 갈 수 있는 것은 아니다. 너무 어린 물고기는 다시 놓아주어야 한다. 혼자서 낚시를 하는 사람도 있지만, 가족과 같이 수영도 하고 바비큐 파티도 하면서 낚시를 즐기는 사람도 많다.

한국인이 가장 즐겨하는 취미는 등산이다. 다른 나라에 비해서 가까운 곳에 쉽게 등산할 수 있는 산이 많기 때문이다. 서울에도 아름답고 등산하기 좋은 산이 많다. 주말이면 아침 일찍 등산하러 가는 사람들을 많이 볼 수 있다. 산에서 약수도 마시고 운동도 한다. 그래서 회사마다 등산 동호회가 없는 곳이 없다.

나라마다 그 나라의 생활과 문화에 어울리는 취미 생활을 즐기고 있다. 이런 취미 생활은 다음 날을 위한 힘이 된다. 만약16) 취미가 없다면 이제부터라도 취미 생활을 시작해 보는 것이 어떨까? 지금보다 좀 더 활기찬 생활을 할 수 있을 것이다.

• **태극권** : 중국 권법의 하나임. | Tai Chi(one of China's martial arts) | 太極拳 : 中國拳法中的一種

1)	정원	garden	(庭園) 庭院
2)	가꾸다	to grow, cultivate	修飾
3)	심다	to plant	種植
4)	정성껏	with all one's heart, wholeheartedly	(精誠 -) 盡心
5)	모형	model, replica	(模型) 模型
6)	부품	(machine) parts	(部品) 零件
7)	주요	major, principal	(主要) 主要
8)	움직이다	to move	動
9)	활기차다	to be full of vigor, very animated	(活氣 -) 充滿活力
10)	이르다	early	早
11)	야외 활동	outdoor activities	(野外活動) 戶外活動
12)	특히	in particular, especially	(特 -) 特別地
13)	즐기다	to enjoy	熱愛；喜歡
14)	햇볕	sunchine, rays of the sun	陽光
15)	여유롭다	to be comfortable and free	(餘裕 -) 悠閒的；充裕的
16)	만약	if, by any chance	(萬若) 如果

내용 이해

1) 각 나라에서 많이 즐기는 취미 생활이 무엇입니까? 다음 표를 완성하십시오.

나라	취미 생활
영국	정원 가꾸기
독일	
일본	
중국	
호주	
한국	

2) 영국과 독일에 관한 설명으로 맞는 것은 무엇입니까? (   )

❶ 독일의 큰 도시에는 기차 박물관이 많다.
❷ 영국에서는 정원에서 여러 모임을 갖는다.
❸ 영국에서는 비가 자주 와서 정원을 가꾸지 않는다.
❹ 독일에서는 혼자서도 모형 기차를 쉽게 만들 수 있다.

3) 일본에 관한 설명으로 틀린 것은 무엇입니까? (   )

❶ 영화보다 만화가 인기가 있다.
❷ 40 ~ 50 대 어른들도 만화를 좋아한다.
❸ 만화를 가지고 소설을 만들기도 한다.
❹ 평균 한 달에 한 권 이상 만화책이나 만화 잡지를 읽는다.

4) 호주와 한국에 관한 설명으로 맞는 것은 무엇입니까? (   )

❶ 한국에서는 도시에서 등산하기 어렵다.
❷ 한국에는 등산 동호회가 없는 회사가 많다.
❸ 호주에서는 낚시한 물고기를 모두 가져갈 수 있다.
❹ 호주 사람들의 취미는 주로 밖에서 하는 것이 많다.

5) 이 글의 내용과 같으면 ○ , 다르면 × 하십시오 .

❶ 태극권은 몸과 마음을 건강하게 해 준다 .　　　　　　　(　　　)
❷ 영국 사람들은 정원에서 바비큐 파티도 한다 .　　　　　(　　　)
❸ 독일의 기차역에서는 모형 기차를 직접 만들 수 있다 . 　(　　　)
❹ 중국 사람들은 이른 아침에 공원에서 취미 활동을 즐긴다 . (　　　)

더 생각해 봅시다

1) 다음은 호주 사람들이 야외 활동을 많이 하는 이유입니다 . 다음을 읽고 다른 나라의 경우도 이야기해 봅시다 .

　　호주는 아름다운 자연으로 유명합니다. 그래서 자연과 환경 보호를 매우 중요하게 생각합니다. 어렸을 때부터 학교는 물론 가정에서도 아이들에게 자연과 환경 보호의 중요함을 교육시킵니다. 그래서 가족들이 같이 야외 활동을 하는 경우가 많습니다. 또한 자연을 직접 경험할 수 있는 국립공원도 많고, 레포츠도 다른 나라보다 돈을 적게 들이고 즐길 수 있다는 장점이 있습니다.

사진제공 : 호주정부관광청

문화

한국인의 여가 활동 🔊 012

여가 활동이란 일을 하고 남는 시간을 활용하여 하는 활동을 말합니다. 또한, 여가 시간이란 직장 생활과 공부로부터 벗어난 자유로운 시간을 말합니다. 따라서 여가 활동은 꼭 해야 하는 것이 아니라 스스로 즐기기 위해서 하는 활동입니다. 과거 우리 조상들은 씨름, 널뛰기, 줄다리기, 팽이치기, 썰매타기, 탈춤, 서예 등의 여가 활동을 즐겼습니다. 현대에는 여가 활동이 더 다양해졌습니다. 컴퓨터 게임과 같은 오락 활동에서부터 영화 감상, 다양한 스포츠 활동, 어려운 사람들을 도와주는 봉사 활동, 그리고 특별한 동식물을 키우는 취미 활동에 이르기까지 그 종류는 수없이 많습니다. 현대인들은 자신에게 맞는 적절한 여가 활동을 통해 일상생활에서 받는 스트레스를 풀고 건강하게 살려고 노력합니다.

씨름   널뛰기   서예

스킨스쿠버   컴퓨터 게임   등산

1) 여러분의 나라에서 하는 여가 활동에 대해서 이야기해 봅시다.

2) 한국인이 즐겨하는 여가 활동 중에서 흥미있는 것이 있으면 이야기해 봅시다.

활용하다 (活用) 利用 ; 運用   스스로 自己   벗어나다 脱離 ; 擺脫

제 2 과 일상생활

2-1 앞집에 이사 온 리에라고 합니다

학습 목표 ● 과제 인사하기 ● 문법 - 으려던 참이다 , - 을 텐데 ● 어휘 인사 관련 어휘

리에 씨는 지금 무엇을 하고 있습니까 ?
여러분은 한국에서 이사한 적이 있습니까 ?

🔊 013~014

리에 안녕하세요 ? 저는 앞집에 이사 온 리에라고 합니다 . 잘 부탁드립니다 .

이웃 그렇지 않아도 어떤 분인지 궁금해서 인사를 가려던 참이었어요 .
      그런데 외국분이신가 봐요 .

리에 네 , 일본에서 왔어요 .

이웃 한국말을 참 잘 하시네요 .

리에 감사합니다 . 이거 이사 떡인데 맛 좀 보세요 .

이웃 고맙습니다 . 잘 먹겠습니다 . 이사 때문에 바쁘실 텐데 언제
      이런 걸   준비하셨어요 ?

이사를 오다 搬進　　그렇지 않아도 不那樣……也　　궁금하다 好奇　　인사를 가다 打招呼
이사 떡 搬家餅 (新搬來的住戶送給鄰居們的糕餅)　　맛을 보다 品嘗 ; 領教

어휘

01 [보기]에서 알맞은 어휘를 골라 빈 칸에 한 번씩만 쓰십시오 .

[보기] 인사를 가다　　　　　인사를 받다　　　　　　　인사를 드리다
　　　인사를 시키다　　　　인사를 나누다

인사를 하다

인사를 드리다 ,

02 빈 칸에 알맞은 어휘를 쓰십시오 .

1) 제임스 씨가 나를 보고 **인사를 했다** 었다 / 았다 / 였다 .

2) 설날에는 친척 어른들 댁으로 ＿＿＿＿＿＿＿＿ 는다 / ㄴ다 .

3) 내일이 스승의 날이어서 선생님께 ＿＿＿＿＿＿＿＿ 으러 / 러 가려고 한다 .

4) 오랜만에 만난 두 사람은 서로 악수를 하면서 반갑게 ＿＿＿＿＿＿＿＿ 었다 / 았다 /
였다 .

5) 과장님은 내가 회사에 처음 들어갔을 때 회사 사람들에게 ＿＿＿＿＿＿＿＿ 었다 /
았다 / 였다 .

문법 설명

01 – 으려던 / 려던 참이다

　　在表示正想做某事，而這時與此相關的其他事件偶然發生時使用。用在動詞語幹後，以子音結束的動詞語幹用 "- 으려던 참이다"，以母音結束的動詞語幹則用 "- 려던 참이다"。

● 가 : 저는 점심 먹으러 갈 거예요. 같이 갈까요?

　　나 : 잘 됐네요. 저도 점심 먹으려던 참이었어요. 같이 가요.

甲：我要去吃午飯，你也要一起去嗎？

乙：好啊，我也正要吃午飯呢。一起走吧。

● 가 : 좀 추운데 창문 좀 닫아도 될까요?

　　나 : 네, 저도 좀 추워서 닫으려던 참이었어요.

甲：有點冷，可以關窗戶嗎？

乙：好啊，我也覺得有點冷，正想關呢？

● 가 : 언제 나갈 거예요?

　　나 : 지금 막 나가려던 참이었어요.

甲：什麼時候出去？

乙：現在正要出去。

● 가 : 여보세요? 저 미선인데요.

　　나 : 미선 씨, 그렇지 않아도 전화하려던 참이었어요.

甲：喂，我是美善。

乙：美善，你如果不打來，我也剛好要打給你呢？

02 -을 / ㄹ 텐데

　　表示對以後要發生的事或還未看到的狀況進行推測，同時在後面句子中提出建議或擬問時使用。用在動詞或形容詞語幹後，以子音結束的動詞或形容詞語幹後用 "- 을 텐데"，以母音結束的動詞或形容詞語幹後則用 "- ㄹ 텐데"。

● 회사 그만두시면 심심하실 텐데 우리 집에 한번 들러 주세요.

辭掉工作後會很無聊的，有時間就到我家去坐坐吧。

● 시부모님도 우리와 사시기 불편하실 텐데 함께 살아도 괜찮을까요?

住一起公婆也會覺得不方便的，一起住也沒關係嗎？

● 방이 아마 제일 궁금하실 텐데, 들어와서 보세요.

應該對房子非常好奇吧，進來看看吧。

● 이제 곧 연극이 시작될 텐데 화장실에 갔다 올 시간이 될까?

現在話劇馬上就要開始了，還來得及去趟洗手間嗎？

● 똑똑한 학생들도 많을 텐데 네가 꼭 그 일을 해야 하니?

聰明的學生應該也很多，一定要你去做那件事嗎？

문법 연습

- 으려던 / 려던 참이다

01 다음 그림을 보고 대화를 완성하십시오 .

1) 알렉스 : 저는 지금 점심 먹으러 갈 거예요 . 같이 갈 사람 없어요 ?

   마리아 : **저도 점심을 먹으려던 참이었어요 . 같이 가요 .**

2) 마이클 : 영화를 보려고 하는데 , 같이 갈래요 ?

         : 그래요 ?

3) 다나까 : 저 , 도서관에 가려고 하는데 , 같이 갈까요 ?

         : 마침 잘 됐네요 .

4) 사오리 : 너무 졸려요 . 커피 좀 마셔야겠어요 .

         :

- 을 / ㄹ 텐데

02 다음 그림을 보고 대화를 완성하십시오 .

❶

미선 씨가 바쁠 것 같은데 …

미선　　 : 여보세요? 제임스 씨? 지금 어디예요?

제임스 : 지금 지하철을 타고 가고 있어요 .

미선　　 : 아 , 그래요? 저는 지금 약속 장소에서 기다리고 있어요 .

제임스 : ___**바쁠**___ 을 / ㄹ 텐데 늦어서 미안해요 .
금방 갈게요 .

❷

미선 씨가 피곤해 보이는데 쉬지도 않네 .

리에 : 미선 씨 , 어제도 안 자고 일했어요?

미선 : 네 , 일이 너무 많아서요 .

리에 : ＿＿＿＿＿＿＿＿＿＿＿ 을 / ㄹ 텐데 좀
쉬었다가 하세요 .

❸

혼자서 하기 힘들 것 같은데 …

웨이 : 정희 씨 , 오늘 일이 많은가 봐요 .

정희 : 네 , 오늘까지 해야 하는데 걱정이에요 .

웨이 : ＿＿＿＿＿＿＿＿＿＿＿ 을 / ㄹ 텐데 좀 도와
드릴까요?

정희 : 정말 고마워요 . 그럼 이것 좀 해
주시겠어요?

❹

마리아 씨가 점심을 안 먹었으면 배 고프겠다 .

미선　　 : 마리아 씨 , 점심 먹었어요?

마리아 : 아니요 , 아직이요 .

미선　　 : ＿＿＿＿＿＿＿＿＿＿＿ 을 / ㄹ 텐데 이
샌드위치 좀 드실래요?

마리아 : 아 , 괜찮아요 . 이따가 친구를 만나서
먹을 거예요 .

과제 1 말하기

다음과 같은 상황에서는 어떻게 인사하면 좋을까요 ? 표를 채우고 [보기] 와 같이
친구와 대화해 봅시다 .

상황	인사말
초대한 손님이 집에 왔을 때 손님에게	바쁘실 텐데 이렇게 와 주셔서 감사합니다 .
초대받은 사람이 초대한 사람에게	
도움을 받은 사람이 도와 준 사람에게	
나를 축하해 주는 친구에게	

[보기] 가 : 안녕하세요 ?
　　　 나 : 어서 들어오세요 . **바쁘실 텐데** 이렇게 와 주셔서 감
　　　　　사합니다 . 오시는데 힘들진 않으셨어요 ?
　　　 가 : 위치를 자세히 알려 주셔서 금방 찾을 수 있었어요 .
　　　　　이거 받으세요 . 과일을 좀 사 왔어요 .
　　　 나 : 감사합니다 . 그냥 오셔도 되는데 ... 뭐 이런 걸 다
　　　　　사오셨어요 .

과제 2 읽고 말하기

01 다음 글을 읽고 질문에 답하십시오 .

　　여러분이 다른 사람을 만났을 때 제일 먼저 하는 일은 무엇입니까 ? 아마
인사일 것입니다 . 우리는 다른 사람과 만나고 헤어질 때 , 다른 사람의 도움을
받았을 때 , 축하할 일이 있거나 위로할 일이 있을 때 인사를 합니다 .
　　이런 인사는 왜 하는 것일까요 ? 인사를 하면서 우리는 우리의 마음을
상대방에게 알릴 수 있습니다 . 상대방을 만났을 때의 반가움 , 헤어질 때의
섭섭함 , 상대방이 잘 지내기를 바라는 마음 , 상대방에게 좋은 일이 생겼을 때
축하하는 마음 , 상대방에게 슬픈 일이 생겼을 때 슬퍼하는 마음 등을 보여주는
것이 바로 인사입니다 .
　　하지만 잘못된 인사는 상대방에게 실례가 될 수도 있습니다 . 예를 들어

아랫사람이 윗사람에게 먼저 악수를 청하는 것이나, 윗사람에게 '수고하세요' 라고 말하는 것도 실례가 됩니다. 계단 위에서 윗사람에게 인사를 하거나 뛰어가면서 인사를 하는 것, 상대의 눈을 보지 않거나 무표정하게 인사를 하는 것도 좋지 않습니다. 또 좋은 마음으로 인사를 해도 상대방의 상황을 고려하지 않으면 상대방의 기분이 나빠질 수도 있으므로 조심해야 합니다.

1) 이 글에서 이야기한 것을 고르십시오. (   )

❶ 인사의 종류   ❷ 좋은 인사법

❸ 인사의 중요성   ❹ 인사할 때의 주의점

2) 인사를 하는 이유는 무엇입니까? 쓰십시오.

3) 여러분은 다음과 같은 상황에서 어떻게 인사합니까? 다음 표에 쓰십시오.

상황	인사말
어렸을 때 친구를 오랜만에 만났을 때	
같이 공부하던 친구가 고향으로 돌아갈 때	
친구가 원하던 직장에 취직했을 때	
친구의 할아버지가 돌아가셨을 때	

02 인사를 할 때 주의해야 할 점에는 어떤 것이 있는지 생각해 보고, 좋은 인사법에 대해서 [보기]와 같이 이야기해 봅시다.

[보기]

　저는 무엇보다도 밝은 표정으로 인사하는 것이 중요하다고 생각해요. 인사를 할 때 표정이 좋지 않으면 인사를 받는 사람의 기분이 나쁠 거예요. 그래서 저는 저한테 안 좋은 일이 있어도 다른 사람에게 인사를 할 때는 웃으면서 인사하려고 노력해요.

위로하다 (慰勞) 慰勞 ; 安慰　　청하다 (請) 請求 ; 邀請　　무표정하다 (無表情) 毫無表情
고려하다 (考慮) 考慮 ; 斟酌

2-2 짧게 잘라 주세요

학습 목표 ● 과제 편의 시설 이용하기 ● 문법 - 거든요 , - 고말고요 ● 어휘 편의 시설 이용 관련 어휘

리에는 머리를 어떻게 하고 싶어합니까 ?
여러분은 한국에서 미용실에 가 본 적이 있습니까 ?

◀ 015~016

미용사   어떻게 해 드릴까요 ?

리에   짧게 잘라 주세요 . 앞머리가 자꾸 눈을 찌르거든요 . 염색도 해
          주시고요 .

미용사   염색은 어떤 색으로 할까요 ? 요즘은 밝은 색이 유행인데요 .

리에   저는 항상 짙은 갈색으로 염색했는데 밝은 색도 어울릴까요 ?

미용사   그럼요 , 어울리고말고요 .

리에   그럼 밝은 색으로 해 주세요 .

앞머리 瀏海   찌르다 刺 ; 扎   염색 (染色) 染髮   짙다 深 ; 濃   갈색 (褐色) 棕色

어휘

01 [보기]에서 알맞은 어휘를 골라 적당한 곳에 쓰십시오.

[보기] 염색하다 　　　 드라이클리닝하다 　　 다림질을 하다
　　　　 머리를 다듬다 　　 굽을 갈다 　　　　　 파마를 하다

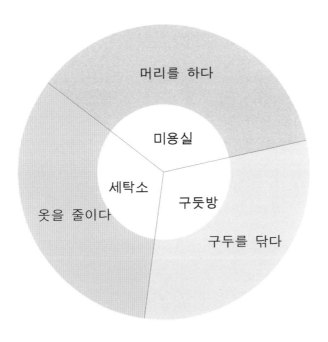

02 [보기]에서 알맞은 어휘를 골라 빈 칸에 쓰십시오.

[보기] 자르다 　　 펴다 　　 말리다 　　 미용실 　　 미용사 　　 드라이

미선 씨는 오늘 친구와 같이 1)미용실에 갔다. 머리 색깔과 모양을 바꾸고
싶어서였다. 미선 씨는 긴 머리를 짧게 2)＿＿＿＿＿＿＿고 염색도 했다. 미선
씨 친구는 원래 곱슬머리여서 머리를 3)＿＿＿＿＿＿＿는/ㄴ 스트레이트 파마를
했다. 마지막으로 4)＿＿＿＿＿＿＿이/가 미선 씨와 미선 씨 친구 머리를 예쁘게
5)＿＿＿＿＿＿＿을/를 해 주었다. 두 사람은 모두 달라진 모습에 만족했다.

문법
설명

01 - 거든요

　　對前面所說的內容或對方的提問進一步闡述理由或自己的看法時使用。用在動詞或形容詞語幹後。

● 따뜻한 옷을 많이 가지고 가세요.
　거긴 많이 춥거든요.

● 그 가게에는 손님이 없어요.
　비싸거든요.

● 저는 그 친구를 아직 잘 몰라요.
　만난 지 얼마 안 됐거든요.

● 가: 오늘 아주 피곤해 보이네요.
　나: 네, 좀 피곤해요. 어젯밤에
　　잠을 못 잤거든요.

請多帶幾件保暖的衣服去，那裡比較冷。

那家店沒有顧客，因為很貴。

那個朋友我還不太熟，我認識他沒多久。

甲：你今天看起來很疲倦。
乙：是啊，有點累。昨晚沒睡好覺。

02 −고말고요

　　贊同對方的提問或前面所說的話時使用。表示 "정말 그렇다
（的確是那樣）, 그렇게 하겠다（一定要那樣做）" 的意思。用
在動詞或形容詞語幹後。

● 가 : 한국이 그렇게 좋아요 ?　　　　　甲 : 韓國有那麼好嗎 ?
　 나 : 좋고말고요 . 한국말 , 한국사람 ,　乙 : 當然好啦。韓語、韓國人、韓
　　　한국 음식 , 다 좋아요 .　　　　　　　 國菜都很好。

● 가 : 그 친구가 그렇게 똑똑해요 ?　　　甲 : 那位朋友有那麼聰明嗎 ?
　 나 : 똑똑하고말고요 . 모르는 것이　　乙 : 當然聰明啦。沒有他不知道的
　　　없다니까요 .　　　　　　　　　　　 事。

● 가 : 지난번에 빌려준 책 다 읽었어 ?　甲 : 上次借你的書都看完了嗎 ?
　 나 : 다 읽고말고요 . 너무 재미있어서　乙 : 當然都看完了。因為太有趣了 ,
　　　다섯 번이나 읽었는걸요 .　　　　　 所以足足看了五次。

● 가 : 이거 , 청첩장이야 . 내 결혼식에　甲 : 這是喜帖 , 你一定會來參加我
　　　꼭 와 줄 거지 ?　　　　　　　　　 的婚禮吧。
　 나 : 그럼 , 가고말고 . 네 결혼식에　　乙 : 當然 , 一定去。你的婚禮沒有
　　　내가 빠지면 되겠니 ?　　　　　　　 我哪行啊 ?

문법 연습

01

- 거든요

'- 거든요'를 사용하여 이야기를 완성하십시오 .

빨간 모자는 빵과 포도주를 들고 할머니 댁에 갔어요 . 1) <u>엄마 심부름이었거든요</u> .

늘대는 빨간 모자에게 어디에 가냐고 물었어요 . 2)   . 늘대는
(궁금했다)

할머니 댁에 가서 할머니를 잡아먹고 할머니 침대에 누워 있었어요 . 빨간 모자도

잡아먹고 3)   . 빨간 모자를 잡아먹은 늘대는 졸려서 잠이
(싶었다)

들었어요 . 배가 4)   .
(불렀다)

02

- 고말고요

대화를 완성하십시오 .

1) 가 : 커피 좀 더 주실 수 있어요 ?

    나 : <u>더 드리고말고요</u> . 얼마든지 드세요 .

2) 가 : 그 사람을 잘 아시지요 ?

    나 : 네 ,   . 아주 좋은 사람이에요 .

3) 가 : 지갑을 놓고 왔는데 돈은 나중에 드려도 될까요 ?

    나 : 그럼요 ,   . 다음에 오실 때 주세요 .

4) 가 : 사전을 놓고 와서 그러는데 , 잠깐 빌려주실 수 있어요 ?

    나 :   .

한 사람은 주인 , 한 사람은 손님이 되어 대화를 만들어 봅시다 .

손님 : 머리 좀 다듬어 주세요 .
주인 : 짧게 자르시는 건 어때요 ?
　　　요즘 **유행이거든요** .
손님 : 저한테 잘 어울릴까요 ?
주인 : **어울리고말고요** .

손님 : 아저씨 , ＿＿＿＿＿＿＿＿＿
　　　어 / 아 / 여 주세요 .
　　　＿＿＿＿＿＿＿＿ 거든요 .
주인 : 네 , ＿＿＿＿＿＿ 고말고요 .

손님 : ＿＿＿＿＿＿ 어 / 아 / 여 주세
　　　요 .
주인 : 네 , ＿＿＿＿＿＿ 고말고요 .

과제 2   읽고 듣기 [017]

01 다음을 읽고 질문에 답하십시오.

집에서 하기 힘든
인형, 운동화, 카펫 세탁 어떻게 하세요?
이제 '깨끗한 세탁소'가 도와드리겠습니다!

인형 세탁
너무 커서 세탁기에 들어가지 않는 인형도 세탁해 드립니다!

카펫 & 커튼 세탁
두꺼운 카펫과 커튼은 집에서 세탁하기 힘드시지요?

150 ㎠ 미만	15,000 원
150-200 ㎠	20,000 원
200 ㎠ 이상	30,000 원

카펫 두께 및 더러운 정도에 따라 가격이 올라갈 수 있습니다.

운동화 세탁
운동화에서 냄새가 나거나 운동화가 너무 더러운가요?
나쁜 냄새를 없애고 새 운동화처럼 깨끗하게 만들어 드립니다.

세탁물이 무거우면 직접 가지고 오시지 않아도 됩니다.
전화만 주시면 저희 직원이 댁으로 찾아뵙겠습니다.

1) 무엇을 하는 곳입니까?

2) 이곳에 맡길 수 있는 물건으로 좋은 것을 고르십시오. (   )

❶ 겨울 동안 덮고 자던 이불

❷ 물로 빨기 어려운 고급 옷

❸ 오래 신어서 색깔이 변한 구두

❹ 동생이 오랫동안 가지고 놀던 곰 인형

3) 위의 가게에 대한 설명으로 **맞지않는** 것을 고르십시오 . (   )

❶ 커다란 커튼을 맡길 수 있다 .

❷ 운동화의 냄새를 없앨 수 있다 .

❸ 카펫이 더러우면 돈을 더 내야 한다 .

❹ 세탁물을 세탁소에 꼭 직접 가지고 가야 한다 .

02 대화를 듣고 질문에 답하십시오 .

1) 남자는 왜 전화했습니까 ?

2) 이 세탁소에 대한 설명으로 맞는 것을 고르십시오 . (   )

❶ 세탁 기간은 1-2 일이다 .

❷ 커튼 세탁은 하지 않는다 .

❸ 세탁한 후에 집까지 배달해 준다 .

❹ 돈은 세탁하기 전에 먼저 내야 한다 .

두께 厚度　　덮다 蓋　　세탁물 要洗的衣服

2-3 광고를 보고 왔는데요

학습 목표 ●과제 아르바이트 구하기 ●문법 -었었-, -던데 ●어휘 취업 관련 어휘

두 사람은 무엇을 하고 있습니까?
여러분은 아르바이트를 해 본 경험이 있습니까?

🔊 018~019

학생	실례합니다. 아르바이트 할 사람을 구한다는 광고를 보고 왔는데요.
주인	아, 그래요? 초보자가 하기는 힘든 일인데 경험은 있나요?
학생	얼마 전까지 이런 일을 했었어요.
주인	우리 가게는 근무 시간이 좀 길어서 다들 힘들어하던데 괜찮겠어요?
학생	네, 괜찮습니다. 열심히 하겠습니다.
주인	그럼 내일부터 같이 일을 하는 것으로 합시다.

구하다 (求) 追求;找　초보자 (初步者) 初學者;新手　경험 (經驗) 經驗
근무 시간 (勤務時間) 上班時間　다들 大家;所有人

어휘

01 관계있는 어휘를 골라 연결하십시오 .

초보자   일을 처음 시작하는 사람이에요 .

경력자   지금까지 다닌 학교와 경력을 썼어요 .

이력서   전에 이런 일을 한 적이 있는 사람이에요 .

시간제   일을 하고 받는 돈이에요 .

보수   내가 어떤 사람인지 알리는 글이에요 .

자기 소개서   일하는 시간만큼 돈을 받아요 .

02 빈 칸에 알맞은 어휘를 쓰십시오 .

신촌 식당에서 같이 일할 분을 찾습니다 .

- 하는 일 : 배달 (오토바이 면허 소지자)
- 근무 시간 : 오후 1 시 ~ 오후 5 시
- _____ : 시간당 4,000 원
- _____ 환영
- _____ 가능

문법
설명

01 - 었었 / 았었 / 였었 -

　　在表示過去曾經發生過某事，但後來狀況發生變化時使用。用在動詞或形容詞語幹後。除了 "아，야，오"之外，以母音結束的動詞或形容詞語幹後用 "- 었었 -"，以 "아，야，오" 結束的動詞或形容詞語幹後用 "- 았었 -"，"하다"動詞語幹後則使用 "- 였었 -"。

● 작년 여름은 날씨가 좋았었다 .　　　去年夏天天氣非常好。
● 지난 주말에 많이 아팠었다 .　　　　（我）上個週末病得很嚴重。
● 어렸을 때는 이 음식을 자주 먹었었다 .　（我）小的時候經常吃這種菜。
● 나는 그 회사에서 일했었다 .　　　　我曾經在那家公司上過班。
● 그 사람이 아침에 사무실에 왔었다 .　他早上來過辦公室。
● 지난 방학에 제주도에 갔었다 .　　　上次放假去過濟州島。

02 - 던데

　　以話者自己的經驗為基礎向對方提出建議或勸戒時使用。用在動詞或形容詞語幹後。

● 가 : 오늘 점심은 어디에서 먹을까요 ?　甲：今天午餐在哪吃呢？
　나 : 학교 앞에 새로 생긴 식당 음식이　乙：學校前面有家新開的餐廳味道
　　　 맛있던데 그 식당에 갑시다 .　　　　　還不錯，去那吃吧。

● 가 : 이 단어가 무슨 뜻인지　　　　　甲：我不知道這個單字是什麼意
　　　 모르겠어요 .　　　　　　　　　　　　思。
　나 : 저도 모르겠는데요 . 리에 씨가　　乙：我也不知道。理惠有辭典，跟
　　　 사전을 가지고 있던데 빌려　　　　　她借一下吧。
　　　 달라고 하세요 .

● 가 : 마리아 씨가 아까 급하게
　　　뛰어 가던데 무슨 일이 있나요 ?
　나 : 지갑을 잃어버렸나 봐요 .

甲 : 瑪麗亞剛才急著跑出去，發生
　　了什麼事嗎 ？
乙 : 好像是把錢包弄丟了。

● 가 : 컴퓨터를 새로 사려고 해요 .
　나 : 웨이 씨가 컴퓨터에 대해서
　　　잘 알던데 웨이씨한테 도와
　　　달라고 하세요 .

甲 : 我想買一台新電腦。
乙 : 王偉對電腦比較在行，去請他
　　幫忙吧。

문법 연습

- 았었 / 었었 / 였었 -

01

표를 채우고 문장을 완성하십시오 .

질문	대답
1) 옛날에 자주 했지만 지금 하지 않는 운동이 있습니까 ?	탁구
2) 어렸을 때 안 먹었지만 지금 잘 먹는 음식이 있습니까 ?	
3) 한국에 오기 전에는 했지만 지금은 하지 않는 것이 있습니까 ?	
4) 작년과 지금을 비교해 보십시오 . 달라진 것이 있습니까 ?	

1) **지금은 바빠서 못 치지만 옛날에는 탁구를 자주 쳤었다 .**

2) 지금은 잘 먹지만

3)

4)

- 던데

02 다음 그림을 보고 대화를 완성하십시오.

❶

어제

가 : 우리 숙제 같이 하자.

　　그런데 어디에서 할까?

나 : 내가 어제 간 카페가 **조용하던데**

　　거기 가자.

❷

10 분 전

가 : 마리아가 .... 던데

　　무슨 일이야?

나 : 나도 모르겠어. 안 좋은 일이

　　생긴 것 같아.

❸

가 : 혹시 프랑스어 할 줄 알아?

나 : 아니. 웨이 씨가 ....

　　웨이 씨한테 물어봐.

❹

비빔밥	15,000 원
냉면	10,000 원
불고기 1 인분	20,000 원

가 : 우리 저 식당에서 점심 먹자.

나 : 지난번에 가 보니까 저 식당은

　　너무 .... 다른 식당

　　에 가자.

과제 1 듣고 말하기 [🔊 020]

01 대화를 듣고 질문에 답하십시오 .

1) 무엇에 대한 이야기입니까 ? (   )

❶ 꽃가게   ❷ 꽃배달

❸ 아르바이트의 어려움   ❹ 아르바이트 찾기

2) 들은 내용과 같으면 ○표 , 다르면 ✕ 표 하십시오 .

❶ 남자는 아르바이트 자리를 구하고 있다 .   (   )

❷ 이 일을 하면 시간당 6,000 원을 받을 수 있다 .   (   )

❸ 남자는 이 일을 해야 할지 안 해야 할지 생각 중이다 .   (   )

❹ 이 일을 하기 위해서는 자동차 운전면허증이 필요하다 .   (   )

02 리에 씨가 아르바이트를 찾고 있습니다 . 다음의 정보를 가지고 리에 씨와 가게 주인이 되어 이야기해 봅시다 .

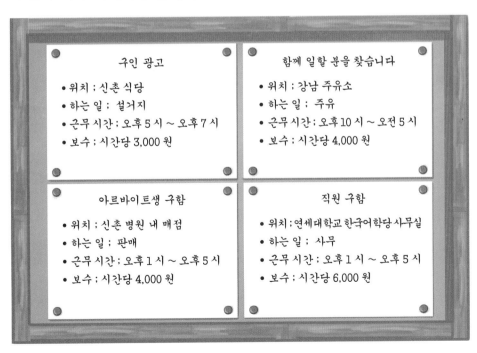

구인 광고

- 위치 : 신촌 식당
- 하는 일 : 설거지
- 근무 시간 : 오후 5 시 ~ 오후 7 시
- 보수 : 시간당 3,000 원

함께 일할 분을 찾습니다

- 위치 : 강남 주유소
- 하는 일 : 주유
- 근무 시간 : 오후 10 시 ~ 오전 5 시
- 보수 : 시간당 4,000 원

아르바이트생 구함

- 위치 : 신촌 병원 내 매점
- 하는 일 : 판매
- 근무 시간 : 오후 1 시 ~ 오후 5 시
- 보수 : 시간당 4,000 원

직원 구함

- 위치 : 연세대학교 한국어학당 사무실
- 하는 일 : 사무
- 근무 시간 : 오후 1 시 ~ 오후 5 시
- 보수 : 시간당 6,000 원

구인 광고 (求人廣告) 徵人廣告 ; 招聘廣告   주유 (注油) 加油   매점 (賣店) 小舖

아르바이트를 구하기 위해 상담실 선생님을 찾아갔습니다. 선생님의 아르바이트 정보를 보고 <보기>와 같이 대화해 봅시다.

아르바이트 정보

꽃가게
근무시간 : 오후 3 시 ~8 시
업　　무 : 꽃배달
조　　건 : 오토바이 운전면허가 있는
　　　　　 사람 남학생
보　　수 : 시간당 7,000 원

학교 사무실
근무시간 : 오후 2 시 ~6 시
업　　무 : 간단한 번역 업무와 전화 업무
조　　건 : 일본어 가능한 학생
　　　　　 일본인의 경우 한국어 능통자
　　　　　 3 개월 이상 근무 가능한 사람
　　　　　 면접 있음
보　　수 : 시간당 3,000 원

교내식당
근무시간 : 오전 근무(9 시 ~1 시)와 오
　　　　　 후 근무 (1 시 ~6 시)
업　　무 : 주문받는 일
조　　건 : 6 개월 이상 일할 수 있는
　　　　　 사람만 가능
보　　수 : 시간당 3,000 원

면세점
근무시간 : 오후 3 시 ~8 시
업　　무 : 물건 판매와 간단한 통역
조　　건 : 중국인. 일본인 학생 모집
　　　　　 한국어 능통자
　　　　　 판매 경험이 있는 사람 우대
　　　　　 1 년 이상 일할 수 있는 사람 우대
　　　　　 여학생 우대
보　　수 : 시간당 3,000 원

업무 (業務) 業務　　능통자 (能通者) 專家 ; 老手　　면접 (面接) 面試　　판매 (販賣) 販賣
지원하다 (志願) 應聘 ; 報名

[보기] 리 에 : 안녕하세요? 아르바이트 자리를 구하고 싶어서 왔는데요 .

선생님 : 그래요 ? 한국에서 아르바이트를 한 경험이 있나요 ?

리 에 : 아니요 . 한국에 오기 전에는 일본에 있는 은행에서 **일했었어요** .

선생님 : 그러면 사무실에서 일해 보는 것이 어때요 ? 번역 일이에요 .

리 에 : 번역보다는 한국 사람과 말할 기회가 있는 일을 하고 싶은데요 .

선생님 : 면세점에서는 한국 사람과 말할 기회가 많다고 **하던데** 면세점은
어때요 ? 근무 시간은 3 시부터 8 시까지예요 .

리 에 : 괜찮을 것 같은데요 .

선생님 : 그럼 면세점에 지원하는 것으로 합시다 .

2-4 전화가 걸리지 않아요

학습 목표 ● 과제 수리 요청하기 ● 문법 피동 , – 어 놓다 ● 어휘 고장 및 수리 관련 어휘

여기는 어디입니까 ?

물건이 고장나면 어떻게 합니까 ?

◀ 021~022

리에	휴대전화기 좀 고치러 왔는데요 .
	산 지 얼마 안 됐는데 전화가 걸리지 않아요 .
직원	어디 좀 봅시다 . 프로그램에 문제가 있는 것 같네요 .
리에	수리 비용은 얼마나 들까요 ?
직원	구입한 지 일 년이 안 되셨으니까 무료입니다 .
리에	지금 맡기면 언제 찾을 수 있어요 ?
직원	한 시간 후에 오십시오 . 그 때까지 고쳐 놓겠습니다 .

(전화가) 걸리다 打電話   수리 (修理) 維修 ; 修理   들다 需要 (錢)
구입하다 (購入) 購買   맡기다 委託 ; 交給

어휘

01 [보기]에서 알맞은 어휘를 골라 빈 칸에 쓰십시오 .

[보기]

고장나다 / 이상이 있다   사용 설명서를 보다   전화로 문의하다   서비스 센터에 맡기다
수리를 요청하다   서비스 센터에서 찾다   수리를 받다   수리를 하다

고장나다 / 이상이 있다

지금 고치러 와
주실 수 있어요 ?

수리를 받다

고맙습니다 ,
수고하셨습니다 .

02 빈 칸에 알맞은 어휘를 쓰십시오 .

1) 자동차를 잘 알면 **이상이 있을** 을 / ㄹ 때 직접 고칠 수도 있다 .

2) 이번에 회사 화장실을 깨끗하게 ＿＿＿＿＿＿＿＿＿＿기로 했다 .

3) 서비스 센터에 수리를 요청하기 전에 ＿＿＿＿＿＿＿＿ 으세요 / 세요 .

4) 자전거가 고장이 나서 자전거 수리 센터에 ＿＿＿＿＿＿＿ 으러 / 러 갔다 .

5) 어제 시계를 새로 샀는데 시간이 잘 맞지 않는다 . 시계가 ＿＿＿＿＿＿＿＿
   는 / 은 / ㄴ 것 같다 .

문법 설명

01 피동 被動

在韓語中，在動詞後添加 "이 , 히 , 리 , 기 , 우 , 추" 等表示因他人的行為或動作受到影響的意思。

[피동] 보다 – 보이다   쌓다 – 쌓이다   놓다 – 놓이다   바꾸다 – 바뀌다
잡다 – 잡히다   읽다 – 읽히다   밟다 – 밟히다   먹다 – 먹히다
걸다 – 걸리다   팔다 – 팔리다   열다 – 열리다   듣다 – 들리다
안다 – 안기다   씻다 – 씻기다   쫓다 – 쫓기다   끊다 – 끊기다

- 우리 교실에서는 기숙사가 보인다 . 　從我們的教室可以看到宿舍。
- 어제 경찰에 잡힌 도둑은 60 대의 　昨天被警察捉到的小偷是位六十多
  할머니였다 . 　歲的老奶奶。
- 주위가 너무 시끄러워서 전화 　因為周圍太吵，電話裡的聲音有點
  소리가 잘 안 들린다 . 　聽不清楚。
- 엄마 품에 안겨 있는 아이의 　依偎在母親懷裡的小孩的樣子非常
  모습이 정말 예뻤다 . 　好看。

02 – 어 / 아 / 여 놓다

做某事之前，先把與其相關的準備工作做完並保持其狀態時使用。用在動詞語幹後。以 "아 , 야 , 오"之外的母音結束的動詞語幹後用 "- 어 놓다"，以 "아 , 야 , 오"結束的動詞語幹後用 "- 아 놓다"，"하다"動詞語幹後則用 "- 여 놓다"。

- 아이들 간식은 만들어 놓았으니까 　孩子們的零食已經準備好了，待會
  이따가 좀 챙겨 주세요 . 　幫他們裝一下吧。
- 빨래할 옷은 세탁기 옆 바구니에 　需要洗的衣服只要放到洗衣機旁的
  넣어 놓으시면 빨아 드립니다 . 　籃子裡，我們就會為您清洗。
- 틀린 부분은 고쳐 놓았으니까 집에서 　我把錯誤的部分改正過來了，你在
  다시 공부하세요 . 　家裡重新溫習吧。
- 비행기 표는 예약해 놓았는데 회사일 　機票已經訂好了，不過因為公司有
  때문에 여행을 갈 수 있을지 모르겠어 . 　事，還不知道能不能去旅行。

문법 연습

01

피동

다음 그림을 보고 문장을 완성하십시오 .

1) 음악 소리가 **들린다** .

2) 창 밖으로 63 빌딩이

3) 책상 위에는

4) 책장에는 책이

02

- 어 / 아 / 여 놓다

다음 메모를 보고 대화를 완성하십시오 .

집들이 준비

- 청소
  - ☑ 방청소
  - ☐ 화장실 청소 – 나중에
- 음식 준비
  - ☑ 불고기
  - ☐ 잡채 , 김밥 – 사람들 오기 전까지
- 초대 전화
  - ☑ 선생님
  - ☑ 제임스 씨
  - ☑ 웨이 씨
  - ☑ 미선 씨

가 : 방 청소는 다 했어 ?

나 : 1) 오늘 아침에 다 해 놓았어 .

가 : 화장실 청소도 했지 ?

나 : 아니 아직 . 이따가 2)

가 : 음식 준비는 어떻게 됐어 ? 불고기는
　　어제 만들었고 잡채하고 김밥은 ?

나 : 응 , 3)

가 : 사람들한테 전화도 다 했지 ?

나 : 4)

과제 1 　쓰기

휴대 전화에 어떤 문제가 생겼는지 [보기1] 에서 단어를 찾아 알맞은 형태로 바꿔 쓰십시오 . 그리고 어떤 것을 점검해 봐야 할지 [보기2] 에서 찾아 써 봅시다 .

[보기 1]		[보기 2]
걸다	듣다	● 배터리를 다시 잘 끼워 보십시오 .
켜다	찍다	● 전화번호를 확인해 보십시오 .
누르다		● 통화 음량 조절 버튼을 눌러 보십시오 .
		● 자판을 청소해 보십시오 .
		● 카메라 렌즈에 먼지가 있는지 확인하십시오 .

문제점	제안
휴대 전화가 켜지지 않아요 .	● 배터리를 충전하십시오 . ● _____
전화가 _____ 지 않아요 .	● 다시 걸어 보십시오 . ● _____
상대방 목소리가 _____ 지 않아요 .	● 전화를 다시 걸어 보십시오 . ● _____
번호 키가 잘 눌러지지 않아요 .	● 물에 빠뜨린 적이 있는지 확인해 보십시오 . ● _____
사진이 잘 _____ 지 않아요 .	● 주변이 너무 어둡지 않은지 확인하십시오 . ● _____

배터리 電池　　충전하다 (充電) 充電　　자판 (字板) 鍵盤

과제 2　　읽고 말하기 ●━━━━━━━━━━━━━

01　다음을 읽고 질문에 답하십시오.

┌───┐
│　　　　　　　　< 사용시 주의 사항 >　　　　　　　│
│   │

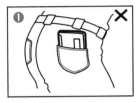　　

바지 뒷주머니에 넣지 마십　온도가 높은 곳에 두지 마　물로 닦거나 젖은 수건으
시오.　　　　　　　　　　　십시오.　　　　　　　　　로 닦지 마십시오.
앉을 때 화면 부분이 깨질 수　햇볕이 들어오는 곳에 오
있습니다.　　　　　　　　　래 두지 마십시오.

화면 부분은 유리로 되어　자판을 뾰족한 것으로 누
있으므로 세게 누르지 마　르거나 아주 세게 누르지
십시오.　　　　　　　　마십시오. 자판이 고장
　　　　　　　　　　　날 수 있습니다.
└───┘

1) 이 기계를 사용할 때 주의할 점으로 **말하지 않은** 것을 고르십시오 . (　　　　)

❶ 난방 기구 위에 오래 두면 안 된다 .

❷ 실수로 떨어뜨리지 않게 주의해야 한다 .

❸ 앉을 때 깔고 앉지 않게 주의해야 한다 .

❹ 이 기계에 물이 떨어지지 않게 주의해야 한다 .

2) 이 기계를 잘 사용하고 있는 사람은 누구입니까 ? (　　　　)

❶ 마리아 씨는 이 기계를 마른 수건으로 닦는다 .

❷ 영수 씨는 가끔 볼펜으로 자판을 누르기도 한다 .

❸ 정희 씨는 기계를 청소하기 위해 물휴지로 닦는다 .

❹ 미선 씨는 이 기계를 바지 뒷주머니에 넣고 다닌다 .

02 다음 질문에 답해 보십시오 .

1) 여러분이 가지고 있는 기계가 고장이 난 적이 있습니까 ? 어떤 고장이었습니까 ?

☐ 이상한 소리가 난다 .

☐ 전원이 나갔다 .

☐ 작동이 안 된다 .

☐ 화면이 안 뜬다 .

☐ 기타

2) [보기] 와 같이 수리 센터에 수리를 요청해 봅시다 .

[보기]

　제 전자 사전에 이상이 있는 것 같아요 . 자판을 눌러도 화면에 글자가 나타나질 않아요 . 화면의 액정 부분이 고장인 것 같아요 . 동생이 액정 부분에 물건을 떨어뜨렸거든요 . 고칠 수 있을까요 ? 고치려면 제가 직접 가야 하나요 ? 택배로 보내도 될까요 ? 전자 사전을 당장 써야 하는데 제가 서비스 센터까지 갈 시간이 없거든요 . 고치려면 며칠이나 걸릴까요 ? 고칠 수 없는 것은 아니지요 ?

제 _____ 에 이상이 있는 것 같아요 .

_____

_____

_____

_____

온도 (溫度) 溫度　　젖다 濕　　화면 (畫面) 螢幕　　뾰족하다 尖銳的
액정 (液晶) 液晶螢幕　　작동 (作動) 啟動 ; 運轉

2-5 이사 떡

🔊 023

 한 층에 여덟 집에서 열 집 . 아파트에는 늘 사람들이 오고 간다 . 하지만 아파트에
사는 사람들은 이웃에 누가 이사를 오는지 누가 이사를 가는지 별로 관심이 없다 .
아침 일찍 직장에 나가서 여러 가지 일로 바쁘기 때문이다 .
 3 일 동안 윗집에서 시끄럽게 공사 1) 를 했다 . 집수리 2) 를 하는 것 같았다 . 또
5 누군가 이사를 올 모양이다 . 창밖을 보니까 이삿짐 차가 아파트 단지 3) 안으로
들어와서 우리 아파트 앞에 섰다 . 위층으로 이사 올 사람들이 도착했나 보다 . 오후가
되면 이삿짐 소리로 또 시끄러울 것이다 . 봄 , 가을이면 한 달에도 몇 번씩 이런 일이
있다 .
 예상대로 4) 오후동안 이삿짐 옮기는 소리로 아파트가 시끄러웠다 . 혼자 불평을
10 하면서 청소를 하고 있는데 갑자기 초인종 5) 소리가 들렸다 .
 "딩동"
 "누구세요 ?"
 "안녕하세요 ? 402 호에 이사 온 사람이에요 . 이사 떡 좀 드리려고요 ."
 떡을 가지고 온 사람은 새댁 6) 같았다 . 요즘은 이사 떡을 돌리는 7) 모습을 쉽게
15 찾아보기 힘들기 때문에 조금 뜻밖이었다 8) .
 "어머 , 고마워요 . 오늘 이사 오셨나 봐요 ."
 "네 , 죄송해요 . 많이 시끄러웠죠 ?"
 "아니에요 ."
 "맛있게 드세요 . 그리고 앞으로 잘 부탁드려요 ."
20 "잘 먹겠습니다 ."

나는 빈 9) 접시를 주기가 미안해서 새댁에게 잠시 기다리라고 했다. 과일이라도 주려고 냉장고를 열어봤지만 어제 저녁 하나 남은 사과를 먹은 것이 생각났다. 그래서 할 수 없이 10) 빈 접시를 주었다.

"아무것도 드릴 것이 없네요. 어떻게 하지요? 죄송해요."

"아니에요. 괜찮아요. 그럼 안녕히 계세요."   5

"네, 안녕히 가세요. 가끔 놀러 오세요."

저녁에 퇴근한 남편과 식탁에 앉아서 오늘 있었던 일을 이야기하며 떡을 나누어 먹었다. 떡을 먹을 때 낮에 보았던 새댁의 미소 11) 가 떠올랐다. 새로운 사람이 인사를 왔는데 그냥 빈 접시로 보낸 것이 조금 마음에 걸렸다 12). 내일은 이사 온 새댁을 불러서 차라도 한 잔 마셔야겠다.   10

1)	공사	construction	(工事) 施工
2)	집수리	home repairs	(-修理) 裝潢房子
3)	단지	housing complex or community	(團地) 園區
4)	예상대로	as expected	(豫想-) 預料中的
5)	초인종	doorbell	(招人鐘) 門鈴
6)	댁	a newly married woman; newlywed	(-宅) 新娘子
7)	떡을 돌리다	to hand out rice cake (to one's neighbors)	送糕餅
8)	뜻밖이다	to be unexpected	出乎意料
9)	비다	to be empty	清空
10)	할 수 없이	unavoidably	沒辦法
11)	미소	smile	(微笑) 微笑
12)	마음에 걸리다	to weigh on one's mind; to worry (about)	掛念

내용 이해

1) 다음을 읽고 일이 일어난 순서대로 (가)~(마) 를 쓰십시오 .

> (가) 3 일 동안 윗집에서 집수리를 하는 소리가 들렸다 .
>
> (나) 이삿짐 옮기는 소리로 아파트가 시끄러웠다 .
>
> (다) 줄 음식을 찾지 못해 빈 접시를 돌려주었다 .
>
> (라) 남편과 함께 이사 떡을 먹으며 이야기를 나누었다 .
>
> (마) 윗집에 이사 온 사람이 이사 떡을 들고 우리 집에 찾아왔다 .

(가) → (   ) → (   ) → (   ) → (   )

2) 나는 왜 불평을 했습니까 ? (   )

❶ 회사일과 집안일 때문에 바빠서

❷ 3 일 동안 윗집에서 집수리를 해서

❸ 이삿짐 옮기는 소리가 시끄러워서

❹ 사람들이 이웃에게 관심이 없어서

3) 나에 대한 설명으로 맞는 것은 무엇입니까 ? (   )

❶ 오늘 이사를 했다 .

❷ 혼자 사는 회사원이다 .

❸ 새댁에게 시끄럽다고 불평을 했다 .

❹ 새댁에게 빈 접시를 돌려 준 게 마음에 걸렸다 .

4) 이 글의 내용과 다른 것은 무엇입니까? (   )

❶ 요즘은 이사 떡을 잘 돌리지 않는다 .

❷ 나는 새댁에게 빈 접시를 돌려주었다 .

❸ 우리 아파트에 사는 사람들은 이웃들과 친하게 지낸다 .

❹ 나는 이삿짐을 옮기는 시끄러운 소리 때문에 불평을 했다 .

5) 이 글의 내용과 같으면 ○ , 다르면 × 하십시오 .

❶ 이삿짐 차는 오늘 오후에 도착했다 .   (   )

❷ 새댁은 이사를 와서 집수리를 했다 .   (   )

❸ 보통 사람들은 봄 , 가을에 이사를 많이 한다 .   (   )

❹ 윗집은 3 일 전부터 오늘 오전까지 사는 사람이 없었다 .   (   )

더 생각해 봅시다

1) 다음은 여러 나라의 속담입니다 . (   ) 안에 공통적으로 들어갈 단어를 써 보십시오 .

---

❶ (   ) 이 좋으면 매일 즐겁다 . – 프랑스

❷ 먼 친척보다 가까운 (   ) 이 낫다 . – 한국

❸ (   ) 은 자신의 모습을 비춰주는 거울이다 . – 영국

❹ 가장 가까운 (   ) 은 부모보다도 가치가 있다 . – 몽고

❺ 좋은 집을 살 것이 아니라 , 좋은 (   ) 을 사야 한다 . – 스페인

❻ 친구 없이는 살 수 있어도 (   ) 없이는 살 수 없다 . – 스코틀랜드

문화

이사 떡 🔊 024

　한국에는 새 집으로 이사를 가면 이웃에게 이사 떡을 돌리는 풍습이 있습니다. 이사 떡을 돌리면서 새로 이사 간 집 근처에 사는 이웃 사람들에게 인사를 하는 것입니다. 이사 떡으로는 보통 아래의 그림과 같이 팥으로 만든 팥 시루떡을 돌렸습니다. 팥은 붉은 색이 나는 콩의 한 종류이고, 시루는 떡을 만드는 한국 전통의 조리 기구입니다. 팥 시루떡은 한국 사람들에게 가장 친근한 떡입니다. 팥의 붉은색이 나쁜 귀신을 쫓는다고 하여 한국 사람들은 집을 지을 때, 이사했을 때 이 떡을 만들어 먹곤 했습니다. 이웃에게 이사 떡을 돌릴 때는 보통 다음과 같은 인사를 함께 합니다. 여러분도 한 번 연습해 보십시오.

팥 시루떡

　"안녕하세요? 옆집에 이사 온 사람입니다. 앞으로 잘 부탁드립니다."

　"처음 뵙겠습니다. 오늘 이사 온 ○○○ 입니다. 이거 떡인데 좀 드셔 보세요."

　"안녕하세요? 처음 뵙겠습니다. 오늘 이사 왔는데 앞으로 잘 부탁드립니다."

　"　　　　　　　　　　　　　　　　　　　　."

1) 여러분의 나라에도 이사할 때 한국의 이사 떡 돌리기와 같은 풍습이 있습니까? 있으면 한국의 풍습과 비교하여 소개해 봅시다.

2) 여러분의 나라에는 일상생활에서 그 밖에 어떤 풍습이 있습니까? 한 가지를 조사하여 발표해 봅시다.

돌리다 轉;恢復　　팥 紅豆　　시루 蒸籠　　조리 기구 廚具

제 3 과 건강

3-1 건강해야 뭐든지 할 수 있어요

학습 목표 ● 과제 건강에 대한 관심 이야기하기 ● 문법 - 어야 , - 는다면 ● 어휘 건강 관련 어휘

제임스 씨는 지금 어떤 것 같습니까 ?
여러분은 한국에 와서 아픈 적이 있습니까 ?

025~026

미선	제임스 씨 , 어디 가세요 ?
제임스	몸이 좀 아파서 병원에 갔다 오는 길이에요 .
미선	안색이 안 좋은데 많이 아파요 ?
제임스	네 , 지난주에 과로를 해서 몸살이 난 것 같아요 .
미선	몸이 건강해야 뭐든지 할 수 있으니까 무리하지 마세요 .
제임스	네 , 맞아요 . 뭐니 뭐니 해도 건강이 제일이지요 .
	건강을 잃는다면 뭘 할 수 있겠어요 ?

안색 (顔色) 臉色　　몸살이 나다 因感冒而全身痠痛　　무리하다 過分；勉強
뭐니 뭐니 해도 無論如何；不管怎麼樣　　잃다 失去；丟

어휘

01 [보기] 에서 알맞은 어휘를 골라 빈 칸에 쓰십시오 .

[보기] 스트레스   불면증   흡연   비만   고혈압   운동 부족

원인	운동을 잘 안 해요 .	→ 운동 부족
	고민 , 걱정 때문에 이것을 받아요 .	→
	담배를 피워요 .	→
증상	체중이 너무 많이 나가요 .	→
	혈압이 너무 높아요 .	→
	잠을 못 자요 .	→

02 빈 칸에 알맞은 어휘를 쓰십시오 .

1) 제임스 씨는 요즘 회사 일이 바빠서 __스트레스__ 어/ 가 많이 쌓였습니다 .

2) _____ 은 / 는 나뿐만 아니라 주위 사람의 건강도 해친다 .

3) 사무실에 앉아서 일만 하면 _____ 이 / 가 되기 쉽습니다 .

4) 기름이 많은 음식을 자주 먹으면 _____ 이 / 가 될 수 있습니다 .

5) _____ 이 / 가 있는 사람은 커피를 많이 마시지 않는 것이 좋습니다 .

文法
說明

01 - 어야 / 아야 / 여야

　　前面的事實或狀況是後面狀況的必要條件時使用。用在動詞或形容詞語幹後。以 "아，야，오" 結束的動詞或形容詞語幹後用 "- 아야"，除了 "아，야，오" 之外，以其他母音結束的動詞或形容詞語幹後用 "- 어야"，"하다" 動詞語幹後則用 "- 여야"

● 한국에서는 20 살이 넘어야 술을　　　在韓國，必須過了 20 歲才可以
　마실 수 있어요 .　　　　　　　　　　喝酒。

● 오늘까지 이 일을 끝내야 내일　　　　今天必須做完這件事才能去旅行。
　여행을 갈 수 있어요 .

● 과일은 신선해야 맛이 있어요 .　　　　水果必須新鮮才好吃。

● 저는 노래를 들으면서 공부해야　　　　我必須一邊聽音樂一邊念書才讀得
　공부가 잘 돼요 .　　　　　　　　　　進去。

02 -는다면 / ㄴ다면 / 다면

對發生可能性較小或不可能發生的狀況進行假設時使用。主要與 "만약，만일" 一起使用。用在動詞或形容詞語幹後。以子音結束的動詞語幹後用 "- 는다면"，以母音結束的動詞語幹後用 "- ㄴ다면"，形容詞語幹後用 "- 다면"，名詞後則用 "- 이라면"。

- 만일 두 사람이 헤어진다면 아이는 누가 키울까요 ?

  如果兩個人分手，那孩子由誰來撫養呢？

- 다시 태어날 수 있다면 남자로 태어나고 싶어요 .

  如果能夠重生，我想當男人。

- 오늘이 금요일이라면 영화를 볼 수 있을 텐데 .

  如果今天是星期五就可以看電影了。

- 내가 만약 새라면 가고 싶은 곳에 마음대로 날아갈 수 있을 텐데 .

  如果我是鳥，我就可以飛到任何我想去的地方。

문법 연습

- 어야 / 아야 / 여야

01

관계있는 것을 연결해서 문장을 만드십시오 .

1) 매일 운동을 하다　　　　●　　　　　●주말에 마음놓고 쉴 수 있어요 .

2) 약을 먹다　　　　　　　●　　　　　●학교에 지각하지 않을 거예요 .

3) 오늘까지 이 일을 끝내다　●　　　　　●빨리 나을 거예요 .

4) 아침 8 시에 집에서 나오다　●　　　　　●건강하게 지낼 수 있어요 .

1) **매일 운동을 해야 건강하게 지낼 수 있어요 .**

2)
_____

3)
_____

4)
_____

- 는다면 / ㄴ다면 / 다면

02

여러분이 다음과 같은 사람이라면 무엇을 하겠습니까 ? 빈 칸에 쓰십시오 .

1)	세상에서 돈이 제일 많은 사람이다 .
2)	영원히 살 수 있다 .
3)	일년 동안 휴가를 간다 .
4)	타임머신이 있다 .

1) **내가 세상에서 돈이 제일 많은 사람이라면 가난한 사람들을 도와 줄 거예요 .**

2)
_____

3)
_____

4)
_____

과제 1   쓰기

리에는 건강 때문에 고민입니다. 리에의 고민을 해결할 수 있는 좋은 방법을 표에 써 봅시다

[리에의 고민]

나는 요즘 건강이 나빠진 것 같아 걱정이다. 몸무게도 많이 늘었고 날씨가 조금만 추워져도 감기에 잘 걸린다. 학교 공부가 끝나면 너무 피곤해서 낮잠을 조금 자는데, 밤에는 잠이 오지 않는다. 밤에 잠을 잘 못 자니까 항상 피곤하다. 또 밤 11시가 넘으면 배가 고파서 라면을 먹는다. 라면 때문에 살이 찌는 걸까?

리에의 고민	몸무게가 많이 늘었어요.	감기에 자주 걸려요.	밤에 잠을 잘 못 자요.
해결 방법	밤에 라면을 안 먹어야 살이 빠질 거예요.		

과제 2   듣고 말하기 [🔊 027]

01 이야기를 듣고 질문에 답하십시오.

1) 제임스 씨의 생활 습관과 같으면 ○표, 다르면 × 표 하십시오.

❶ 담배를 피우지 않는다. (   )   ❷ 술을 자주 마신다. (   )

❸ 운동을 적당하게 한다. (   )   ❹ 과로는 절대로 하지 않는다. (   )

2) 만일 여러분이 의사라면 제임스 씨에게 어떻게 이야기하시겠습니까? 그 내용을 쓰고 발표해 봅시다.

술	
음식	
담배	
일	
기타 생활 습관	

02 건강에 대한 평소의 관심에 대해 이야기해 봅시다 .

1) 다음의 표에 표시한 후 그 내용을 점수로 계산해 봅시다 .

	매우 그렇다 ❶	조금 그렇다 ❷	보통이다 ❸	별로 그렇지 않다 ❹	매우 그렇지 않다 ❺
술을 자주 마십니까 ?	매우 그렇다 ❶	조금 그렇다 ❷	보통이다 ❸	별로 그렇지 않다 ❹	매우 그렇지 않다 ❺
담배를 자주 피웁니까 ?	매우 그렇다 ❶	조금 그렇다 ❷	보통이다 ❸	별로 그렇지 않다 ❹	매우 그렇지 않다 ❺
커피나 탄산음료를 자주 먹습니까 ?	매우 그렇다 ❶	조금 그렇다 ❷	보통이다 ❸	별로 그렇지 않다 ❹	매우 그렇지 않다 ❺
스트레스가 많습 니까 ?	매우 그렇다 ❶	조금 그렇다 ❷	보통이다 ❸	별로 그렇지 않다 ❹	매우 그렇지 않다 ❺
인스턴트 음식을 자주 먹습니까 ?	매우 그렇다 ❶	조금 그렇다 ❷	보통이다 ❸	별로 그렇지 않다 ❹	매우 그렇지 않다 ❺
가족 / 친구와의 관계에 문제가 있습니까 ?	매우 그렇다 ❶	조금 그렇다 ❷	보통이다 ❸	별로 그렇지 않다 ❹	매우 그렇지 않다 ❺
운동을 안 합니까 ?	매우 그렇다 ❶	조금 그렇다 ❷	보통이다 ❸	별로 그렇지 않다 ❹	매우 그렇지 않다 ❺
잠을 잘 못 잡니까 ?	매우 그렇다 ❶	조금 그렇다 ❷	보통이다 ❸	별로 그렇지 않다 ❹	매우 그렇지 않다 ❺
일 / 공부가 재미없습니까 ?	매우 그렇다 ❶	조금 그렇다 ❷	보통이다 ❸	별로 그렇지 않다 ❹	매우 그렇지 않다 ❺
사랑하는 사람이 없습니까 ?	매우 그렇다 ❶	조금 그렇다 ❷	보통이다 ❸	별로 그렇지 않다 ❹	매우 그렇지 않다 ❺

총점 = (❶의 개수× 1 점)+(❷의 개수× 3 점)+(❸의 개수 ×5 점)+(❹의 개수 ×8 점)+
(❺의 개수× 10 점)

총점 :

2) 여러분의 점수와 친구들의 점수를 비교해 봅시다. 누구의 점수가 제일 높습니까? 아래의 기준을 가지고 여러분의 건강에 관한 관심에 대해서 [보기]와 같이 이야기해 봅시다.

[기준]

매우 건강하지 않은 생활입니다.   매우 건강한 생활입니다.

10 점   50 점   100 점

[보기]

제 점수는 90점이 나왔는데요. 저는 평소에 건강에 대해 관심이 많은 편입니다. 술은 일주일에 두 번 이상 마시지 않으려고 노력하고 마셔도 과음하지 않습니다. 담배는 피우지 않습니다. 커피와 인스턴트 음식도 가능하면 먹지 않으려고 노력합니다. 일주일에 세 번 이상은 1시간 정도 달리기를 합니다. 일 때문에 스트레스가 좀 있지만 친구나 가족을 만나 즐거운 대화를 하면서 그 스트레스를 풉니다. 늘 바빠서 그런지 밤에는 잠자리에 눕자마자 잠이 드는 편입니다. 일이 재미있냐고요? 물론이지요. 저는 제가 하는 일을 즐기려고 노력합니다.

야근 (夜勤) 夜班   유혹 (誘惑) 誘惑；引誘   뿌리치다 甩開；拒絕   충고 (忠告) 勸阻；忠告

3-2 건강을 유지하려면 노력을 해야지요

학습 목표 ● 과제 건강을 위한 운동 소개하기 ● 문법 - 어야지요, 사동 ● 어휘 운동 관련 어휘

두 사람은 지금 무엇을 하고 있습니까?
여러분은 어떤 운동을 합니까?

028~029

미선	아침 운동을 하니까 어때요?
마리아	기분이 상쾌해지네요. 식욕도 생기고요.
미선	저는 한 1년 전부터 아침마다 운동을 했는데 건강이 많이 좋아졌어요.
마리아	그래요? 저는 아침에 학교 가기도 바빠요.
미선	건강을 유지하려면 노력을 해야지요. 우리 내일도 이 시간에 만나요.
마리아	좋아요. 내일 아침에도 전화해서 깨워 주실 수 있죠?

상쾌하다 (爽快) 涼爽；舒爽　　식욕 (食慾) 食慾　　유지하다 (維持) 保持
노력 (努力) 努力　　깨우다 叫醒

어휘

01 [보기] 에서 알맞은 표현을 찾아 쓰십시오 .

[보기] 체중이 줄다   근육이 생기다   피로가 풀리다
    스트레스가 풀리다   열량을 소모하다

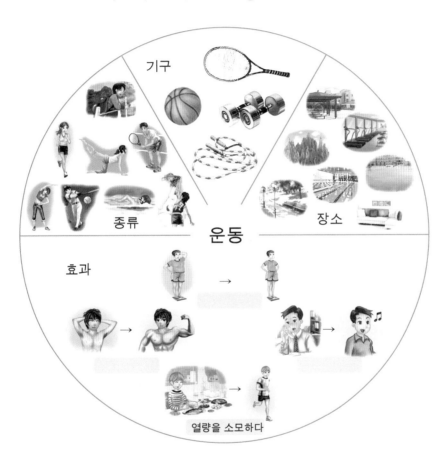

02 빈 칸에 알맞은 어휘를 쓰십시오 .

1) 오랜만에 찜질방에 다녀오니까 그동안 쌓였던 __피로__ 아/ 가 풀렸다 .

2) 노래방에 가서 큰 소리로 노래를 부르면 _____ 이 / 가 풀린다 .

3) 오랫동안 운동과 다이어트를 같이 해서 _____ 이 / 가 많이 줄었다 .

4) 매일 아침 한 시간씩 달리기를 하니까 다리에 _____ 이 / 가 생겼다 .

5) 공부를 하면 _____ 이 / 가 빨리 소모되니까 아침 식사를 잘 해야 한다 .

문법
설명

01 – 어야지요 / 아야지요 / 여야지요

　　用來表示對方或其他人應該做某事。用在動詞語幹後，以
"아，야，오" 結束的動詞語幹後用 "- 아야지요"，除了 "아，야，
오" 之外，以其他母音結束的動詞語幹後用 "- 어야지요"，"하다"
動詞語幹後則用 "- 여야지요"。對比較親密的人或晚輩則用
"- 어야지"。

● 학생들은 공부를 해야지요 .　　　　　學生們就應該念書嘛。
● 잊어버리지 않으려면 중요한　　　　如果不想忘記，就應該將重要的事
　일은 메모해 놓아야지요 .　　　　　情記下來。
● 너도 이제 취직할 생각을 해야지 .　你現在也該考慮就業了。

● 가 : 2 차로 노래방 어때 ? 내가 낼게 .　甲 : 第二輪去 KTV 如何 ? 我請客。
　나 : 밤이 늦었는데 집에들 가서야지　乙 : 太晚了，都得回家了吧。今天
　　요 . 오늘은 여기서 헤어지죠 .　　　就到此各自散了吧。

● 가 : 매일 야근을 해서 그런지 몸이　甲 : 不知道是不是因為每天晚上加
　　예전같지 않아요 .　　　　　　　班的緣故，身體已經不如從前
　　　　　　　　　　　　　　　　了。
　나 : 일도 좋지만 건강도 생각해야지요 .　乙 : 工作雖然好，但總要注意身體
　　　　　　　　　　　　　　　　健康啊 !

02 사동 使動

韓語中，在動詞後加"이 , 히 , 리 , 기 , 우 , 주"等，表示要求或命令他人做某事，從而使人或動物行動起來或達到某種狀態。

[사동]

보다 – 보이다	먹다 – 먹이다	죽다 – 죽이다	끓다 – 끓이다
앉다 – 앉히다	읽다 – 읽히다	입다 – 입히다	눕다 – 눕히다
살다 – 살리다	알다 – 알리다	울다 – 울리다	듣다 – 들리다
웃다 – 웃기다	벗다 – 벗기다	남다 – 남기다	숨다 – 숨기다
자다 – 재우다	타다 – 태우다	깨다 – 깨우다	서다 – 세우다
낮다 – 낮추다	늦다 – 늦추다	맞다 – 맞추다	맡다 – 맡기다

- 아저씨 , 생일카드 좀 보여 주세요 .　　　大叔，請給我看一下生日卡片。
- 어머니가 아이에게 옷을 입힌다 .　　　　媽媽讓小孩穿上衣服。
- 반 친구들 모두에게 이 사실을　　　　　我要讓全班同學知道這件事情。
  알려야겠다 .
- 부장이 나에게 그 일을 맡겼다 .　　　　部長將那件事交給我處理。
- 아침 6 시에 깨워 주세요 .　　　　　　早上六點請叫醒我。

문법 연습

01

- 어야지요 / 아야지요 / 여야지요

다음 표의 빈 칸을 채우고 [보기] 와 같이 옆 사람과 대화하십시오 .

	상황	충고
1)	매일 야근으로 건강이 나빠졌다 .	건강도 생각하셔야지요 .
2)	일이 많아 숙제를 못 하고 있다 .	
3)	친구하고 싸워서 말도 안 한다 .	
4)	돈을 다 썼다 .	

[보기] 가 : 요즘 건강이 너무 나빠진 것 같아요 . 자꾸 피곤하기만 하고요 .
　　　 나 : 일도 좋지만 건강도 생각하셔야지요 . 내일 아침부터 저하고 같이
　　　　　 운동하 는게 어때요 ?

02

사동

빈 칸에 알맞은 동사의 형태를 써서 이야기를 완성하십시오 .

　　약속이 있어서 하숙집 아줌마에게 일찍 __깨워__ 어 / 아 / 여 달라고 부탁했지만
　　　　　　　　　　　　　　　　　　　　　　(깨다)
아파서 일어날 수 없었다 . 아줌마는 죽을 _____ 어서 / 아서 / 여서 내 방에
　　　　　　　　　　　　　　　　　　　　　　(끓다)
가지고 오셨다 . 아줌마는 아플 때는 더 잘 먹어야 한다고 말씀하시면서 죽을
_____ 어 / 아 / 여 주셨다 . 갑자기 고향에 계신 어머니 생각이 났다 . 어렸을
(먹다)
때 나는 자주 아팠다 . 열이 많이 나면 우리 어머니는 내 옷을 _____ 고 찬
　　　　　　　　　　　　　　　　　　　　　　　　　(벗다)
수건으로 몸을 닦아 주셨다 . 열이 좀 내리면 옷을 _____ 고 따뜻한 수프를
　　　　　　　　　　　　　　　　　　　　　　　(입다)
_____ 어 / 아 / 여 주셨다 . 그리고는 엄마 품에 꼭 안아서 _____ 어 / 아 / 여
(먹다)　　　　　　　　　　　　　　　　　　　　　　　　　　(자다)
주셨다 . 어머니 생각에 눈물이 났다 .

　말하기 ●────────────────

다음 기사를 읽고 [보기] 와 같이 선희 씨에게 이야기를 해 봅시다 .

　　선희 씨는 두 아이를 둔 주부입니다 . 두 아이 모두 몸무게가 많이 나가고 남편도 결혼 전보다 살이 많이 쪄서 걱정입니다 . 가족의 건강을 지키려면 선희 씨는 어떻게 해야 할까요 ?

'아침 운동' 하루 중 다이어트 효과가 제일 높다

아침 식사 전에 하는 운동은 다이어트 효과가 크다 . 항상 같은 시간에 일어나서 운동을 하는 것이 좋다 .

반드시 식사 전에 운동을
식사 후에 하는 운동은 소화를 방해할 수 있다 .

규칙적으로 운동을
규칙적으로 운동을 하는 것이 중요하다 . 같은 시간에 일어나는 것이 좋다 .

운동복을 따뜻하게
아침 운동을 할 때에는 따뜻한 운동복을 입는 것이 좋다 . 감기에 걸리지 않으려면 운동을 하다가 더워도 옷을 벗지 않는 것이 좋다 .

[보기]
- 선희 씨 , 운동 전에 아침은 **먹이지** 마세요 .
-
-
-

다이어트 減肥

다음을 읽고 질문에 답하십시오 .

<1시간 활동에 따른 체중별 소비 열량>				

활동 내용	몸무게에 따른 소비 열량(cal)				
	50kg	60kg	70kg	80kg	90kg
슈퍼 (바구니이용)	210	252	294	336	378
요리하기	120	144	168	192	216
서서 회의하기	210	252	294	336	378

<30분 활동에 따른 체중별 소비 열량>				

활동 내용	몸무게에 따른 소비 열량(cal)				
	50kg	60kg	70kg	80kg	90kg
지하철에 앉아서 가기	53	63	74	84	95
버스에 서서 가기	105	126	147	168	189
부엌 가사 노동	60	72	84	96	108

집안일을 할 때보다는 조금이라도 몸을 움직일 때 열량을 더 많이 소비하는 것으로 나타났다 . 체중별 소비 열량 조사 결과를 보면 1 시간 동안 요리를 할 때 소비하는 열량이 장바구니를 이용해서 쇼핑을 할 때보다 낮은 것을 알 수 있다 . 특히 대중교통 이용시 30 분 동안 앉아서 가는 것보다 서서 가는 것이 훨씬 더 많은 열량을 소비하는 것으로 나타났다 .

1) 이 글의 내용과 같으면 ○표 , 다르면 ✕ 표 하십시오 .

❶ 몸무게에 따라 열량 소비량이 달라진다 . 　　　　　　　　　　　　(　　　)

❷ 집안일이 쇼핑을 하는 것보다 열량 소비량이 많다 . 　　　　　　　(　　　)

❸ 서서 회의할 때와 버스에 서서 갈 때 소비 열량은 같다 . 　　　　　(　　　)

❹ 열량 소비를 많이 하려면 집안일 이외에 몸을 움직이는 다른 활동을
　 하는 것이 좋다 . 　　　　　　　　　　　　　　　　　　　　　　(　　　)

2) 운동량이 많은 집안일로는 어떤 것이 있을까요 ?

소비 (消費) 消費　　　장바구니 菜籃　　　대중교통 (大衆交通) 大眾交通工具

90

02 다음은 10 대와 30 대가 좋아하는 운동의 종류를 조사한 결과입니다 . 다음 표를 보고 [보기] 와 같이 이야기해 봅시다 .

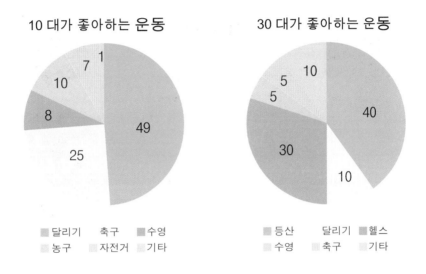

10 대가 좋아하는 운동

- 달리기 축구 수영
- 농구 자전거 기타

30 대가 좋아하는 운동

- 등산 달리기 헬스
- 수영 축구 기타

[보기]

10 대들은 30 대보다 달리기를 좋아하는 <u>것으로 나타났다</u> .

10 대들은 30 대보다 달리기를 좋아하는 <u>것을 알 수 있다</u> .

10 대들은 30 대보다 달리기를 좋아하는 <u>것으로 보인다</u> .

3-3 김치라든가 된장 같은 음식은 대표적인 건강식이죠

학습 목표 ● 과제 건강식 조사하기 ● 문법 이라든가, -는다고 하던데 ● 어휘 음식 관련 어휘

두 사람은 무엇을 하고 있습니까?
건강에 좋은 음식으로는 무엇이 있습니까?

◀ 030~031

웨이 한국 요리는 만들기가 좀 번거로운 것 같아요.

정희 맞아요. 날마다 먹는 김치도 손이 많이 가는 음식이에요.

웨이 손은 많이 가지만 건강에는 좋다고들 하던데요.

정희 네, 김치라든가 된장 같은 음식은 대표적인 건강식이죠.

웨이 요즘 김장철이라고 하던데 정희 씨 집도 김장했어요?

정희 아니요, 바빠서 아직 못 했어요.

번거롭다 繁瑣；麻煩   손이 가다 費事   대표적이다 (代表的) 有代表性的   건강식 (健康食) 健康食品
김장철 適合醃泡菜的時候   김장하다 醃泡菜 (入冬之前一次性大量地醃的泡菜稱為김장)

어휘

01 [보기] 에서 알맞은 어휘를 골라 빈 칸에 쓰십시오 .

[보기] 육류 생선류 곡류   유기농 식품 인스턴트 식품   발효 식품

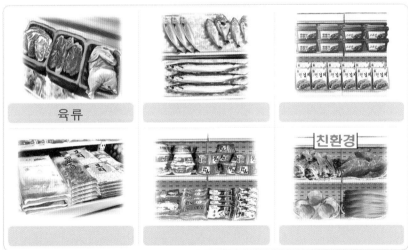

육류

친환경

02 빈 칸에 알맞은 어휘를 쓰십시오 .

1) 된장과 요구르트 같은 **발효 식품** 은 / 는 건강에 좋은 것으로 알려져 있다 .

2) 한국 사람들은 옛날부터 쌀이나 보리 같은 ＿＿＿＿＿＿ 을 / 를 많이 먹었다 .

3) 바쁜 생활을 하는 사람들은 시간이 없을 때 간단하게 ＿＿＿＿＿＿ 을 / 를 먹기도 한다 .

4) 바다 근처에 사는 사람들은 ＿＿＿＿＿＿ 을 / 를 많이 먹어서 그런지 오래 산다고 한다 .

5) 서양 사람들은 동양 사람들에 비해서 소고기와 돼지고기 같은 ＿＿＿＿＿＿ 을 / 를 많이 먹는 편이다 .

문법 설명

01 이라든가 / 라든가

　　用羅列舉例來進行描述時使用。句子後段則對前段的舉例進行綜合說明。以母音結束的名詞後用 "라든가"，以子音結束的名詞後則用 "이라든가"。

- 야채라든가 과일 같은 것을 많이
  드세요.

  多吃點像蔬菜或水果這樣的食物。

- 저는 소설이라든가 수필같은
  가벼운 책이 좋아요.

  我喜歡像小說或隨筆這類比較輕鬆的書。

- 녹차라든가 인삼차 같은 따뜻한
  차를 마시고 싶어요.

  （我）想喝綠茶或人參茶這類的熱茶。

- 병문안을 갈 때는 과일이라든가
  음료수 같은 것을 사 가지고 가세요.

  探望病人時，請買一些像水果或飲料這類的東西帶過去。

- 딸기라든가 사과라든가 과일
  종류를 많이 먹으면 좋대요.

  聽說多吃草莓或蘋果這類的水果（對身體）很好。

02 -는다고 / ㄴ다고 / 다고 하던데

跟對方確認從其他人那裡聽到的話，或以此為根據建議或引誘對方做某事時使用。後句主要是對前句內容進行確認或詢問有何想法的疑問句、命令句、共動句。用在動詞或形容詞語幹後。

以子音結尾的動詞語幹後用 "- 는다고 하던데"，以母音結尾的動詞語幹後用 "- ㄴ다고 하던데"。形容詞語幹後用 "- 다고 하던데"，名詞後則用 "- 이라고 하던데"。聽說已經結束的行動時，用 "- 었다고 하던데"。聽到對方的提問後，將其轉達給他人時，用 "- 냐고 하던데"，聽到對方的命令或指示後，將其轉達給他人時，用 "- 으라고 던데"，聽到對方的建議或勸說後，將其轉達給他人時，用 "- 자고 하던데"。

● 적게 먹는 것이 건강에 좋다고 하던데 선생님은 어떻게 생각하세요?

聽說少量飲食對身體好，老師對此有什麼看法呢？

● 한국 회사원은 밤늦게까지 일을 해야 한다고 하던데 사실이에요?

聽說韓國上班族都要工作到很晚，是真的嗎？

● 경주에 볼거리가 많다고 하던데 그리로 여행 갑시다.

聽說慶州有很多景點，就去那裡旅行吧。

● 민철이가 이번 주말에 여행을 같이 가자고 하던데 영수 씨도 같이 갈 수 있어요?

敏哲說這個週末一起去旅行，英洙你也能一起去嗎？

문법 연습

> 이라든가 / 라든가

01 다음 그림을 보고 대화를 완성하십시오 .

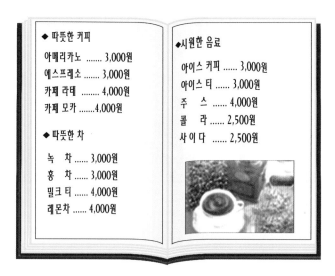

리에 : 날씨가 덥네요 . 뭘 마실까 ?

마리아 : __아이스 티__ 이라든가/ 라든가 __콜라__ 같은 시원한 음료수가 어때 ?

웨이 : 난 감기에 걸렸나 봐 . 목이 좀 아파 .

리에 : 그럼 _____

리에 : 마리아 씨 생일 선물을 사려고 하는데 , 뭐가 좋을까요 ?

정희 : _____ 이라든가 / 라든가 _____ 처럼 오래 쓸 수 있는 물건이

어때요 ? 저는 어머니께 선물을 사 드리려고 하는데 , 뭐가 좋을까요 ?

리에 : 어머니께 드리는 선물은 _____ 이 / 가

좋을 것 같아요 .

- 는다고 / ㄴ다고 / 다고 하던데

02 다음 신문 기사를 읽고 대화를 완성하십시오 .

감기에 걸렸을 때는

1. 약을 먹는 것보다는 쉬는 것이 좋아

2. 비타민 C 가 많은 유자나 레몬이 좋아

3. 심한 운동은 나빠

4. 기침할 때는 배와 꿀을 먹어야

웨이 : 정희 씨 어디 아파요 ?

정희 : 감기에 걸렸어요 . 약을 먹었는데도 낫지 않아요 .

웨이 : 감기에 걸렸을 때는 약을 먹는 것도 좋지만 **쉬는 것이 가장 좋다고**
　　　 는다고 / ㄴ다고 / 다고 하던데 좀 쉬세요 .

정희 : 네 , 좀 쉬어야겠어요 . 우리 같이 커피나 한잔 할까요 ?

웨이 : 감기에는 커피보다 ＿＿＿＿＿＿＿＿＿ 는다고 / ㄴ다고 / 다고 하던데 유자차
　　　 나 레몬차를 드세요 .

정희 : 그럼 레몬차를 마셔야겠어요 . 오늘 오후에는 친구하고 테니스를 치기로 했는
　　　 데 감기가 더 심해질 것 같아서 걱정이에요 .

웨이 : 테니스요 ? ＿＿＿＿＿＿＿＿ 는다고 / ㄴ다고 / 다고 하던데 너무 힘든
　　　 운동은 하지 않는 게 좋을 것 같아요 .

정희 : 그래요 ? 기침도 많이 하는데 뭐 좋은 방법 없을까요 ?

웨이 : ＿＿＿＿＿＿＿＿＿ 는다고 / ㄴ다고 / 다고 하던데 한번 드셔 보세요 .

정희 : 와 , 웨이 씨는 정말 아는 것도 많네요 .

과제 1 말하기

음식 중에는 건강에 좋은 음식과 그렇지 않은 음식이 있습니다. 다음의 어휘 중에서 적당한 어휘를 골라 알맞은 곳에 넣고 [보기]와 같이 말해 봅시다.

된장	햄버거	탄산음료	인삼
콩	술	김치	두부
커피	요구르트	채소	과일
감자튀김	녹차	설탕	

건강에 좋은 음식 된장 김치   술   **건강에 나쁜 음식** 햄버거

[보기] 건강에 좋은 음식에는 **된장이라든가** 김치 같은 음식이 있어요.

건강에 좋은 음식에는 _____

건강에 나쁜 음식에는 _____

건강에 좋을 수도 있고 나쁠 수도 있는 음식에는 _____

탄산음료 (炭酸飮料) 碳酸飮料

과제 2   듣고 말하기 [🔊 032]

01 대화를 듣고 질문에 답하십시오.

1) 건강한 식습관을 위해 남자가 말한 세 가지 방법은 무엇인지 쓰십시오.

❶ _____

❷ _____

❸ _____

2) 다음 중 건강에 좋은 식품은 어느 것입니까? (   )

❶ 소금   ❷ 백설탕   ❸ 화학조미료   ❹ 꿀

3) 들은 내용과 같으면 ○표, 다르면 × 표 하십시오.

❶ 흰 쌀은 적게 먹는 것이 좋다.   (   )

❷ 음식을 많이 먹어도 많이 씹으면 건강에는 문제가 없다.   (   )

❸ 음식을 많이 씹으면 소화가 잘 되기 때문에 건강에 좋다.   (   )

❹ 입에 맞는 음식을 한 가지 선택하여 계속 먹는 것이 건강에 좋다. (   )

02 여러분의 나라나 한국에서 사람들이 건강을 위해 먹는 음식을 조사하여 다음
표를 채우고 발표해 봅시다.

음식 이름	삼계탕
재료	닭, 인삼, 대추, 밤, 찹쌀
맛	담백하다. 맵지 않지만 뜨겁다.
먹는 방법	먼저 고기를 소금에 찍어 먹고 닭의 뱃속에 들어 있는 찹쌀과 국물을 섞어서 떠 먹는다.
건강에 좋은 이유	인삼과 여러 가지 몸에 좋은 재료가 들어 있어서 건강에 좋다.
먹는 계절 / 때	여름철에 땀을 많이 흘릴 때 몸을 보호하기 위해 먹는다.
기타	식당에서 사 먹으면 보통 한 그릇에 8,000 원 정도이다.

식습관 (食習慣) 飲食習慣   화학조미료 (化學調味料) 化學調味料   꿀 蜂蜜   씹다 嚼   골고루 均勻地：平均地

3-4 과식을 안 하는 것도 중요하답니다

학습 목표 ● **과제** 건강을 위한 생활 습관 조사하기 ● **문법** -는다고 보다 -는답니다 ● **어휘** 생활 습관 관련 어휘

두 사람은 무엇에 대해서 이야기하는 것 같습니까 ?
여러분은 몇 살까지 살고 싶습니까 ?

◀ 033~034

제임스   선생님께서는 장수의 비결이 무엇이라고 생각하세요 ?

의사   글쎄요 . 저는 정해진 시간에 식사를 하는 것이 무엇보다도
중요하다고 봅니다 .

제임스   그렇군요 . 식사량도 중요하겠지요 ?

의사   물론이지요 . 과식을 안 하는 것도 아주 중요하답니다 .

제임스   그런데 장수하는 사람들이 특별히 좋아하는 음식이 있나요 ?

의사   장수 마을 노인들은 된장찌개와 삶은 돼지고기를 좋아한다고
들었습니다 .

장수 (長壽) 長壽   비결 (秘訣) 秘訣   정하다 (定 -) 決定   식사량 (食事量) 飯量   중요하다 (重要 -) 重要的

01 [보기]에서 알맞은 어휘를 골라 빈 칸에 넣으십시오 .

[보기] 과식   소식   편식   채식   육식
      규칙적이다   불규칙하다
      하루에 1 시간 정도 운동을 한다   운동을 전혀 하지 않는다

식습관

| 소식 | | | | |

수면 습관

운동 습관

02 다음 중에서 여러분과 관계된 것에 체크해 보십시오.

식습관	☐ 과식을 한다. ☐ 소식을 한다. ☐ 편식을 한다. ☐ 야식을 자주 먹는다. ☐ 육식을 좋아한다. ☐ 식사를 천천히 한다. ☐
수면 습관	☐ 규칙적으로 일정한 시간에 잔다. ☐ 자는 시간이 불규칙하다. ☐ 하루에 7시간 정도 잔다. ☐ 하루 수면 시간이 7시간이 넘는다. ☐
운동 습관	☐ 하루에 1시간 정도 운동을 한다. ☐ 운동을 전혀 하지 않는다. ☐ 일주일에 세 번 정도 30분 정도 운동을 한다. ☐
건강을 위한 다른 습관	☐ 명상 ☐ 영양제를 복용한다. ☐

문법
설명

01 - 는다고 / ㄴ다고 / 다고 / 이라고 보다

對重要問題發表自己的意見時使用。有 "그렇게 생각하다
（那樣認為）" 的意思。用在動詞或形容詞語幹後。以子音結束
的動詞語幹後用 "- 는다고 보다"，以母音結束的動詞語幹後則用
"- ㄴ다고 보다"。形容詞語幹後用 "- 다고 보다"，名詞後則用
"- 이라고 보다"。將聽過的、已結束的動作講述給對方時，用
"- 었다고 보다"。

- 그 점은 별로 문제될 게 없다고 我認為這一點不能成為問題。
  봅니다.
- 우리가 가장 먼저 해결해야 할 我認為我們首先要解決的也是環境
  것도 환경 문제라고 본다. 問題。
- 청소년 문제에는 부모님의 관심 對於青少年問題，我認為最需要的
  이 가장 필요하다고 본다. 是父母的關心。

02 – 는답니다 / ㄴ답니다 / 답니다 / 이랍니다

　　將認為自己知道而對方不知道的事實告知對方時使用。子音結束的動詞後使用 "- 는답니다"，以母音結束的動詞語幹後則使用 "- ㄴ답니다"。形容詞語幹後使用 "- 답니다"，名詞後則使用 "- 이랍니다"。將所聽到的動作已經結束的事實講述給對方時，使用 "- 었답니다"。

- 형님, 어머님 걱정은 마십시오. 哥，不用擔心母親。母親非常健康。
  어머님은 건강하시답니다.
- 옛날 옛날 공주와 결혼하려는 어느 很久很久以前，有一個想要和公主
  왕자가 있었답니다. 結婚的王子。
- 요즘 저는 직장생활을 하느라 친구들 最近因為工作的關係，根本沒有和
  만날 틈이 없었답니다. 朋友見面的時間。
- 저는 처음 그를 만났을 때부터 我從第一次見到他的時候，就開始
  좋아했답니다. 喜歡上他了
- 우리가 지리산과 한라산을 다 구경 我們用了整整三個月的時間來遊遍
  하는 데 꼬박 3 개월이 걸렸답니다. 智異山和漢挐山。

　　"- 는답니다 / ㄴ답니다 / 답니다" 也可以作為 "는다고 합니다 / - ㄴ다고 합니다 / 다고 합니다" 的省略語來使用。

- 뉴스에서 들으니까 물가가 많이 聽了新聞報導之後才知道物價上漲
  올랐답니다. 了很多。
- 친구한테 들었는데 민철이가 미국에 聽朋友說敏哲去美國了。
  갔답니다.

문법 연습

- 는다고 / ㄴ다고 / 다고 / 이라고 보다

01 다음에 대해 여러분의 생각을 표에 쓰십시오.

	여러분의 생각
수업을 한 시간 일찍 시작한다.	하루를 일찍 시작해 시간을 효과적으로 활용할 수 있다고 본다.
시험이 없다.	
학교 안에 흡연실을 만든다.	

- 는답니다 / ㄴ답니다 / 답니다 / 이랍니다

02 다음 편지의 밑줄 친 부분을 [보기] 와 같이 '- 는답니다' 를 써서 고치십시오 .

웨이 씨에게

웨이 씨 , 안녕하셨어요 ?

저는 작년 가을에 같은 반에서 공부한 마이클입니다 .

웨이 씨가 걱정해 주신 덕분에 저는 봄에 연세대학교에 1) **입학했습니다** .
대학생이 되니까 할 일도 많고 하고 싶은 일도 많아서 요즘 저는 정신없이
2) **지내고 있습니다** . 한국 친구들과는 재미있게 지내고 있지만 , 한국말이
서툴러서 수업을 따라가기가 많이 힘듭니다 . 이렇게 힘이 들 때는 어학당
선생님과 친구들 3) **생각이 많이 납니다** . 정말 보고 싶습니다 .

다음 주 월요일이 4) **스승의 날입니다** . 알고 계시지요 ? 같은 반 친구였던
리에 씨 , 제임스 씨 , 마리아 씨하고 같이 선생님을 찾아 뵈려고 합니다 . 웨이
씨도 바쁘지 않으시면 같이 점심 식사를 하는 게 어떨까요 ? 연락 주세요 .

다시 만날 때까지 안녕히 계세요 .

5 월 10 일
마이클 드림

[보기] 1) 입학했습니다 .   → **입학했답니다** .

2) 지내고 있습니다 .   → ....

3) 생각이 많이 납니다 . → ....

4) 스승의 날입니다 .   → ....

과제 1 읽고 말하기

01 다음을 읽고 질문에 답하십시오.

가) 저녁이 되면 우리 몸은 피로해진다. 이러한 피로를 간단히 푸는 방법이 있다. 먼저 팔을 옆으로 벌리고 다리를 쭉 펴고 바닥에 눕는다. 그런 다음 천천히 발이 머리 위로 오게 다리를 올렸다가 다시 바닥으로 내린다. 이것을 다섯 번만 하면 몸이 가벼워지면서 피로가 거짓말처럼 풀린다.

나) 밤에 잠을 잘 자려면 해가 진 뒤 20~30 분 정도 자전거 타기나 산책 등으로 몸을 조금 피곤하게 하는 것이 좋다. 그러나 잠자기 5 시간 전에 심한 운동을 하면 몸이 긴장 상태가 되어 잠이 잘 오지 않는다. 그러므로 오후 7 시 이후에는 가벼운 운동이 적당하다.

다) 아주 가벼운 운동이라도 오랫동안 규칙적으로 하면 체중을 줄일 수 있는 것으로 밝혀졌다. 텔레비전을 보다가 광고 시간에 방 안을 걷거나 계단을 걸어서 올라가고 내려가는 가벼운 운동을 오랫동안 계속하면 체중이 줄어든다고 한다. 또 주차할 때 입구에서 가장 먼 곳에 차를 세우고 걸어가는 것도 오랫동안 계속하면 효과가 있는 것으로 나타났다.

1) 위의 세 가지 이야기에서 공통적으로 주장하는 것은 무엇입니까? (   )
❶ 가벼운 운동의 효과   ❷ 운동과 다이어트
❸ 가벼운 운동과 강렬한 운동의 차이   ❹ 운동하기에 적절한 시간

2) 각각의 이야기의 제목을 만들어 보십시오.

가)

나)

다)

과제 2   말하기 ●━━━━━━━━━━━━

02   건강을 위해 여러분이 하는 운동을 [보기] 와 같이 말해 봅시다 .

[보기]

> 저는 시간이 있을 때마다 가볍게 몸을 움직입니다 . 의자에 앉아서 몸을 왼쪽 또는 오른쪽으로 돌려 의자의 뒤쪽을 잡습니다 . 눈은 돌린 쪽 어깨 너머를 바라보면서 몸을 더 돌립니다 . 시원하게 느껴지는 방향은 여러 번 반복합니다 . 이렇게 하면 딱딱해진 근육이 풀립니다 .

여러분이 알고 있는 민간요법을 다음 표에 정리해 보고 , [보기] 와 같이 말해 봅시다 .

증상		
목이 아플 때	**코피가 날 때**	**술이 깨지 않을 때**
소금물로 양치한다 .		

[보기]

> 한국 사람들은 목이 붓고 아프면 소금물로 양치를 **한답니다** . 보통은 자기 전에 미지근한 소금물로 양치를 합니다 . 소금을 프라이팬에 볶아서 소금물을 만들고 , 그 소금물을 차게 식혀서 양치를 하면 더 좋다고 합니다 . 저는 두 방법을 다 써 봤는데 병원에서 주는 약보다 효과가 **좋았답니다** . 어쨌든 저는 소금물 양치가 목이 부었을 때는 제일 빠르고 좋은 **방법이라고 봅니다** .

눕다 躺   올리다 抬；擧   긴장 (緊張) 緊張   입구 (入口) 入口
민간요법 (民間療法) 民俗療法   양치하다 (養齒) 刷牙   미지근하다 溫熱的   효과 (效果) 效果

3-5 화

🔊 035

　　자주 화를 내는 아들 때문에 고민하던 아버지가 있었다. 그는 아들에게 나무판 [1]
하나와 못 [2]이 든 주머니를 주면서 화가 날 때마다 나무판에 못을 박으라고 [3] 했다.
아들은 첫날 못을 30개 박았다. 그러나 다음날은 못을 27개, 그 다음날은 24개,
못의 수는 점차 줄어들었다. 아들은 못 박는 것이 너무 힘들어 그냥 화를 참는 것이
5　낫겠다고 생각했다. 점점 함부로 [4] 화를 내는 버릇이 사라졌다. 어느 날 아버지에게
이제 못을 그만 박겠다고 말했다. 이 말을 듣고 이번에는 화를 잘 참았을 때마다 못을
하나씩 뽑으라고 했다. 나무판의 못을 모두 뽑은 날, 아버지는 아들을 보고 말했다.
"잘 했다. 그런데 나무판에 있는 못 자국 [5]이 보이니? 네가 화나서 한 말들이 이
자국처럼 누군가에게 아픔을 남기기도 한단다. 그러니까 화를 낼 때 한 번 더 생각해
10　봐라. 그리고 말로 다른 사람을 아프게 하는 일이 없도록 해라." 이 이야기에서
아버지는 아들에게 화를 내지 말라고 한다. 그리고 화를 내서 다른 사람에게 상처 [6]를
줄 수 있음을 가르쳐 주고 있다.

　　현대인들은 바쁜 일상 속에서 스트레스를 받으며 살아간다. 그리고 그 스트레스
때문에 화가 난다. 그런데 화가 났을 때 그 화를 겉으로 표현하는 [7] 사람들이 있는가
15　하면, 화를 참으며 속으로 속상해하는 [8] 사람들도 있다. 건강을 위해서는 어떤 것이 더
바람직할까 [9]? 화를 내지 않고 무조건 [10] 참게 되면 화가 마음속에 남아 병이 생기게
된다. 흔히 [11] '화병'이라고 부르는데 머리가 아프거나 소화가 잘 안되기도 한다. 어느
조사 결과에 따르면 화를 참은 사람이 화를 내며 산 사람보다 더 오래 살지 못한다고
한다. 그러나 화를 심하게 내면 몸의 각 부분 [12]에 안 좋은 영향 [13]을 주게 된다.
20　소리를 지르고 물건을 던지면서 화를 내면 혈압이 오르고 심장 [14]에 부담 [15]을 준다.
화를 조절하지 못하면 말로 상처를 줄 뿐만 아니라 심한 경우에는 폭력 [16]을 쓰기도
한다. 그래서 화를 내는 것은 나 자신의 건강에도 안 좋을 뿐만 아니라 남에게도 큰
상처를 준다.

그렇다면 현대인이 건강하게 살기 위해서는 어떻게 화를 조절해야 할까? 화를 내기 전에 다음 세 가지를 생각한다면 그 답을 찾을 수 있다. 첫 번째, 내 건강과 바꿀 만큼 중요한 일인가? 사소한 [17] 경우인데도 화를 내서 내 건강이 나빠진다면 화를 낼 필요가 없다. 그냥 별 거 아니라고 가볍게 생각하고 지나가면 마음도 편안해지고 화도 사라지게 될 것이다. 그러나 화를 내야 하는 상황에도 화를 내지 않고 꾹 [18] 참으면 스트레스가 쌓여서 오히려 [19] 정신 건강에 좋지 않다. 두 번째는 옳은 [20] 화인가? 즉 '화를 내는 것이 옳은가'하고 한 번쯤 생각해 본 뒤에 화를 내면, 화가 난다고 해서 무조건 화를 내고 후회하는 [21] 일은 생기지 않을 것이다. 한국 속담에 '방귀 뀐 [22] 놈이 화를 낸다.'는 말이 있다. 이 말은 자기가 잘못을 하고도 화를 내는 경우를 말한다. 세 번째는 과연 화를 내는 것이 문제 해결에 효과적인가? 화를 내서 문제가 해결될 [23] 수 있으면 화를 내도 좋지만 화를 내도 문제 해결에 전혀 도움이 되지 않는다면 꼭 화를 낼 필요는 없다. 운동 경기가 끝난 후에 졌다고 물건을 던지거나 소리를 지르며 화를 내는 사람들이 있다. 그러나 화를 내도 경기의 결과는 바꿀 수가 없다.

스트레스가 많은 현대인들에게 화는 늘 가까이에 있다. 언제 화를 내고 언제 화를 참아야 하는지를 잘 생각해서 화를 조절할 수 있다면 현대인들은 건강하게 살 수 있을 것이다.

1)	나무판	wooden board	木板
2)	못	nail	釘子
3)	박다	to hammer, drive into	釘
4)	함부로	thoughtlessly, carelessly	隨意地
5)	자국	mark (left behind)	痕跡
6)	상처	hurt feelings, injury	(傷處) 傷痛
7)	표현하다	to express, show	(表現 -) 表現
8)	속상하다	upset, distressed	傷心
9)	바람직하다	desirable	所希望的
10)	무조건	unconditionally	(無條件) 無條件地
11)	흔히	commonly; often	常常
12)	부분	part	(部分) 部分
13)	영향	influence	(影響) 影響
14)	심장	heart	(心臟) 心臟
15)	부담	burden	(負擔) 負擔
16)	폭력	violence	(暴力) 暴力
17)	사소하다	trivial, insignificant	(些小 -) 細微的
18)	꾹	with an effort; patiently	使勁地
19)	오히려	on the contrary; rather	反而
20)	옳다	right, proper	正確的
21)	후회하다	to regret	(後悔 -) 後悔的
22)	방귀를 뀌다	to fart, pass gas	放屁
23)	해결되다	to be resolved	(解決 -) 解決

내용 이해

1) 각 단락의 중심 내용을 연결하십시오 .

첫 번째 단락 ●   ● 화를 자주 내는 아들의 이야기

두 번째 단락 ●   ● 현대인과 화

세 번째 단락 ●   ● 화를 조절하는 방법

네 번째 단락 ●   ● 화와 건강과의 관계

2) 아버지는 왜 아들에게 못을 박고 뽑게 했습니까 ? (   )

❶ 아들이 자주 화를 내서 혼내주려고

❷ 못을 박고 뽑는 것이 건강에 좋기 때문에

❸ 화를 내는 효과적인 방법을 알려주기 위해서

❹ 화를 참는 것의 중요함을 가르쳐 주기 위해서

3) 화를 내기 전에 생각해야 하는 3 가지가 아닌 것은 무엇입니까 ? (   )

❶ 지금이 화를 낼 적당한 때인가 생각해 본다 .

❷ 작은 일에도 화를 내는 것인지 생각해 본다 .

❸ 화를 내면 문제가 해결될 수 있는지 생각해본다 .

❹ 화낼 이유가 없는데도 화를 내는 것인지 생각해 본다 .

4) 이 글에서 사람들이 겉으로 화를 표현하는 행동이 아닌 것은 무엇입니까 ?
    (   )

❶ 짜증을 낸다 .   ❷ 소리를 지른다 .

❸ 물건을 던진다 .   ❹ 사람을 때린다 .

5) 이 글의 내용과 같으면 ○ , 다르면 × 하십시오 .

❶ 아들은 못을 점점 많이 박았다 .　　　　　　　　　　　　　(　　　)

❷ 화병은 화를 속으로 참아서 생기는 병이다 .　　　　　　　(　　　)

❸ 화를 참은 사람이 화를 낸 사람보다 오래 산다 .　　　　　(　　　)

❹ 화가 많이 나면 스스로 조절할 수 없는 경우도 있다 .　　　(　　　)

 ## 더 생각해 봅시다

1) 다음은 '화' 와 관계있는 속담입니다 . 그림을 보면서 무슨 뜻인지 생각해 봅시다 .

• 방귀 뀐 놈이 화를 낸다 .

• 지렁이도 밟으면 꿈틀거린다 .

• 돌을 차면 내 발부리만 아프다 .

• 종로에서 뺨 맞고 한강에서 화풀이한다 .

한국인의 건강식 🔊 036

건강식이란 건강을 유지하거나 회복하기 위하여 만든 음식을 말합니다. 한국에서도 지방마다 혹은 가정마다 특별한 건강식이 있습니다. 예를 들어 더운 여름날 기운이 없을 때 한국 사람들은 삼계탕을 먹습니다. 삼계탕은 몸에 좋은 인삼, 찹쌀, 대추, 밤 등을 닭과 함께 끓여 만든 음식입니다. 또 콩이 몸에 좋다는 것은 잘 알려져 있는데, 한국인은 콩으로 만든 된장이나 청국장을 찌개로 만들어 자주 먹습니다. 그리고, 한국인이 즐겨 먹는 비빔밥은 별다른 반찬 없이도 한 끼의 식사로 맛있게 먹을 수 있는 요리입니다. 비빔밥에는 다양한 나물과 고기 등이 들어 있어서 영양면에서도 매우 좋다고 합니다. 한국에는 이 밖에도 다양한 건강식이 있습니다. 이러한 음식들은 옛부터 한국 사람들이 매일 먹어 왔던 음식들입니다. 여러분도 오늘 저녁에 건강에 좋은 이런 음식들을 한번 드셔 보세요.

삼계탕

비빔밥

청국장

1) 한국인이 즐겨 먹는 음식에 대해 이야기해 봅시다.

2) 여러분 나라에서 건강식으로 먹는 음식은 어떤 것이 있는지 이야기해 봅시다.

회복하다 (恢復) 恢復   기운 (氣運) 精神   영양 (營養) 營養

YONSEI KOREAN 3

제 4 과 공연과 감상

4-1 표를 사는 대신에 저녁을 사 주세요

학습 목표 ●과제 공연 안내하기 ●문법 만 못하다 , - 는 대신에 ●어휘 공연 관련 어휘

두 사람은 무엇에 대해 이야기하고 있습니까 ?
여러분은 한국에서 공연을 본 적이 있습니까 ?

◀ 037~038

제임스   리에 씨 , 뮤지컬 춘향전이 아주 감동적이라고 하던데 보셨어요 ?

리에   아니요 , 못 봤어요 . 그렇지 않아도 한번 보고 싶었어요 .

제임스   그럼 같이 갈까요 ? 보고 온 친구가 그러는데 무대와 의상이 아주
아름답대요 . 노래와 춤은 말할 것도 없고요 .

리에   한국말로 하는 공연인데 제가 이해할 수 있을까요 ?

제임스   일본어로 듣는 것만 못하겠지만 자막이 있으니까 이해할 수는
있을 거예요 .

리에   그럼 제가 예매할게요 . 제가 표를 사는 대신에 제임스 씨가 저녁을
사 주세요 .

뮤지컬 音樂劇	감동적이다 (感動的) 感人的	무대 (舞台) 舞台	의상 (衣裳) 服裝
말할 것도 없다 不用說了	공연 (公演) 演出	자막 (字幕) 字幕	

어휘

01 다음은 공연 포스터입니다 . [보기] 에서 알맞은 어휘를 골라 빈 칸에 쓰십시오 .

[보기] 작품명   관람 연령   공연 장소   공연 일시   작품 해설

작품명 ....❶

............❷

............❸

............❹

............❺

02 관계있는 것끼리 연결하십시오 .

공연 장소   작품명   공연 일시

문법 설명

01 만 못하다

表示前面的內容沒有後面的內容好。

● 가 : 웨이 씨는 테니스를 잘 치던
　　 데 마리아 씨도 테니스를 잘
　　 쳐요?

　 나 : 테니스는 마리아 씨가 웨이
　　 씨만 못해요.

甲：王偉網球打得挺好的，瑪麗亞
　　網球也打得好嗎？

乙：要說網球，瑪麗亞沒有王偉打
　　得好。

● 가 : 새로 산 핸드폰 어때요?

　 나 : 괜찮은데 디자인이 옛날
　　 핸드폰만 못해요.

甲：新買的手機如何呢？

乙：還不錯，不過設計不如以前那
　　隻手機。

● 가 : 전자 사전을 사려고 하는데
　　 인터넷으로 사도 괜찮을까요?

　 나 : 직접 보고 고르는 것만 못하겠
　　 지만 괜찮을 거예요.

甲：我想買電子辭典，在網路上買
　　也沒關係嗎？

乙：雖然比不上直接去挑選，但也
　　不會有問題的。

● 가 : 건조기로 빨래를 말리니까
　　 어때요?

　 나 : 잘 마르지만 그래도 햇볕에
　　 말리는 것만 못한 것 같아요.

甲：用烘乾機烘衣服如何呢？

乙：雖然乾得快，但好像還是不如
　　在陽光下曬乾的好。

02 －는 대신에

表示不做前面的行動，而用其他行動代替或做為補償。用在動詞語幹後。

- 미선 씨가 편지 쓰는 것을 도와주는 대신에 내가 점심을 사기로 했다.

  美善幫我寫信，我則請她吃午餐。

- 우리는 다른 회사보다 일을 많이 하는 대신에 월급도 많이 받는다.

  我們的工作量雖然比別的公司大，但是拿的薪水也多。

- 일을 일찍 시작하는 대신에 일찍 끝낼 수 있다.

  提早開始做，就可以早一點結束。

- 나는 대답을 하는 대신에 창문쪽으로 고개를 돌렸다.

  我沒有回答，而是將頭轉向窗外。

- 어머니는 우리를 야단치는 대신에 집안 청소를 시키셨다.

  母親沒有罵我們，而是罰我們打掃房間。

문법 연습

만 못하다

01 다음 그림을 보고 대화를 완성하십시오 .

❶

영수 : 정희 씨 , 이사간 집은 어때요 ?

정희 : 회사에서 가깝기는 한데 **새로 이사간**

집이 이전 집만 못해요 .

❷

리에 : 마리아 씨는 듣기 성적이 좋네요 .

쓰기는 어때요 ?

마리아 : ....

....

❸

웨이   제임스

미선 : 제임스 씨 , 농구를 자주 하는 것

같은데 농구 잘 해요 ?

제임스 : ....

....

④ 정희 : 여기 음식 맛있지요 ?

웨이 : 맛있기는 한데 _____

_____

- 는 대신에

02 표를 채우고 다음과 같이 쓰십시오 .

	내가 다른 사람을 위해 하는 일	그 사람이 나에게 해 주는 일
1)	동생 숙제를 도와주었다	동생이 내게 아이스크림을 사 주기로 했다
2)	내가 친구에게 점심을 사 주었다	친구가 나에게 영화를 보여 주기로 했다
3)		친구는 우리 집 대청소를 도와주기로 했다
4)		

1) 내가 동생 숙제를 도와주는 대신에 동생은 나한테 아이스크림을 사 주기로 했다 .

2) _____

3) _____

4) _____

다음 표를 보고 [보기] 와 같이 뮤지컬 '인어 공주'와 연극 '인어 공주'를 비교해서 이야기해 봅시다 .

	뮤지컬 '인어 공주'	연극 '인어 공주'
내용	원래 동화와 같다 .	원래 동화 내용과 비슷하지만 마지막에 인어 공주가 사랑을 이룬다 .
특징	화려한 의상과 무대 , 노래 , 춤	아름다운 대사
장소	500 석 대극장	50 석 소극장
가격	5 만원 ~15 만원	2 만원 ~4 만원

[보기]

가 : 뮤지컬 '인어 공주'와 연극 '인어 공주'가 재미있다고 하던데 어느 것이

더 좋을까요 ?

나 : 글쎄요 , 둘 다 장점이 있지만 저는 _____ 이 / 가 _____ **만 못할**

것 같아요 .

가 : 왜요 ?

나 : 여러 가지 이유가 있는데요 . 제 생각에는 _____

_____

_____

비슷하다 相似的   특징 (特徵) 特徵   화려하다 (華麗) 華麗的

과제 2   듣고 쓰기 [🔊 039] ●━━━━━━━━━━━━━━━━━━

01 이야기를 듣고 질문에 답하십시오 .

1) 이 사람은 왜 전화를 했습니까? 쓰십시오 .

2) 들은 내용과 같은 것에 ○표 , 다른 것에 × 표 하십시오 .

❶ 여자가 공연하는 것은 오페라이다 .   (   )

❷ 여자는 이 공연에서 주인공 역을 맡았다 .   (   )

❸ 여자는 공연하는 날 친구를 기다릴 것이다 .   (   )

❹ 여자는 공연에 관객이 아주 많을 거라고 생각하고 있다 . (   )

3) 들은 내용과 같은 것을 고르십시오 . (   )

❶ 공연 시간은 오후 6 시이다 .

❷ 공연 제목은 아가씨와 미녀들이다 .

❸ 학생들에게 이 공연을 많이 알렸다 .

❹ 여자는 미라가 많은 친구들을 데려 오기를 바란다 .

02 여러분은 다음 공연들 중 어느 것을 좋아하는지 [보기] 와 같이 써 봅시다 .

연극   오페라   뮤지컬   콘서트   인형극   판소리   기타 ....

[보기]

　나는 오페라 보는 것을 좋아한다 . 오페라는 아름다운 음악과 노래를 들을 수 있고 , 의상과 무대도 화려해서 볼 것도 많기 때문이다 . 나는 슬픈 사랑 이야기를 좋아하는데 오페라는 슬프고 감동적인 사랑 이야기가 많이 나와서 좋다 .

관객 (觀客) 觀眾   알리다 告知

4-2 춘향전을 보자고 해서 예매하려고요

학습 목표 ● 과제 공연 예매하기 ● 문법 - 는다고 해서 , - 고서 ● 어휘 예매 관련 어휘

▶ 무슨 이야기를 하는 것 같습니까 ?
여러분은 한국에서 예매를 해 본 적이 있습니까 ?

◀ 040~041

미선 리에 씨 , 뭐 하세요 ?

리에 제임스 씨가 국립극장에서 하는 '춘향전'을 보자고 해서 전화로 예매하려고요 . 그런데 쉽지가 않네요 .

미선 인터넷 예매가 더 좋지 않아요 ? 앉고 싶은 좌석도 정할 수 있거든요 .

리에 그게 좋겠군요 . 국립극장 인터넷 사이트에서 할 수 있지요 ?

미선 네 , 국립극장 회원이 아니면 먼저 회원 가입을 하고서 예매하고 싶은 공연을 선택하세요 .

리에 번거로울 줄 알았는데 생각보다 간단하네요 . 알려 줘서 고마워요 .

좌석 (坐席) 座位   인터넷 사이트 網站   가입하다 (加入) 加入   선택하다 (選擇) 選擇
알려 주다 告知   간단하다 (簡單) 簡單的

어휘

01 관계가 있는 어휘를 골라 연결하십시오.

1) 예매하다 •   • 약속 시간을 바꾸었어요.

2) 예약하다 •   • 식당에 전화해서 가기로 약속했어요.

3) 확인하다 •   • 돈을 돌려받았어요.

4) 취소하다 •   • 물건을 주문했다가 사지 않기로
                                    했어요.

5) 환불 받다 •   • 미리 기차표를 샀어요.

6) 변경하다 •   • 약속이 잘 되었는지 전화로
                                    알아봤어요.

02 빈 칸에 알맞은 어휘를 쓰십시오.

뮤지컬 공연을 보고 싶어서 어제 표를 1) **예매했어요** 였어요 / 왔어요 / 였어요.
그런데, 갑자기 일이 생겨서 갈 수 없게 됐어요. 그래서 취소하고 돈을 2) _____
_____ 었어요 / 았어요 / 였어요.

친구들과 여행을 가기로 했어요. 비행기 표를 사려고 여행사에 전화를 걸어서
비행기 좌석을 3) _____ 었어요 / 았어요 / 였어요. 일정이 바뀌어서
비행기 시간을 4) _____ 었어요 / 았어요 / 였어요. 떠나기 전에 다시 한번
여행사에 예약을 5) _____ 었어요 / 았어요 / 였어요.

문법설명

01 ‑ 는다고 / ㄴ다고 / 다고 해서 , ‑ 냐고 해서 , ‑ 으라고 / 라고 해서 , ‑ 자고 해서

表示聽了某人的提議後，按此提議進行後續的行動。聽了某個事實後，按此事實展開後續行動時用 "- 는다고 해서"，聽了某個提問後，進行後續行動或作回答時，則用 "- 냐고 해서"。聽了他人的命令後，進行後續行動時，用 "- 으라고 해서"。

- 주말에 비가 온다고 해서 집에 있기로 했다 .

  聽說週末會下雨，所以就決定待在家裡了。

- 미선 씨가 비빔밥을 먹자고 해서 우리 모두 비빔밥을 먹었다 .

  美善說要吃拌飯，所以我們就都吃了拌飯。

- 아버지가 다음 주에 여행을 가자고 해서 제주도에 가게 되었다 .

  父親說下週去旅行，所以就決定去濟州島了。

- 선생님이 일찍 오라고 해서 아침 8 시에 학교에 왔다 .

  老師讓我們早點來，所以八點就到了學校。

- 영수 씨가 함께 영화를 보지 않겠냐고 해서 함께 영화를 보았다 .

  因為英洙問我要不要一起看電影，所以就一起看了。

02 ‑ 고서

做了前面的行動後，由此動作的結果引發了後續的行動或狀態。用在動詞語幹後。

- 5 년 동안 기른 머리를 자르고서 후회를 했다 .

  我剪掉留了五年的長髮之後很後悔。

- 그 친구와 그렇게 헤어지고서 평생 마음이 안 좋았다 .

  就那樣跟那個朋友分開後，我一生心裡都不愉快。

- 그 소식을 듣고서 기쁨의 눈물이 흘렀다 .

  聽到這個消息後，我留下了喜悅的淚水。

- 급하게 밥을 먹고서 체한 것 같다 .

  因為飯吃得比較急，結果好像有點消化不良。

문법 연습

- 는다고 / ㄴ다고 / 다고 해서 , - 냐고 해서 , - 으라고 / 라고 해서 , - 자고 해서

01 다음 그림을 보고 문장을 만드십시오 .

❶

수영하러
같이 가자 .

미선 : 웨이 씨 , 어제 뭐 했어요 ?

웨이 : 리에 씨가 **수영장에 같이 가자고 해서**
　　　다녀 왔어요 .

❷

아이스크림
하나만 먹자 .

민철 : 리에 씨 , 어디 아파요 ?

리에 : 웨이 씨가 ＿＿＿＿＿＿＿＿＿＿＿＿＿
　　　먹었는데 괜히 먹었나 봐요 . 배가
　　　아파요 .

❸

감기에
걸렸어요 .

민철 : 웨이 씨 , 어디에 가세요 ?

웨이 : 리에 씨가 ＿＿＿＿＿＿＿＿＿＿＿＿＿
　　　약 사러 가요 .

❹

저 지금
공항에 가요.

제임스 : 리에 씨, 어제 민철 씨하고 어디에
　　　　　다녀 왔어요 ?

리에　: 민철 씨가 ＿＿＿＿＿＿＿＿＿＿＿
　　　　　같이 공항에 다녀왔어요 .

- 고서

02 여러분의 생활을 ' - 고서 '를 써서 이야기하십시오 .

세수를 하다	● 학교 갈 준비를 해요 . ●
숙제를 끝내다	● ●

1) 세수를 하고서 학교 갈 준비를 해요 .

2)

3)

4)

과제 1 말하기

리에 씨가 인터넷 사이트에서 표를 예매하려고 합니다. 인터넷으로 처음 표를 예매하는 리에 씨를 도와 주십시오.

1) 다음 빈 칸에 알맞은 어휘를 [보기] 에서 찾아 쓰십시오.

[보기]
공연 날짜 · 시간 선택하기   공연 선택하기   회원 가입하기   좌석 정하기

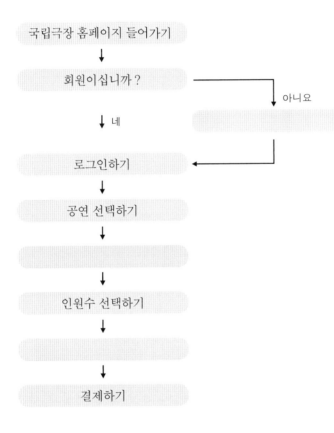

인원수 (人員數) 人数

2) 위 그림의 순서대로 리에 씨에게 이야기해 봅시다.

 먼저 국립극장 홈페이지에 들어가세요. 회원이 아니면 회원 가입을 하고서

과제 2   읽고 말하기 ●━━━━━━━━━━━━━━━━

01 다음을 읽고 질문에 답하십시오.

영화제 티켓 예매하기

 부산 국제 영화제에 가 보고 싶으십니까? 그럼 표를 예매하셔야지요. 영화제 표 예매는 생각보다 쉽지 않습니다. 인터넷으로 예매를 하려면 서둘러야 합니다. 작년에는 5분도 되지 않아서 매진된 영화도 있었습니다. 다른 방법은 부산은행 현금 자동 인출기에서 예매하는 것입니다. 가장 편하고 빠르고 정확하지만 부산에 살지 않으면 어렵습니다. 세 번째 방법은 부산 국제 영화제 매표소를 이용하는 것입니다. 매표소는 서울, 부산, 수원, 대구에 있습니다. 네 번째로는 부산은행 폰뱅킹으로 예매하는 방법이 있습니다. 폰뱅킹은 한 번에 3개의 영화까지 예매가 가능하며 한 번에 2장씩 예매할 수 있습니다. 마지막으로 영화를 상영하는 당일에 예매하는 방법이 있습니다. 당일 예매는 그 날 상영하는 영화만 가능하며, 환불이나 교환은 불가능합니다.

1) 영화제 표를 예매하는 방법과 특징을 써 보십시오.

	예매하는 방법	특징
❶		
❷		
❸		
❹		
❺		

2) 다음 중 이 글의 내용과 <u>다른 것</u>을 고르십시오. (　　　)

❶ 대구에서도 부산 국제 영화제 매표소에서 예매를 할 수 있다.

❷ 폰뱅킹을 이용하여 영화표를 예매할 수 있다.

❸ 영화 당일에 극장에서 표를 살 수 없다.

❹ 인터넷으로 표를 살 수 있다.

3) 여러분은 어떤 방법으로 예매를 하시겠습니까? 그 이유는 무엇입니까?

02 여러분은 보통 어떤 방법으로 예매를 합니까? [보기]와 같이 이야기해 봅시다.

> [보기] 저는 인터넷을 이용해서 예매를 합니다. 인터넷을 이용하면 표
> 를 사려고 기다릴 필요가 없어서 좋습니다. 그래서 인터넷으로
> 마음에 드는 영화를 예매합니다.

매진되다 (賣盡-) 賣光　　폰뱅킹 電話轉帳　　당일 (當日) 當天

4-3 마지막 장면이 인상적이었어요

학습 목표 ● 과제 관람 소감 이야기하기 ● 문법 -을 뿐만 아니라 ● 어휘 공연 감상 관련 어휘
-어야지

▶ 두 사람은 무슨 공연을 본 것 같습니까?
여러분이 지금까지 본 공연 중에서 가장 좋았던 공연은 무엇입니까?

🔊 042~043

리에   오늘 공연 어땠어요?

제임스   감동적이었어요. 특히 남자 주인공의 목소리가 멋지지 않았어요?

리에   그래요, 목소리도 멋질 뿐만 아니라 연기도 훌륭했어요. 대사도
         재미있었고요.

제임스   리에 씨는 어느 장면이 제일 좋았어요?

리에   저는 두 주인공이 다시 만나는 마지막 장면이 제일 인상적이었어요.

제임스   저도요. 저는 이번이 한국에서 본 첫 공연인데 '다음에 좋은 공연이
         있으면 또 봐야지' 하고 생각했어요.

목소리 嗓音；嗓門   연기 (演技) 演技   훌륭하다 優秀；出色   대사 (台詞) 台詞
마지막 最後   인상적이다 (印象的 -) 印象深刻的

어휘

01 [보기] 에서 알맞은 어휘를 골라 빈 칸에 쓰십시오 .

[보기] 감동적이다   인상적이다   우울하다   환상적이다   심각하다   신나다

로미오와 줄리엣의 사랑 이야기를 연극으로 봤어요 . 두 남녀의 사랑 이야기가 제 마음에 깊고 강한 느낌을 주었어요 . **감동적이다**	지난주에 친구와 같이 본 영화는 내용이 아주 무겁고 깊이가 있었어요 .	어제 들은 가수의 노래는 아주 밝고 즐거운 느낌이 들었어요 . 그래서 기분이 매우 좋아졌어요 .
지난번에 본 만화 영화는 현실에서는 이루어질 수 없는 어린이들의 꿈을 이루어 주는 내용이었어요 .	그 뮤지컬의 마지막 장면을 봤을 때의 느낌은 오랫동안 지워지지 않고 뚜렷이 제 기억에 남았어요 .	그 연극의 주제처럼 음악도 마음이 답답하고 어두운 느낌이 들었어요 .

02 최근에 본 영화의 제목은 무엇입니까 ? 그 영화는 어땠습니까 ?
그 영화에서 가장 인상적인 장면은 무엇이었습니까 ?

01 - 을 / ㄹ 뿐만 아니라

在前面的行動或狀態上累加後面的行動或狀態。以子音結束
的動詞或形容詞語幹後用 "- 을 뿐만 아니라",以母音結束的動詞
或形容詞語幹後則用 "- ㄹ 뿐만 아니라"。在已經結束的狀態上累
加後面的狀況時,用 "- 었을 뿐만 아니라"。

● 리에 씨는 예쁠 뿐만 아니라 성격도
좋아서 친구들한테 인기가 좋다.

理惠不僅長得好看,而且個性也好,
所以在朋友群裡人緣很好。

● 그 대학교는 입학하기도 어려울
뿐만 아니라 졸업하기도 어렵다.

那所大學不僅很難考上,而且要畢
業也很難。

● 기자가 되면 연예인들을 직접 만
날수 있을 뿐만 아니라 연예인들
과 친해질 수도 있다.

成為記者不僅可以直接與演藝圈的
人們接觸,還可以跟他們建立友情。

● 미선 씨는 귀걸이를 직접 만들 뿐만
아니라 인터넷으로 팔기까지 한다.

美善不僅自己親自做耳環,而且還
在網路上販售。

02 - 어야지 / 아야지 / 여야지

就像把一定要做某件事的決心告知自己一樣進行講述。用在
動詞語幹後。以 "아 , 야 , 오" 以外的母音結束的動詞語幹後用
"- 어야지",以 "아 , 야 , 오" 結束的動詞語幹後用 "- 아야지",
"하다" 動詞語幹後則用 "- 여야지"。認為不應該做時,用 "- 지
말아야지"

● 이번 방학에는 제주도에 꼭 가야지.

這次放假一定要去濟州島。

● 고향에 돌아가면 어머니가 해 주신
음식을 많이 먹어야지.

回了老家一定要多吃媽媽做的菜。

● 올해는 담배를 꼭 끊어야지.

今年一定要戒菸。

● 내일 아침부터는 운동을 시작해야지.

從明天早上開始一定要做運動。

문법 연습

01

- 을 / ㄹ 뿐만 아니라

다음 표를 채우고 [보기] 와 같이 친구와 이야기하십시오 .

학생 식당	싸다	맛있다	음식 값이 쌀 뿐만 아니라 맛있어요 .
동대문 시장			
지금 사는 집			
우리 부모님			

[보기]

가 : 학생 식당 어때요 ?
나 : 음식 값이 쌀 뿐만 아니라 맛도 있어요 .

02

- 어야지 / 아야지 / 여야지

다음 이야기를 읽고 이 사람이 결심할 수 있는 내용을 쓰십시오 .

　　어제 늦게까지 친구들과 술을 마셔서 오늘 아침에 늦게 일어났다 . 학교에 도착하니까 9 시 35 분이었다 . 선생님은 요즘 날마다 지각한다고 야단을 치셨다 . 요즘 친구들과 매일 술을 마셔서 숙제도 제대로 못 하고 , 지각하는 일이 많았다 . 선생님께 죄송했다 . 4 교시에는 그동안 배운 단어로 단어 게임을 했다 . 아는 단어보다 모르는 단어가 더 많았다 . 날마다 학교에 오기는 왔는데 언제 배운 단어인지 통 기억이 안 났다 . 나 때문에 우리 팀이 졌다 . 친구들한테 미안했다 .

1) 내일부터는 일찍 일어나야지 .

2) _____

3) _____

4) _____

과제 1 　　말하기

다음 표의 빈 칸을 채우고 [보기] 와 같이 이야기해 봅시다 .

	[보기]	나
인상적인 공연의 제목은 무엇입니까 ?	발레 '심청'	
그 공연의 좋은 점은 무엇입니까 ? (두 가지 이상)	• 아름다운 음악과 춤 • 환상적인 무대	• •
마음에 들지 않았던 점은 무엇입니까 ?	'심청' 이야기를 모르면 이해하기 어려울 수 있다 .	

[보기]

가 : 요즘 재미있는 공연 있어 ?

나 : 난 얼마 전에 발레 '심청'을 봤는데 그 공연도 괜찮았어 .

가 : 한국의 옛날 이야기 '효녀 심청' 말이야 ?

나 : 응 , '효녀 심청'을 발레로 만든 거야 . 정말 인상적인 공연이었어 .
　　음악과 춤이 정말 **아름다울 뿐만** 아니라 무대도 환상적이었거든 .

가 : 그래 ? 나도 보러 **가야지** .

나 : '효녀 심청' 이야기를 모르면 무슨 내용인지 모를 수 있으니까 먼저 이야기를
　　읽어봐 .

가 : 그래 ? 그래야겠다 . 고마워 .

과제 2 　　듣고 쓰기 [🔊 044]

01 대화를 듣고 질문에 답하십시오 .

1) 이 사람들이 공연을 보고 느낀 점에 모두 표시하십시오 .

☐ 신난다　　　　　　☐ 훌륭하다

☐ 무섭다　　　　　　☐ 우울하다

☐ 감동적이다　　　　☐ 시끄럽다

2) 들은 내용과 같으면 ○표 , 다르면 × 표 하십시오 .

❶ 두 사람은 오늘 처음 만난 사이이다 .   (   )

❷ 두 사람은 공연을 즐겼다 .   (   )

❸ 공연의 마지막 장면을 슬펐다 .   (   )

❹ 여자는 공연을 보면서 노래를 따라 불렀다 .   (   )

3) 들은 내용과 같은 것을 고르십시오 . (   )

❶ 이 공연에서는 특히 의상이 훌륭했다 .

❷ 두 사람은 공연 내용을 이해하기 어려웠다 .

❸ 이 사람들은 지금 맥주를 마시러 갈 것이다 .

❹ 남자는 요즘 시험 공부로 스트레스가 많았다 .

02 지금까지 보았던 공연 중의 하나를 골라 [보기] 와 같이 감상문을 써 봅시다 .

[보기]

뮤지컬 맘마미아를 보고

　나는 오늘 뮤지컬 맘마미아를 보았다 . 이 공연은 평범한 사람들의 사랑 이야기이다 . 나는 무엇보다도 이야기의 내용에 맞게 나오는 '아바'의 노래들이 정말 인상적이었다 . 그냥 음악으로만 듣던 '아바'의 노래를 이야기와 함께 들으니 더욱 더 많은 감동을 주었다 . 배우들의 노래 실력도 정말 좋았다 . 특히 여주인공의 마지막 노래는 영원히 잊을 수 없을 것 같다 . 노래 , 의상 , 이야기 , 그리고 배우들의 연기 모두가 아름답게 어울린 훌륭한 작품이었다 .

백문이 불여일견 百聞不如一見　　평범하다 (平凡) 平凡的　　영원히 (永遠 -) 永遠地

137

4-4 정말 볼 만하던데요

학습 목표 ●과제 공연 추천하기 ●문법 -을 만하다, -을걸요 ●어휘 추천 관련 어휘

두 사람은 무엇에 대해 이야기하고 있습니까?
다시 보고 싶은 공연이 있습니까?

🔊 045~046

웨이   재미있는 공연 좀 추천해 주세요. 주말에 친구하고 같이 보려고요.

마리아   한국 전통 음악은 어때요? 사물놀이 공연이 정말 볼 만하던데요.

웨이   전 한 번도 본 적이 없는데 한국 전통 음악이면 조용한 분위기인가요?

마리아   아니에요, 저도 지루할 줄 알았는데 흥겹고 재미있었어요.
            스트레스가 확 풀리던데요.

웨이   그래요? 그럼 친구한테 물어보고 결정해야겠어요.

마리아   그 공연은 인기가 많으니까 예매를 서둘러야 할걸요.

사물놀이 四物打擊樂 (四物為韓國傳統樂器：長鼓、鼓、鑼、小鑼)   분위기 (氛圍氣) 氣氛
지루하다 厭煩   흥겹다 (興 -) 高興   확 全部 (指緊張頓時消除的樣子)   인기 (人氣) 人氣；受歡迎

어휘

01 [보기] 에서 알맞은 어휘를 골라 빈 칸에 쓰십시오 .

[보기] 추천하다   소개하다   안내하다   제안하다   권하다

차를 __권하다__   사람을 _____   길을 _____

사람을 _____   여행을 가자고 _____

02 알맞은 어휘를 빈 칸에 쓰십시오 .

1) 이야기 도중에 그는 주제와 관련된 좋은 책들을 **추천해** ~~어/아/~~ 여 주었다 .

2) 친구는 나를 반갑게 맞으면서 녹차를 _____ 었다 / 았다 / 였다 .

3) 그는 자기 친구들에게 나를 애인이라고 _____ 었다 / 았다 / 였다 .

4) 그 사람은 저녁 시간이 되자 나를 숙소로 _____ 어 / 아 / 여 주었다 .

5) 친구가 자기 회사에서 같이 일해 보자고 일자리를 _____ 었다 / 았다 / 였다 .

01 -을 / ㄹ 만하다

講述某事可以去做或有價值去做。用在動詞語幹後。

● 가 : 새로 개봉한 영화가 재미
　　　있다면서요 ?
　나 : 네 , 정말 볼 만해요 .

甲 : 聽說新上映的電影很好看 ?

乙 : 對 , 真的值得一看。

● 가 : 제주도는 어때요 ?
　나 : 정말 아름다워요 . 한 번 가
　　　볼 만해요 .

甲 : 濟州島怎麼樣 ?

乙 : 真的很美。值得去看一看。

● 가 : 이 일을 누구에게 맡기면
　　　좋을까요 ?
　나 : 미선 씨가 믿을 만하니까 ,
　　　미선 씨에게 맡기면 어때요 ?

甲 : 這件事交給誰來做比較好呢 ?

乙 : 美善比較值得信賴。交給她做
　　如何 ?

● 가 : 그 책 재미있어요 ?
　나 : 네 , 읽을 만해요 .

甲 : 那本書有趣嗎 ?

乙 : 嗯 , 值得一看。

02 - 을걸요 / ㄹ걸요

對還沒發生或不太確切了解的事進行推測。以子音結束的動詞或形容詞語幹後用 "- 을걸요"，以母音結束的動詞或形容詞語幹後則用 "- ㄹ걸요"。推測已經結束的事件時用 "- 었을걸요"。對比較親密的人或晚輩時，用 "- 을걸"。

● 가 : 미선 씨가 오늘 모임에 올까요?
　 나 : 아까 많이 아프다고 했으니까
　　　 아마 못 올걸요.

甲：美善能來今天的聚會嗎？
乙：剛才說病得很厲害，可能來不了吧！

● 가 : 주말에 극장에 가려고 하는데
　　　 사람이 많을까요?
　 나 : 주말에는 사람이 많을걸요.

甲：週末想去電影院，人會不會很多呢？
乙：週末人應該很多吧！

● 가 : 리에 씨 , 마리아 씨가 지금
　　　 어디에 있는지 알아요?
　 나 : 수업이 끝났으니까 집에
　　　 갔을걸요.

甲：理惠，你知道瑪麗亞現在在哪裡嗎？
乙：下課了，應該回家了吧。

● 가 : 비행기가 도착했을까?
　 나 : 지금쯤 도착했을걸요.

甲：飛機會不會到了呢？
乙：現在應該到了。

문법 연습

- 을 / ㄹ 만하다

01 다른 사람에게 추천하고 싶은 것이 있을 때 어떻게 말합니까? 다음 표를 채우고 대화를 완성하십시오.

1)	방학에 친구와 같이 갈 만한 곳	부산 , 제주도
2)	요즘 볼 만한 영화나 드라마	
3)	한가할 때 읽을 만한 책	
4)	심심할 때 들을 만한 음악	

1) 가 : 방학에 친구와 같이 놀러 가기로 했는데 , 어디가 가 볼 만해요 ?

　　나 : **부산이나 제주도가 가 볼 만해요** .

2) 가 : 요즘 볼 만한 영화나 드라마 있어요 ?

　　나 : _____

3) 가 : 읽을 만한 책 좀 추천해 주세요 .

　　나 : _____

4) 가 : 요즘 무슨 노래가 들을 만해요 ?

　　나 : _____

- 을걸요 / ㄹ걸요

02 리에 씨가 여러분이 살고 있는 하숙집으로 이사를 오기로 했습니다 . 리에 씨의 질문에 대답하십시오 .

리에 씨의 질문	대답
부엌에서 요리를 해도 돼요 ?	글쎄요 , 잘 모르겠지만 아주머니께 말씀드리면 할 수 있을걸요 .
저녁 식사 시간에 늦어도 저녁 식사를 할 수 있어요 ?	
친구를 데려와서 파티를 해도 괜찮아요 ?	
방 창문에 커튼이 없는데 제가 사야 하나요 ?	
아침에 일찍 일어나고 싶은데 아주머니가 깨워 주실 수 있을까요 ?	

과제 1　　말하기 •————————

여러분이 지금까지 본 공연 중에 친구들에게 추천해 주고 싶은 공연이 있습니까? 다음 표를 채우고 [보기] 와 같이 친구와 이야기해 보십시오 .

	[보기]	내가 추천하는 공연
공연 제목	백조의 호수	
내용	사랑 이야기	
가격	A 석 : 3 만 원 S 석 : 10 만 원쯤	
장소	국립극장	
추천 이유	이야기가 감동적일 뿐만 아니라 춤이 아름답고 환상적이다 . 꼭 한번 **볼 만하다** .	

가 : **볼 만한** 공연이 있으면 하나 추천해 주세요 .

나 : **볼 만한** 공연이요 ? 지난 주말에 친구와 같이 '백조의 호수'라는 발레 공연
　　을 봤는데 아주 좋던데요 .

가 : '백조의 호수'요 ? 어떤 내용인데요 ?

나 : 사랑 이야기예요 .

가 : 그래요 ? 발레 공연은 비싸지 않아요 ?

나 : 좀 비싼 편이에요 . 저는 3 만 원짜리 A 석에서 봤는데 , S 석은 10 만 원쯤 **할**
　　걸요 .

가 : 어디에서 하는데요 ?

나 : 국립극장에서 해요 . 이야기가 감동적일 뿐만 아니라 춤도 정말 아름다워
　　요 . 꼭 한번 보세요 .

과제 2　　읽고 말하기

 다음을 읽고 질문에 답하십시오 .

1) 뮤지컬 '지저스 크라이스트 슈퍼스타'

　예수의 마지막 일주일 동안의 이야기를 노래한 뮤지컬입니다 . 아름답고 감동적인 노래가 특징이지요 . 예수를 사랑하는 마리아가 부르는 '내가 그 분을 어떻게 사랑해야 하나요' 는 너무나 유명한 노래입니다 . 보시면 후회하지 않으실 거예요 .

2) 웃음을 주는 뮤지컬 '캐츠'

　이 작품은 고양이가 사람처럼 춤추고 노래하는 뮤지컬입니다 . 음악과 춤 그리고 웃음을 주는 이야기가 아주 좋습니다 . 아름다운 달빛 아래에서 고양이가 부르는 노래 '메모리' 는 어른들이 따라 부를 정도로 유명하답니다 . 아이와 함께 가셔도 좋습니다 .

3) 식욕을 찾아 준 만화 영화 '라따뚜이'

　'라따뚜이'는 파리에서 최고의 요리사를 꿈꾸는 작은 쥐가 성공하는 이야기입니다 . 자신감을 찾고 싶으신 분은 꼭 보셔야 할 영화입니다 . 이 영화를 보고 나면 아주 간단한 음식도 정성이 들어가면 훌륭한 요리가 된다는 생각을 하시게 될 겁니다 . 안 보시면 후회하실 거예요 .

4) 나도 모르게 춤을 추게 되는 '사물놀이' 공연

　저는 지난 주말에 사물놀이 공연을 보고 왔습니다 . 정말 신나는 공연이었습니다 . 악기 소리에 맞춰 어깨를 흔드는 동안 공연 시간이 정말 빨리 지나가 버렸습니다 . 이 공연은 아마 잊지 못할 것입니다 . 여러분도 한번 가 보세요 .

1) 위의 공연은 어떤 공연입니까? 다음 빈 칸을 채우십시오.

작품명	특징
❶	
❷	
❸	
❹	

2) 위의 공연 중에서 여러분은 어떤 공연을 보시겠습니까? 그 이유는 무엇입니까?

3) 위의 공연 중에서 연인들에게 어떤 공연을 추천하시겠습니까? 그 이유는 무엇입니까?

02 여러분이 감동적으로 본 공연을 [보기] 와 같이 친구들에게 추천해 봅시다.

[보기]

　　제가 추천하고 싶은 공연은 사랑 이야기인 '백조의 호수' 라는 발레 공연이에요. 저는 3 만 원짜리 A 석에서 봤는데 S 석은 10 만 원쯤 할 거예요. 매년 국립극장에서 하니까 올해도 국립극장에서 볼 수 있을 거예요. 이야기가 감동적일 뿐만 아니라 춤이 아름답고 환상적이에요. 정말 볼 만한 공연이에요. 아직 안 보셨다면 꼭 한번 보세요.

후회하다 (後悔) 後悔　　정성 (精誠) 熱誠 ; 眞誠　　흔들다 搖晃

4-5 담양 대나무 축제

🔊 047

　　지난 5 월 중간시험이 끝나고 친구들과 같이 대나무 축제가 열리는 담양에 갔다.
주말인데다가 축제 기간이라서 그런지 도로는 꽉 막혔다. 하지만 오랜만에 가는
여행이라서 친구들과 즐겁게 이야기하면서 가니까 지루한 줄 몰랐다.

　　점심때가 좀 지나서 담양에 도착한 우리는 바로 식당에 들러 점심을 먹었다. 식당
5 　아주머니가 담양에서는 대통밥이 제일 유명하다고 해서 우리는 대통밥을 먹기로
했다. 조금 후에 식사가 나왔는데 처음 본 대통밥은 정말 놀라웠다 [1]. 대통밥은
대나무 통 안에 쌀과 함께 건강에 좋은 여러 가지 재료를 넣어서 만든 것인데 너무
예뻐서 그냥 먹기엔 아까운 [2] 생각이 들었다. 맛을 보니까 대나무 냄새도 나고 아주
맛있었다. 나는 밥을 다 먹고 나서 기념으로 빈 대나무 통을 가지고 왔다.

10 　　점심을 먹은 후 우리는 대나무 숲을 구경하러 갔다. 대나무가 시원스럽게 [3] 쭉쭉 [4]
뻗어 있었다. 대나무 잎이 바람에 흔들리는 [5] 소리를 들으면서 숲 속을 걸으니까 몸과
마음이 다 깨끗해지는 것 같았다. 숲에서 나오니 한쪽 무대에서는 국악 공연을 하고
있었다. 한복을 입고 대나무로 만든 대금 [6] 을 부는 모습이 아주 인상적이었다. 대금
소리는 좀 낮아서 그런지 슬프게 들렸다.

15 　　공연이 끝나고 친구들과 대나무로 만든 죽마 [7] 를 탔다. 처음에는 넘어지고 잘
걸을 수 없었는데 몇 번 해 보니까 재미있었다. 요즘에는 잘 볼 수 없지만 옛날에는
어린아이들이 친구들과 같이 죽마를 타며 놀았다고 한다.

　　이것저것 구경하다가 보니까 날이 어두워졌다. 돌아갈 시간이 다 되어 버스에

올라타니까 비가 내리기 시작했다. 대나무 조명 8) 이 하나 둘 켜졌다. 빗속에서 보이는 대나무로 만든 전등 갓 9) 이 무척 아름다웠다. 한국에 온 지 7 개월, 축제에 참가한 10) 것은 대나무 축제가 처음이었다. 한국 문화도 체험하고 11) 좋은 추억을 만들 수 있는 축제에 또 참가하고 싶다.

• 담양 : 전라남도에 있는 도시 | a city in the southern part of Jella-do | 潭陽 : 韓國都市名, 位於全羅南道

---

1) 놀랍다 surprising, amazing 驚人的
2) 아깝다 too good (for) 可惜的
3) 시원스럽다 clear and well-defined 亭亭；俐落
4) 쭉쭉 (stretch) continuously 不停地
5) 흔들리다 to rustle 被搖動
6) 대금 a large flute 大笒 (韓國傳統樂器，類似長笛)
7) 죽마 stilts (竹馬) 竹馬
8) 조명 illumination, lighting (照明) 照明
9) 갓 lampshade 斗笠；罩子
10) 참가하다 to participate (參加 -) 參加
11) 체험하다 to experience (體驗 -) 體驗

내용 이해

1) 다음은 담양에서 경험한 것입니다. 그 일에 대한 느낌을 이 글에서 찾아 쓰십시오.

경험한 것	느낌
대통밥	
대나무 숲	
국악 공연	인상적이었다
죽마	
대나무 전등 갓	

2) 다음 중 대통밥에 대한 설명으로 맞는 것은 무엇입니까? (   )

❶ 담양의 대표적인 음식이다.

❷ 모양은 별로 예쁘지 않지만 맛은 아주 좋다.

❸ 대나무 잎이 들어 있어서 대나무 냄새가 난다.

❹ 대나무 통 안에 대나무와 여러 재료를 넣어 만든다.

3) 이 글의 내용과 다른 것은 무엇입니까? (   )

❶ 대통밥을 먹은 후에 대나무 숲 속을 걸었다.

❷ 바람에 대나무 잎이 흔들리는 소리를 들었다.

❸ 한복을 입고 대금을 연주하는 모습이 인상적이었다.

❹ 대나무 숲을 구경하고 대나무로 죽마를 만들어서 탔다.

4) 이 글의 내용과 맞는 것은 무엇입니까? (   )

❶ 죽마 타기는 쉽게 배울 수 없다.

❷ 나는 지난 가을에 담양에 처음으로 갔다.

❸ 좋은 추억을 만들 수 있는 축제에 또 가고 싶다.

❹ 국악 연주를 들으니 마음이 깨끗해지는 것 같았다.

5) 이 글의 내용과 같으면 ○, 다르면 × 하십시오.

❶ 이번 여행은 1 박 2 일로 다녀왔다.   (   )

❷ 우리가 구경할 때는 다행히 비가 오지 않았다.   (   )

❸ 죽마 타기는 요즘도 어린 아이들이 많이 하는 놀이이다.   (   )

❹ 주말이라서 그런지 가는 길이 많이 막혀서 좀 지루했다.   (   )

더 생각해 봅시다

1) 다음은 한국의 지역 축제에 대한 설명입니다. 여러분 나라에는 어떤 지역 축제가 있습니까?

한국에서는 지역마다 다양한 축제가 열립니다.

봄에는 여러 가지 축제가 많습니다. 충남 태안에서는 매년 5월에 안면도 꽃 박람회가 열립니다. 야외에서 하는 꽃 전시로는 가장 큽니다. 전남 함평에서는 함평 나비 축제가 열립니다. 함평 나비 축제는 예쁜 꽃 사이를 날아다니는 나비들이 너무 아름다운 축제로 유명합니다.

여름에는 경북 영덕에서 영덕여름축제가 열립니다. 시원한 장사 해수욕장에서 해변음악회, 한여름의 영화기행, 해변 불꽃놀이 등 다양한 행사가 열립니다. 오십천에서는 은어와 오징어, 넙치 등의 생선도 잡을 수 있습니다.

가을에는 강원도 봉평에서 메밀꽃 축제가 열립니다. 맛있는 메밀국수와 묵도 먹고 하얀 메밀꽃밭에서 멋있는 사진도 찍을 수 있습니다.

겨울에는 경북 포항에서 새해맞이 축제가 열립니다. 새해 첫날 동해에 떠오르는 해를 보면서 새해의 출발을 하려는 많은 사람들이 찾아갑니다.

❶ 태안 꽃 박람회
❷ 영덕 여름 축제
❸ 봉평 메밀꽃 축제
❹ 포항 새해맞이 축제

사물놀이 🔊 048

사물놀이는 꽹과리, 장구, 북, 징 이 네 가지 한국 전통 악기를 가지고 연주하는 공연을 말합니다. 이는 마당에서 신나게 벌이던 풍물놀이를 현대에 맞게 극장 무대 위로 올려 발전시킨 것입니다. 풍물놀이는 전통적으로 마당과 같은 열린 공간에서 행해지며 놀이의 성격을 강하게 가진 데 비해 사물놀이는 좀 더 예술적인 연주의 성격이 강합니다. 풍물놀이에서는 관객이 함께 춤을 추며 참여하는데 사물놀이에서는 관객이 그 연주를 자신의 자리에 앉아 감상합니다. 사물놀이의 연주자는 보통 네 명을 기본으로 합니다. 이는 아주 빠른 가락을 치기 때문에 한 악기에 연주자가 한 명이 넘을 경우 가락이 맞지 않는 경우가 생길 수 있기 때문입니다.

| 꽹과리 | 장구 | 북 | 징 |

사물놀이   풍물놀이

1) 여러분은 사물놀이나 풍물놀이 공연에 가 본 일이 있습니까?

2) 여러분 나라에는 어떤 공연이 있습니까? 조사해서 발표해 봅시다.

놀이패 (以演繹民族音樂為目的而形成的團體，指類似的團體)   전통 악기 (傳統樂器) 傳統樂器
연주 (演奏) 演奏

제 5 과 **사람**

5-1 친구가 어제 뉴스에 나오던데요

학습 목표 ● 과제 친구 소개하기 ● 문법 - 는 모양이다 , - 을 뿐이다 ● 어휘 능력 관련 어휘

두 사람은 무엇에 대해 이야기하고 있는 것 같습니까 ?
여러분 친구 중에 유명한 사람이 있습니까 ?

🔊 049~050

리에　지난번에 이야기했던 미선 씨 친구가 어제 뉴스에 나오던데요 .

미선　네 , 프랑스 파리에서 패션쇼를 했는데 평이 좋은 모양이에요 .

리에　한국에서도 유명했어요 ?

미선　실력을 인정받기는 했지만 그렇게 유명하지는 않았어요 .

리에　요즘도 자주 만나세요 ?

미선　친구가 너무 바빠서 겨우 전화만 할 뿐이에요 .

패션쇼 服裝秀　　평 (評) 評價　　실력 (實力) 實力　　인정을 받다 (認定 -) 得到認可
겨우 好不容易

어휘

01 [보기] 에서 알맞은 어휘를 골라 빈 칸에 쓰십시오 .

[보기] 유명하다 성공하다 인기가 좋다 능력이 뛰어나다 인정을 받다	그 패션 디자이너는 전 세계 사람들에게 알려져 있어요 . 그의 이름을 모르는 사람은 거의 없을 거예요 . **유명하다**	그 가수는 노래도 잘하고 춤도 멋지게 추어요 . 남녀노소 모두 그를 좋아해서 그 가수의 콘서트는 표를 구하기가 정말 어려워요 .
김 과장님은 다른 사람보다 일을 잘 해요 . 아무리 어려운 일을 맡아도 쉽게 해요 .	제 친구는 대학을 졸업한 후에 대기업에 취직해서 이제는 사장님이 되었어요 . 그 친구는 제가 아는 사람들 중 사회에서 가장 높은 자리에 오른 사람이에요 .	미술계의 많은 사람들이 그 화가의 작품이 가치가 있다고 칭찬하고 작품을 사려는 사람들도 점점 많아지고 있어요 .

02 여러분이 아는 사람 중에 이런 사람이 있습니까 ?

1) 유명한 사람 :

2) 성공한 사람 :

3) 인기가 좋은 사람 :

문법
설명

01 -는/은/ㄴ 모양이다

表示看到某種狀態後推測他人的行動或狀態時使用。用在動詞或形容詞語幹後。推測當前的行動或狀態時在動詞語幹後用 "- 는 모양이다",以子音結束的形容詞語幹後用 "- 은 모양이다",以母音結束的形容詞語幹後用 "- ㄴ 모양이다",推測未來的動作或狀態時,在以子音結束的動詞語幹後用 "- 을 모양이다",以母音結束的動詞語幹後則用 "- ㄹ 모양이다"。

● 뛰어가는 걸 보니까 지금 바쁜
  모양이다 . / 看他用跑的過去,現在應該很忙。

● 선생님 복장을 보니 산에 가시는
  모양입니다 . / 看老師的穿著,應該是去登山。

● 아직 일이 안 끝난 모양이에요 .
  사무실에 불이 커져 있어요 . / 好像還沒下班,辦公室的燈還亮著。

● 하늘을 보니 곧 비가 올 모양이다 . / 看天空好像馬上要下雨的樣子。

02 -을/ㄹ 뿐이다

表示不做其他的動作而只做一種動作,或所做的事情不是什麼大事而是一些小事時使用。用在動詞或形容詞語幹後。以子音結束的動詞或形容詞後用 "- 을 뿐이다",以母音結束的動詞或形容詞後用 "- ㄹ 뿐이다"。描述已經做完的行動時則用 "- 었을 뿐이다"。

● 지금은 아무 것도 하고 싶지 않아요 .
  자고 싶을 뿐이에요 . / 現在什麼都不想做,只想睡覺。

● 커튼만 바꿨을 뿐인데 집안 분위기가
  달라졌어요 . / 只是換了窗簾,但是屋子裡的氣氛完全不一樣了。

● 가 : 도와 주셔서 감사합니다 . / 甲:謝謝你幫我。
  나 : 뭘요 , 제가 할 일을 했을 뿐인데요 . / 乙:沒什麼,我只是做了我應該做的。

문법 연습

- 는 / 은 / ㄴ 모양이다

01 다음 글을 읽고 빈 칸을 채우십시오.

아침에 일어나서 창문을 열어보니 문 앞의 나뭇잎에서 물방울이 떨어지고 있었다. 내가 자는 동안 1) **비가 온 모양이다**. 방 친구에게 같이 아침을 먹자고
　　　　　　　　　　　　　　　　　　(비가 오다)

했는데 아침을 먹는 것보다는 계속 자고 싶다고 했다. 어제 늦게까지 공부해서
2) ＿＿＿＿＿＿＿＿＿＿. 혼자 아침을 먹고 나서 집에서 나왔다. 학교에 도착해서
　　(피곤하다)

가방을 여니 공책이 없었다. 공책을 가져다 달라고 집에 전화했는데 전화를 받지 않았다. 방 친구는 아직도 3) ＿＿＿＿＿＿＿＿＿. 복도에서 지난 학기에
　　　　　　　　　　　　　　　　　　(자다)

같이 공부한 친구를 봤는데, 그 친구는 나한테 인사도 안 하고 그냥 지나가 버렸다. 4) ＿＿＿＿＿＿＿＿＿. 오늘은 왠지 외로운 기분이 든다.
　　　(나를 못 보다)

- 을 / ㄹ 뿐이다

02 다음 그림을 보고 대화를 완성하십시오.

가 : 할머니 댁까지 짐을 들어 드렸어?

나 : **아니, 정류장까지만 짐을 들어**
　　 드렸을 뿐이야.

❷　매일 산책 30분

가 : 정말 날씬해지셨네요. 무슨 운동 하셨어요?

나 : 그래요? ＿＿＿＿＿＿＿＿＿＿＿

❸ 농담이에요.

가 : 마리아 씨가 화가 많이 났던데요.
　　왜 그래요?

나 : ....

❹ 힘든 일은 네가
다 하고 난 쉬운 일만
해서 미안해.

가 : 이 일을 혼자 다 했어요?

나 : ....

과제 1　　말하기

다음 표의 빈 칸을 채우고 [보기] 와 같이 이야기해 봅시다.

친구의 이름	예전	요즘	내가 생각하는 이유
영희	언제나 웃는 모습이었다.	잘 웃지도 않고 항상 피곤해한다.	회사 일이 너무 많고 힘든 모양이다.

[보기]　　내 친구 영희는 한국에 와서 처음 사귄 한국 친구이다. 작년
까지만 해도 영희는 언제나 웃는 모습으로 주위 사람들을 즐겁
게 해 주었는데 요즘은 잘 웃지도 않고 너무 피곤한 모습이다.
회사 일이 너무 많고 **힘든 모양이다.**

과제 2 듣고 말하기 [🔊 051]

01 이야기를 잘 듣고 질문에 답하십시오 .

1) 김영수에 대해 들은 내용을 쓰십시오 .

❶ 고향 : ＿＿＿＿＿＿＿＿＿＿＿＿＿ ❷ 전공 : ＿＿＿＿＿＿＿ ,

❸ 직업 : ＿＿＿＿＿＿＿＿＿＿＿＿＿

2) 김영수에 대해서 들은 내용과 **다른** 것은 무엇입니까 ? (　　　　)

❶ 농담을 잘 한다 .　　　　　　　　　❷ 잘 생겼다 .

❸ 열심히 노력한다 .　　　　　　　　　❹ 잘 웃는다 .

3) 들은 내용과 같으면 ○표 , 다르면 ✕ 표 하십시오 .

❶ 김영수는 성공한 사람이다 .　　　　　(　　　　)

❷ 김영수는 대학을 두 곳 다녔다 .　　　　(　　　　)

❸ 김영수는 이탈리아에서 인정을 받았다 .　(　　　　)

❹ 이 사람은 김영수를 대학원에서 만났다 .　(　　　　)

02 다음 빈 칸을 채우고 여러분의 친구를 소개해 봅시다 .

[내 친구]
● 이름 : ＿＿＿＿＿＿＿＿＿＿＿＿＿＿＿＿＿＿＿＿＿
● 나이 : ＿＿＿＿＿＿＿＿＿＿＿＿＿＿＿＿＿＿＿＿＿
● 고향 : ＿＿＿＿＿＿＿＿＿＿＿＿＿＿＿＿＿＿＿＿＿
● 취미 : ＿＿＿＿＿＿＿＿＿＿＿＿＿＿＿＿＿＿＿＿＿
● 직업 : ＿＿＿＿＿＿＿＿＿＿＿＿＿＿＿＿＿＿＿＿＿
● 성격 , 특징 : ＿＿＿＿＿＿＿＿＿＿＿＿＿＿＿＿＿＿＿
　　　　　＿＿＿＿＿＿＿＿＿＿＿＿＿＿＿＿＿＿＿＿＿
● 기타 : ＿＿＿＿＿＿＿＿＿＿＿＿＿＿＿＿＿＿＿＿＿
　　　　＿＿＿＿＿＿＿＿＿＿＿＿＿＿＿＿＿＿＿＿＿

| 모습 (貌息) 樣子 | 억양 (抑揚) 語調 | 사투리 方言 | 원래 (原來) 原來 ; 本來 | 끊임없다 不間斷地 |

5-2 좋은 하숙집 아주머니를 만나셨네요

학습 목표 ●**과제** 한국인의 특성 이야기하기 ●**문법** – 는다면서요?/– 만하다 ●**어휘** 성격 관련 어휘

아주머니가 무엇을 하고 있습니까?
여러분도 가족처럼 친하게 지내는 사람이 있습니까?

🔊 052~053

미선   마리아 씨, 하숙을 옮겼다면서요? 방은 마음에 들어요?

마리아   네, 마음에 들어요. 크기가 이 교실 반만한데 혼자 쓰기에는
　　　　충분해요.

미선   하숙집 분위기는 어때요?

마리아   아주머니가 무척 친절하세요. 지난번에 제가 배탈이 났었는데
　　　　엄마처럼 죽도 끓여 주셨어요.

미선   그래요? 좋은 하숙집 아주머니를 만나셨네요.

마리아   네, 잘 챙겨 주셔서 마치 고향에 계신 어머니 같아요.

충분하다 (充分-) 充分　　무척 非常;特別　　죽 (粥) 粥　　챙기다 照顧;準備;整理
마치 好像

어휘

01 [보기] 에서 알맞은 말을 골라 빈 칸에 쓰십시오 .

[보기] 성격이 급하다   정이 많다   냉정하다   게으르다
고집이 세다   말이 많다   무뚝뚝하다   꼼꼼하다

다른 사람에 대해 관심이 많아요 . 다른 사람에게 문제가 생기면 잘 도와줘요 .	다른 사람에게 말을 별로 하지 않아요 . 말을 해도 친절하지 않아서 화가 난 사람 같아요 .	무슨 일이든지 아주 빨리 하려고 해요 . 다른 사람을 기다려 주지 않아요 .
정이 많다		
일을 제시간에 끝낸 적이 별로 없어요 . 항상 "다음에 다음에" 하면서 일을 미뤄요 .	다른 사람의 의견을 별로 듣지 않고 자기 생각대로만 하려고 해요 .	이야기를 너무 많이 해서 언제나 시끄러워요 . 자기와 관계없는 일에도 관심이 많아요 .

02 빈 칸에 알맞은 어휘를 쓰십시오 .

1) 그분은 **무뚝뚝해** 어/아/ 여 보이지만 마음만은 따뜻한 사람이다 .

2) 그 사람은 성격이 아주 ＿＿＿＿＿＿＿ 어서 / 아서 / 여서 실수가 거의 없다 .

3) 내 친구는 ＿＿＿＿＿＿＿ 은 / ㄴ 편이어서 자기 생각을 잘 바꾸지 않는다 .

4) 내 동생은 ＿＿＿＿＿＿＿ 어서 / 아서 / 여서 행동이 느린 저를 아주 답답해한다 .

5) 우리 어머니는 ＿＿＿＿＿＿＿ 으셔서 / 셔서 불쌍한 사람을 보면 꼭 도와주신다 .

문법설명

01 - 는다면서요?/ ㄴ 다면서요?/ 다면서요?/ 이라면서요?

對從他人那裡聽到的內容向對方進行再次確認。用在動詞或形容詞語幹後。以子音結束的動詞語幹後用 "- 는다면서요"，以母音結束的動詞語幹後用 "- ㄴ다면서요"。形容詞語幹後用 "- 다면서요"，名詞後則用 "이라면서요"。對已經結束的事實用 "- 었다면서요"。對方是比較親密的人或晚輩時則用 "- 는다면서"。

● 가 : 오늘이 생일이라면서요?　　　　甲 : 聽說今天是你生日？
　　나 : 네, 맞아요. 어떻게 아셨어요?　　乙 : 對，沒錯。你怎麼知道的？

● 가 : 미선 씨한테서 들었는데, 요즘　　甲 : 聽美善說妳最近很忙？
　　　　바쁘다면서요?
　　나 : 네, 할 일이 너무 많아서 밥 먹　　乙 : 是啊，要做的事情太多，連
　　　　을 시간도 없어요.　　　　　　　　吃飯的時間都沒有。

● 가 : 영화를 좋아하신다면서요?　　　甲 : 聽說你喜歡看電影？
　　나 : 네, 주말마다 영화를 봐요.　　　乙 : 對，每週都看。

● 가 : 어제 음악회에 갔다면서요?　　　甲 : 聽說你昨天去聽音樂會了？
　　나 : 네, 정말 좋았어요.　　　　　　乙 : 是的，真的非常好聽。

● 가 : 니콜라 씨가 다음 달에 고향에　　甲 : 聽說尼古拉要回故鄉了？
　　　　돌아갈 거라면서요?
　　나 : 아니요. 계획을 바꿔서 더 있기　　乙 : 沒有，他說改變計畫，決定
　　　　로 했대요.　　　　　　　　　　再待下去。

02 - 만하다

比較人或事物的大小。用在名詞後面。

- 그녀는 얼굴이 주먹만하다.   她的臉只有拳頭那麼大。
- 우리 형 키는 나만해요.   我哥的個子像我這麼高。
- 우리 집에 있는 책상도 이 책상만 해요.   我家的桌子也這麼大。
- 제 친구 목소리는 너무 작아서 모기   我的朋友嗓音很小，就像蚊子一樣。
  소리만해요.
- 월급이 너무 작아요. 쥐꼬리만해요.   薪水太少了。就像老鼠尾巴似的。

문법 연습

- 는다면서요?/ ㄴ다면서요?/ 다면서요?/ 이라면서요?

01 옆 친구의 고향에 대해 알고 있는 것을 다음 표에 써보고 '- 는다면서요?'를 이용해서 맞는지 친구에게 질문하십시오.

확인할 내용	내가 알고 있는 것	질문
유명한 음식	일본의 초밥	일본 사람들은 모두 다 초밥을 좋아한다면서요?
유명한 사람		
유명한 장소		
기타		

- 만하다

02 다음 그림을 보고 문장을 완성하십시오.

❶

제 가방은 **저 가방만해요**.

문법 연습

❷ 제 친구 방은 ....

❸ 제 동생은 얼굴이 작아서 ....

❹ 이 회사는 다 좋은데 월급이 ....

과제 1   말하기

다음은 한국 사람에 대해 외국인들이 들은 이야기입니다 . 여러분이 들은 것도 써
보고 선생님과 옆 친구에게 질문해서 확인해 봅시다 .

- 한국 사람들은 마음이 따뜻해요 .
- 한국 사람들은 축구를 좋아해요 .
- 한국 사람들은 모두 김치를 담글 수 있어요 .
- 한국 사람들은 ....
- 한국 사람들은 ....

질문	○	✗
한국 사람들은 마음이 **따뜻**하다면서요 ?	✔	

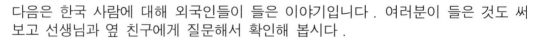
(김치를) 담그다 醃泡菜

과제 2   읽고 쓰기

01   다음을 읽고 질문에 답하십시오.

메일쓰기

보내기   임시저장   다시쓰기   미리보기   음성메일   주소록

보내는 사람	리에
받는 사람	마리아
[참조추가 ▽]	자주 사용하는 메일주소 ▽ / 최근 보낸 메일주소 ▽
제 목	
편집모드	⦿ HTML ○ TEXT 개별발송 ☐ 메시지 인코딩 한국어(EUC-KR) ▽

스타일 ▾ 포맷 ▾ 폰트 ▾ 글자크기 ▾

마리나 안녕?

안녕? 그동안 잘 있었니? 내가 한국에 온 지 벌써 반 년이 넘었구나.

너도 한국으로 유학을 온다면서? 한국말은 많이 늘었니? 네가 한국에 오면 자주 만날 수 있겠다.

난 한국에서 잘 지내고 있어. 학교 근처에서 하숙을 하고 있는데, 하숙집에는 주인 아주머니와 한국 대학생들이 살고 있어서 아주 재미있어. 가끔 이해할 수 없는 일도 있지만 한국 사람들과 잘 지내고 있는 편이야.

우리 하숙집에 있는 한국 사람들은 정이 아주 많아. 그래서 그런지 다른 사람에게도 관심이 많아. 다른 사람들이 무엇때문에 힘든지 알고 싶어하고, 부탁하지도 않았는데 도와주려고 할 때도 있어. 그래서 처음에는 귀찮기도 했어. 나는 혼자서 생각하고 싶은데 계속 괜찮은지 말을 걸 때가 있거든. 내 사생활을 너무 많이 알려고 하는 것 같아서 기분이 나쁠 때도 있었어.

지금은 '한국 사람들이 정이 많아서 나에게 관심이 많구나' 하고 생각하니까 고마울 때가 많아. 너도 한국에 오면 한국 사람들을 좋아하게 될 거야. 빨리 한국으로 와.

마리아 씀.

1) 마리아가 편지를 쓴 목적은 무엇입니까? (   )

❶ 한국 생활의 즐거움을 얘기하고 싶어서

❷ 친구에게 한국 사람에 대한 정보를 주려고

❸ 친구에게 빨리 유학을 오라고 말하고 싶어서

❹ 한국 사람과 친구가 되는 방법을 알려 주려고

2) 요즘 마리아는 한국 사람이 어떻다고 생각합니까? **맞지 않는** 것을
   고르십시오 . (   )

❶ 다른 사람을 귀찮게 한다 .

❷ 다른 사람을 잘 도와준다 .

❸ 다른 사람에게 정을 많이 준다 .

❹ 다른 사람의 생활에 관심이 있다 .

02 여러분이 마리아라면 친구에게 어떻게 편지를 쓰겠습니까? 아래에 써 봅시다.

🏫 **Communication Service @ YONSEI**　　　　　　　🔲 공지사항 🔲 Q&A 🔲 도움말 🔲 로그아웃

📧 **메일쓰기**

〔보내기〕〔임시저장〕〔다시쓰기〕〔미리보기〕〔🔊음성메일〕　　〔주소록〕

보내는 사람	리예	
받는 사람 〔참조추가 ▽〕	마리아	자주 사용하는 메일주소 ▽ / 최근 보낸 메일주소 ▽
제 목		
편집모드	⊙HTML ○TEXT　　개별발송 □　메시지 인코딩 한국어(EUC-KR) ▽	

〔📋📄 스타일 ▾ 포맷 ▾ 폰트 ▾ 글자 크기 ▾ ｜↶ ↷ ｜ 🔍 ✂ 📋 📋 🖽 ─ 😊 🔗 ｜ **B** _I_ U ABC ｜ ... 〕

> 　　　　　　에게
> ....
>
> 잘 지내고 있니? 나는 아주 재미있게 유학 생활을 하고 있어.
> 처음에 한국에 왔을 때는 한국 사람들이 낯설고 이상했는데 요즘은
> 아주 좋아. 특히 나와 같이 살고 있는 한국 사람들은
> ....
>
> ....
>
> ....
>
> 너도 한국 사람들을 만나면 좋아하게 될 거야.
> 　　　　　　　　　　　　　　　　　　　..

파일 첨부	이름　　　　　　　　　　　크기	〔파일추가〕〔파일삭제〕〔파일보기〕
		총용량: [0 bytes] (최대 20M)
	◀ ▶	🔄 Simple 업로드

발송 설정　중요도 보통 ▽　☑ 보낸메일저장　☑ 서명추가 □　내명함첨부 □　☑ 수신확인

예약 설정　□　▽ 년　▽ 월　▽ 일　▽ 시　▽ 분

회신 주소

〔보내기〕〔임시저장〕〔다시쓰기〕

■ 사생활(私生活) 私生活　　낯설다 陌生

167

5-3 큰 돈을 기부하기란 쉬운 일이 아닌데

학습 목표 ●과제 미담 소개하기 ●문법 –기란, –었던 것 같다 ●어휘 경제 생활 관련 어휘

▶ 여자는 무엇을 하는 것 같습니까?
여러분은 다른 사람을 도와준 적이 있습니까?

🔊 054~055

제임스 너 그 소식 들었니?

마리아 무슨 이야기? 혹시 학교 앞에서 떡볶이 파시던 그 아주머니
　　　　이야기 말이야?

제임스 응, 너도 들었구나. 20년 동안 번 돈을 학교에 기부했다는
　　　　이야기를 듣고 깜짝 놀랐어.

마리아 나도. 그렇게 큰 돈을 기부하기란 쉬운 일이 아닌데.

제임스 맞아. 떡볶이를 팔아서 그 돈을 모았다는 것도 놀라웠어.

마리아 아주머니는 자신처럼 돈이 없어 공부를 못한 사람을 돕고
　　　　싶었던 것 같아. 정말 대단하지?

혹시 (或是) 或許　　말이다 是說……；說的是…… (用來再次確認聽到的內容)　　돈을 벌다 賺錢
기부하다 (寄附-) 捐獻　　놀랍다 驚人的；出乎意料的　　자신 (自身) 自己　　대단하다 (大端-) 厲害的；了不起的

어휘

01 [보기] 에서 알맞은 어휘를 골라 빈 칸에 쓰십시오 .

[보기]	돈을 벌다	저축하다	절약하다
	기부하다	낭비하다	투자하다

일을 해서 돈을 얻거나 모아요 .	번 돈을 쓰지 않고 은행에 모아 두어요 .	좋은 일을 하는 것을 돕거나 다른 사람들을 돕기 위해 돈을 내요 .
돈을 벌다		
시간이나 돈 등을 쓸데없는 곳에 마구 써요 .	돈이나 물건 등을 아무 데나 쓰지 않고 꼭 필요한 데만 아껴 써요 .	이익을 얻기 위해 어떤 일에 돈 , 시간을 쓰거나 노력을 해요 .

02 빈 칸에 알맞은 어휘를 쓰십시오 .

이미나 씨는 열심히 일을 해서 많은 돈을 1) **벌었다** 었다 / ~~왔다~~ / ~~였다~~ . 그 돈을 쓰지 않고 거의 모두 은행에 2) ＿＿＿＿＿＿＿ 었다 / 았다 / 였다 . 미나 씨는 적은 돈도 쓸데없이 3) ＿＿＿＿＿＿＿ 는 일이 없었다 . 그런 미나 씨가 그 동안 모은 돈 1,000 만 원을 주식에 4) ＿＿＿＿＿＿＿ 어서 / 아서 / 여서 5,000 만 원을 만들었다 . 나는 미나 씨가 그 돈으로 무엇을 할지 궁금했었다 . 미나 씨는 얼마 전에 그 돈을 모두 고아원에 5) ＿＿＿＿＿＿＿ 었다고 / 았다고 / 였다고 한다 . 나는 미나 씨의 이야기를 듣고 정말 감동했다 .

문법 설명

01 - 기란

以某行動為話題進行說明或強調。用在動詞語幹後面。

- 옛날에는 여자가 취직하기란 하늘의 별따기였다.

以前女人出去找工作就像天上摘星星一樣。

- 계획을 하기는 쉬운데 실천에 옮기기란 아주 어렵다.

做計畫容易，付諸實踐卻很難。

- 날마다 아침 6 시에 일어나기란 여간 어려운 일이 아니에요.

每天早上六點起床的確不是那麼容易的事。

- 인터넷에서 자신에게 필요한 정보를 찾아내기란 그리 쉬운 일이 아니었다.

在網路上找自己需要的資料並不是那麼容易的事。

02 - 었던 / 았던 / 였던 것 같다

對記憶模糊的事情或看到某事後而發生的事情進行推測並陳述。用在動詞或形容詞語幹後。 除了 "아 , 야 , 오" 以外，以母音結束的動詞或形容詞語幹後用 "- 었던 것 같다"，以 "아 , 야 , 오" 結束的動詞或形容詞語幹後用 "- 았던 것 같다"，"하다" 動詞語幹後則用 "- 였던 것 같다"。

- 이 기사 언제 한 번 읽었던 것 같다.

這個報導好像以前看過一次。

- 내 기억으로는 이 근처에 학교가 있었던 것 같다.

在我的記憶裡這附近曾經有一所學校。

- 학생 때가 좋았던 것 같다. 사회에 나오니 너무 힘들다.

還是上學的時候好。進入社會後感覺很累。

- 집에 누가 왔던 것 같다. 냉장고에 있던 음식이 없어졌다.

好像有誰來過家裡。冰箱裡的食物都沒了。

문법 연습

- 기란

01 여러분이 하기 어렵다고 생각하는 일을 다음과 같이 쓰십시오.

하기 어렵다고 생각하는 일

- 하루도 빠지지 않고 숙제를 한다
- 시험에서 모두 100점 받는다
- 일류 대학교에 들어간다
-
  ....

- **하루도 빠지지 않고 숙제를 하기란 쉬운 일이 아니에요.**

- ....

- ....

- ....

- 었던 / 았던 / 였던 것 같다

02 다음 그림을 보고 옛날 사람들의 생활이 어땠을지 [보기]와 같이 쓰십시오.

옛날	요즘

문법 연습

1) 옛날에는 수도가 없었던 것 같아요 .

2)

3)

4)

과제 1　말하기

다음을 보고 표의 질문에 답해 봅시다.

불이 난 집에서
주인을 구한 개

식사를 할 수 없는 아이들을
위해 매일 도시락을 준비해
주시는 할아버지

주말마다 병원에서
자원봉사를 하시는
아주머니

누가 가장 훌륭하다고 생각합니까?	주인을 구한 개	
왜 그렇게 생각합니까?	다른 사람을 구하기 위해 불이 난 집에 **들어가기란** 사람도 하기 힘든 일이라고 생각한다. 동물은 불을 무서워하기 때문에 더 대단하다고 생각한다.	
왜 이런 일을 한 것 같습니까?	그 개는 정말로 주인을 **사랑** 했던 것 같다.	

01　다음을 읽고 질문에 답하십시오 .

김밥 할머니 , 평생 모은 돈 고아원에 기부

우리의 마음을 따뜻하게 해주는 미담이 있다 . 미담의 주인공은 김 연 순 할 머 니 (72 세). 김 할머니는 지난 19 일 서울에 있는 한 고아원에 2 억 원을 기부했다 . 2 억 원은 김 할머니가 그동안 결혼도 하지 않고 혼자 살면서 김밥 장사를 하여 모은 전 재산이다 . 김 할머니는 어렸을 때 일찍 부모님을 잃고 고아원에서 자랐다고 한다 . 처음에는 고아원 생활이 어렵기도 했지만 , 고아원에서 만난 친구들과 선생님들 덕분에 행복한 마음으로 살았다고 한다 . 김 할머니는 많은 고생을 했지만 늘 사회에 감사하는 마음을 잊지 않았고 , 틈만 나면 여러 가지 봉사 활동을 해 왔다고 한다 . 김 할머니는 사진을 찍고 싶지 않다고 하면서 "해야 할 일을 했을 뿐" 이라고 했다 .

1) 위에서 읽은 미담에 대해 쓰십시오 .

❶ 주인공 : ....

❷ 한 일 : ....

2) 이 글의 내용과 같은 것은 무엇입니까 ? (　　　　)

❶ 할머니는 어렸을 때 고아원에서 산 적이 있다 .

❷ 할머니는 주말마다 고아원에서 봉사 활동을 했다 .

❸ 할머니는 돈이 생기면 고아원에 기부하고 싶어한다 .

❹ 할머니는 고아원에서 자랐지만 고생한 적은 없다고 했다 .

3) 이 글의 내용과 같으면 ○표 , 다르면 × 표 하십시오 .

❶ 이 기사의 주인공은 김밥 장사를 했다 .   (   )

❷ 이 기사의 주인공은 자식들을 위해 평생을 고생했다 .   (   )

❸ 이 기사의 주인공은 자신의 행동을 자랑하고 싶어한다 .   (   )

❹ 이 기사의 주인공은 기자와의 인터뷰 후에 사진을 찍었다 . (   )

02 미담이란 마음이 따뜻해지는 아름다운 이야기입니다 . 지금까지 여러분이 들어 본 미담에 대해서 써 봅시다 .

주인공 :

직업 :

내용 :

5-4 선생님 같은 사람이 되고 싶어요

학습 목표 ●과제 인터뷰하기 ●어휘 –었을 텐데 , –거든 ●어휘 직종 관련 어휘

미선 씨가 기억하는 선생님은 어떤 분일까요 ?
여러분이 존경하는 사람은 어떤 사람입니까 ?

◀ 056~057

미선 제 고등학교 때 사진 좀 보세요 . 이분이 우리 선생님인데 멋있으시죠 ?

리에 선생님을 많이 좋아했나 봐요 . 어떤 분이셨어요 ?

미선 마음이 넓으신 분이셨어요 . 우리 때문에 많이 힘드셨을 텐데 화를
내시는 모습을 본 적이 없어요 .

리에 참 좋으신 분이네요 .

미선 저도 다른 사람을 배려해 주는 선생님 같은 사람이 되고 싶어요 .

리에 다음 주에 동창회가 있다고 했지요 ? 선생님을 뵙거든 존경한다고
말씀드려 보세요 . 흐뭇해하실 거예요 .

마음이 넓다 心胸寬大　　배려하다 (配慮 -) 關懷 ; 照顧　　존경하다 (尊敬 -) 尊敬 ; 尊重
흐뭇하다 滿足

어휘

01 [보기] 에서 알맞은 어휘를 골라 빈 칸에 쓰십시오 .

[보기]	교육자	
교육자　연예인 정치인　사업가 언론인	• 학교에서 가르친다 . • 전문 지식을 다른 사람에게 잘 설명할 수 있다 .	• 신문이나 방송에서 새로운 소식을 전한다 . • 말재주 , 글재주가 있다 .
• 방송에 나와서 다른 사람을 즐겁게 해 준다 . • 재주가 많다 .	• 국민을 대표해서 일한다. • 지도력이 있다 .	• 회사를 경영한다 . • 경제를 잘 안다 .

02 빈 칸에 알맞은 어휘를 쓰십시오 .

1) 가수 , 배우 　　　　　　　　　　　　　　(연예인)
2) 기자 , 아나운서 　　　　　　　　　　　　(　　　　)
3) 사장 , 회장 　　　　　　　　　　　　　　(　　　　)
4) 교사 , 교수 　　　　　　　　　　　　　　(　　　　)
5) 대통령 , 국회의원 　　　　　　　　　　　(　　　　)

문법 설명

01 - 었을 / 았을 / 였을 텐데

對已經結束的事情或某種狀態進行推測。用在動詞或形容詞語幹後。除了 "아, 야, 오" 之外, 以其他母音結束的動詞語幹後用 "- 었을 텐데", 以 "아, 야, 오" 結束的動詞或形容詞語幹後用 " - 았을 텐데", "하다" 動詞語幹後則用 "- 였을 텐데"。

● 하루 종일 걸어서 많이 피곤하셨을 텐데 할머니는 아무 말씀이 없으셨다.

走了一天應該很累的, 但是奶奶什麼都沒有說。

● 용돈이 떨어질 때가 되었을 텐데 아직 연락이 없네요.

零用錢應該都花完了, 可是到現在都還沒有連絡。

● 여기까지 올 때 시간이 많이 걸렸을 텐데 힘들지 않았어요?

到這裡來應該花了很長的時間, 不累嗎?

● 이 시간이면 아이들이 모두 집에 도착했을 텐데요.

這個時間孩子們應該都到家了。

● 계획대로라면 이미 수업이 끝났을 텐데.

如果按照原來的計畫, 應該早就下課了。

也用來假設與現在相反的狀況。

● 같이 있었으면 더 기뻤을 텐데.

如果在一起就會更高興了。

● 조금 더 기다렸으면 만날 수 있었을 텐데.

如果再等等就能見到了。

02 - 거든

表示在前面的行為或狀態的條件下，可以做後面的動作。後面句子通常使用表示指示或勸誘、請求、約定、意志等 "- 으십시오 , - 읍시다" 等形式。用在動詞或形容詞語幹後。

- 가 : 오늘은 정말 피곤하네 .
  나 : 피곤하거든 집에 일찍 가서 좀 쉬어 .

  甲：今天真的很累。
  乙：累的話就早點回家休息吧。

- 가 : 오늘 영화 본다면서요 ?
  나 : 응 , 시간이 있거든 같이 보자 .

  甲：聽說你今天去看電影了？
  乙：對，有時間的話一起去看吧。

- 가 : 오늘 미선 씨를 만나려고 하는데 같이 갈래요 ?
  나 : 오늘은 안 되겠는데요 . 미선 씨를 만나거든 안부 전해 주세요 .

  甲：我今天要去和美善見面，你也能一起去嗎？
  乙：今天不行。見到美善替我問候她吧。

- 가 : 어디 가세요 ?
  나 : 응 , 영수 씨가 나를 찾거든 이따가 전화한다고 해 줘 .

  甲：你要出去嗎？
  乙：嗯，如果美善找我，就告訴她我待會再打給她。

문법 연습

01

- 었을 / 았을 / 였을 텐데

다음 표를 채우고 문장을 만드십시오 .

	내가 만난 사람	나의 추측	그 사람에게 하고 싶은 말
1)	11시에 슈퍼에 가려는 친구	그 가게는 문을 닫았을 거예요 .	내일 가 .
2)	서울에서 처음 운전한 친구	길이 복잡했을 거예요 .	운전하기가 힘들지 않았어요?
3)	한국어 능력 시험 6급을 본 친구	시험이 어려웠을 거예요 .	
4)	여자 친구에게 '사랑'이라는 영화를 보자고 하려는 친구	그 영화는 끝났을 거예요 .	

1) 그 가게는 문을 닫았을 텐데 내일 가 .

2) _____

3) _____

4) _____

02

- 거든

관계있는 것을 연결하고 문장을 만드십시오 .

1) 공항에 도착하다 • • 먼저 전화부터 해 주세요 .

2) 내가 없는 사이에 전화가 오다 • • 메모를 남겨 주세요 .

3) 김 선생님을 만나다 • • 병원에 꼭 가셔야 해요 .

4) 이 약을 먹어도 낫지 않다 • • 이 책 좀 전해주세요 .

1) 공항에 도착하거든 먼저 전화부터 해 주세요 .

2) _____

3) _____

4) _____

과제 1 말하기

다음 기사는 대기업 사장님의 과거 이야기입니다. 여러분이 기자가 되어서 다음과 같이 질문해 봅시다.

저는 집안이 너무 어려워서 고등학교에 갈 학비가 없었습니다. 중학교 때 선생님께서 야간 고등학교 장학생으로 추천해 주셔서 겨우 입학할 수 있었습니다. 낮에는 아르바이트를 하고, 밤에는 학교를 다니면서 겨우 고등학교를 졸업했습니다. 졸업 후 서울로 왔습니다. 하지만 제가 취직할 수 있는 곳은 없었습니다. 시장에서 청소를 하면서 대학 생활을 했습니다. 대학을 졸업하고 취직한 곳이 지금의 이 회사입니다. 그 때는 아주 작은 회사였지만 지금은 세계적인 회사가 되었습니다.

1) 학비가 없어서 **힘드셨을 텐데** 어떻게 고등학교에 다니셨습니까?

2)

3)

4)

장학생 (獎學生) 獲得獎學金的學生　　세계적이다 (世界的 -) 世界的

과제 2　　듣고 말하기 [🔊 058]

01 대화를 듣고 질문에 답하십시오 .

1) 들은 내용과 맞는 것을 고르십시오 . (　　　　)

❶ 여자는 선생님이 되려고 한다 .

❷ 기자가 선생님을 인터뷰하고 있다 .

❸ 선생님은 학생들의 문제에 대해 이야기하고 있다 .

❹ 학생들은 선생님의 이야기가 재미없다고 생각한다 .

2) 다음 표를 채우십시오 .

학생의 질문	선생님의 대답
● 선생님의 인기 비결은 무엇입니까 ?	
●	
●	
●	

02 여러분이 존경하는 사람은 누구입니까? 그 사람을 만나면 무엇에 대해 질문하고 싶습니까? 다음 표에 써 봅시다.

존경하는 인물	질문하고 싶은 내용

지식 (知識) 知識　　인물 (人物) 人物；人才

5-5 바보 온달과 평강공주

🔊 059

　　고구려 **평강왕** 때 **온달**이라는 사람이 살았다. 그는 결혼할 나이가 지났지만 아직도 총각이었다. 얼굴은 웃음이 나올 정도로 못 생기고 늘 해진[1] 옷을 입고 다녀서 아이들의 놀림[2]을 받았다. 하지만 온달은 너무 착해서 아이들이 놀려도 '헤헤' 웃을 뿐이었다. 그래서 사람들은 그를 '바보 온달'이라고 불렀다. 마음씨 좋은 온달에게는 늙은 어머니가

5　계셨다. 집이 매우 가난하여 동네 사람들에게 밥을 얻어다가 정성껏 어머니를 모시며 살았다.

　　평강왕에게는 어린 딸 **평강 공주가** 있었다. 어려서부터 한 번 울기 시작하면 멈추지 않았다.

　　"평강아, 울지 마라. 예쁜 얼굴이 미워지겠다[3]."

10　"엉엉엉"

　　왕이 어떤 말을 해도 공주는 울음을 그치지 않았다. 그래서 왕이

　　"네가 울음을 멈추지 않으니 바보 온달에게 시집보내야겠구나[4]."

　　하고 농담을 했다. 그 말을 들은 공주는 갑자기 울음을 멈추고 온달이 누구냐고 물었다.

　　"바보 온달은 울보[5] 공주에게 잘 어울리는 짝[6]이란다."

　　'바보 온달?' 공주는 바보 온달이 어떤 사람인지 궁금했다.

15　시간이 흘러 평강공주가 열여섯 살이 되었다. 아버지 평강왕은 공주를 좋은 집안 남자와 결혼시키려고 했다. 그런데 공주는 평강왕이 평소에 하던 말대로 온달에게 시집가겠다고 고집을 부렸다[7]. 공주의 고집에 몹시 화가 난 왕은 공주를 궁궐[8]에서 내쫓아[9] 버렸다.

공주는 그 길로 온달을 찾아가 결혼했다. 공주는 궁궐에서 나올 때 가지고 온 패물 10) 로 살림 11) 을 했다. 어느 날 공주는 온달에게 말을 사 오게 하여 잘 먹여 길렀다 12). 그리고 온달에게 열심히 공부를 가르치고 무술 13) 을 익히게 14) 했다. 온달은 날마다 열심히 공부하고 무술을 연습했다.

고구려에서는 매년 봄 3 월 3 일이 되면 사냥대회 15) 를 열었다. 그리고 사냥대회에서 잡은 짐승 16) 으로 하늘에 제사를 지냈다. 평강공주는 온달에게 "온달님, 제일 크고 좋은 짐승을 제사에 쓴다고 하니까 최선을 다하셔야 17) 해요."

"내가 공주를 위해서 꼭 잡겠소!"

온달은 공주가 키운 말을 타고 사냥대회에 나갔다. 온달은 다른 사람들보다 빨리 달리고 짐승도 많이 잡았다. 그리고 화살을 쏘아 18) 커다란 19) 멧돼지를 잡았다. 왕은 가장 큰 멧돼지를 잡은 온달을 불렀다.

"참 좋은 말과 훌륭한 재주를 가졌구나. 네 이름이 무엇이냐?"

"저는 예전에 바보 온달이라고 불리던 온달입니다."

"뭐라고? 네가 바보 온달이란 말이냐?"

"네, 공주님과 결혼한 온달입니다."

"그래, 내 딸은 지금 어디에 있느냐?"

평강공주를 만난 왕은 눈물을 흘리며 기뻐하였다. 왕은 온달을 크게 칭찬하고 그와 평강공주를 위해 잔치를 열어 주었다.

그 후 온달은 나라를 지키는 훌륭한 장군 20) 이 되었다. 온달은 여러 전쟁에 나가서 용감하게 21) 싸웠고 큰 승리 22) 를 했다. 왕은 온달을 사위 23) 로 인정하고 높은 벼슬 24) 을 주었다.

- **고구려 (BC 37 년 ~668 년)**: 고주몽이 졸본 지방에 세운 고대국가임. | an ancient country, built by Ju-mong Ko | 高句麗: 朱蒙在卒本地區建立的古王國
- **평강왕**: 고구려 25 대 왕으로 평원왕이라고도 불림. | (?~590) the 25th king of Kogureo | 平岡王: 高句麗第 25 代王, 又稱平原王
- **온달**: 고구려 평원왕 때의 장군으로 평강공주와 결혼함. (?~590) | a general who married Princess Pyeong-gang during the reign of King Peong-won of Kogureo | 溫達: 高句麗平原王時期的大將軍, 與平岡公主結婚
- **평강공주**: 고구려 평원왕의 딸. | the daughter of the King Pyeong-won (or King Pyeong-gang) | 平岡公主: 高句麗平原王的女兒

1)	해지다	to wear out, fray	磨破；穿破
2)	놀리다	to tease, make fun of	取笑；戲弄
3)	밉다	ugly	醜陋的；厭惡的
4)	시집보내다	to marry off (one's daughter)	嫁出去
5)	울보	crybaby	愛哭鬼
6)	짝	match; mate	對象
7)	고집을 부리다	to be stubborn	(固執 -) 固執
8)	궁궐	royal palace	(宮闕) 宮殿
9)	내쫓다	to cast out, force to leave	趕走；驅逐
10).	패물	jewelry	(佩物) 飾品
11)	살림	a living	生計
12)	기르다	to raise, keep	飼養
13)	무술	martial arts	(武術) 武術
14)	익히다	to master, become proficient	使熟練
15)	사냥대회	hunting rally (contest)	(- 大會) 狩獵大會
16)	짐승	beast, animal	禽獸
17)	최선을 다하다	to do one's best	(最善 -) 全力以赴
18)	쏘다	to shoot, fire (at)	射 (箭)
19)	커다랗다	huge	巨大的
20)	장군	general, admiral	(將軍) 將軍
21)	용감하다	brave, courageous	勇敢
22)	승리	victory	勝利
23)	사위	son-in-law	女婿
24)	벼슬	government post	官職

내용 이해

1) 이야기의 흐름에 맞게 (가)~(마) 를 순서대로 쓰십시오 .

(가)　온달은 어머니와 함께 살았는데 너무 착해서 사람들이 그를 '바보'라고
　　　불렀다 .
(나)　온달은 그 후 훌륭한 장군이 되었다 .
　　　평강왕은 온달을 사위로 인정하고 높은 벼슬을 주었다 .
(다)　평강공주는 온달에게 무술을 익히게 하고 날마다 열심히 공부를 하게 했다 .
　　　온달은 사냥대회에 나가서 큰 짐승을 잡아 왕을 만나게 되었다 .
(라)　평강공주가 16 세가 되었을 때 온달과 결혼을 하겠다고 해서 궁궐에서
　　　내쫓겼다 . 평강공주는 온달과 결혼을 하고 패물을 팔아서 살림을 하였다 .
(마)　평강공주는 어렸을 때부터 한 번 울면 그치지를 않는 울보였다 .
　　　평강왕은 자주 우는 평강공주에게 "온달에게 시집을 보내야겠다 ."고
　　　말하곤 했다 .

(　가　) → (　　　　　) → (　　　　　) → (　　　　　) → (　　　　　)

2) 이 글의 내용과 <u>다른</u> 것은 무엇입니까 ? (　　　　)

❶ 온달은 가난했지만 마음씨가 좋았다 .

❷ 온달은 열심히 노력해서 훌륭한 장군이 되었다 .

❸ 평강왕은 평강공주를 온달과 결혼시키려고 했다 .

❹ 평강공주는 적극적이고 자신의 생각대로 행동한다 .

3) 평강공주가 온달을 도운 방법이 <u>아닌</u> 것은 무엇입니까 ? (　　　　)

❶ 온달에게 공부를 가르쳤다 .

❷ 온달이 날마다 무술을 연습하도록 했다 .

❸ 자신의 소중한 물건을 팔아 살림을 했다 .

❹ 온달에게 말을 고르는 방법을 가르쳐 주었다 .

4) 이 글의 내용과 같으면 ○ , 다르면 ✕ 하십시오 .

❶ 평강공주는 스스로 궁궐에서 나왔다 .   (   )

❷ 온달은 어머니와 함께 살았는데 효자였다 .   (   )

❸ 평강왕은 끝까지 온달을 사위로 생각하지 않았다 .   (   )

❹ 온달은 머리가 나빠서 사람들이 '바보' 라고 불렀다 .   (   )

더 생각해 봅시다

1) 악처 크산티페 때문에 소크라테스가 훌륭한 철학자가 되었다고 합니다 . 다음 글을
읽고 여러분의 생각을 이야기해 봅시다 .

> 소크라테스의 아내 크산티페는 유명한 악처이다 . 그녀는 남편이 철학자라는
> 직업을 갖지 못하게 하려고 여러 가지 방법을 다 썼다 . 집에서 크산티페는
> 남편을 매우 괴롭혔다 .
>
> 소크라테스의 집에는 가르침을 받기 위해 찾아 온 손님이 항상 많았다 .
> 소크라테스의 아내는 이것이 늘 불만이었다 . 어느 날 소크라테스의 집에 많은
> 제자들이 찾아 왔다 . 그러나 소크라테스의 아내는 제자들이 보는 앞에서 이
> 늦은 시간에 손님을 데려오면 어떻게 하냐며 그에게 소리를 질렀다 . 제자들과
> 소크라테스는 한 마디도 못하고 조용히 듣기만 했다 . 화가 덜 풀린 그의 아내는
> 설거지한 더러운 물을 소크라테스의 얼굴에 부어 버렸다 .

2) 한국에는 옛날부터 '현모양처' 라는 말이 있습니다 . 여러분이 생각하는 현모양처는
어떤 모습입니까 ?

문화

세종대왕 (1397. 4. 10~1450. 2. 17) 🔊 060

　　세종은 조선시대 (1392-1910) 의 네 번째 왕입니다. 그는 젊고 능력 있는 학자들을 기용하여 정치, 경제, 문화 면에서 훌륭한 업적을 많이 쌓았습니다. 세종은 1446 년 9 월에 학자들과 함께 '훈민정음을 만들었습니다. 훈민정음은 '백성을 가르치는 바른 소리'라는 뜻으로 한글의 옛날 이름입니다. 그 때까지는 사람들의 생각과 말을 적을 수 있는 글자가 없었기 때문에 사람들은 자신의 생각을 글로 쓸 때 중국의 한자를 사용해야 했습니다. 세종은 이러한 백성들의 어려움을 덜기 위하여 배우기 쉽고 사용하기 쉬운 글자를 만들었습니다. 바로 이것이 현재의 한글입니다. 세종은 또한 과학 기술 방면에도 관심이 많아 비가 온 양을 재는 측우기나 해시계, 물시계 등 과학 기구도 발명하였습니다. 세종은 여러 방면에서 다양한 능력을 가진 지도자로서, 따뜻한 마음을 가진 한 인간으로서 현대에도 한국 사람들의 존경을 받는 인물로 남아 있습니다.

< 세종대왕 동상 >

< 훈민정음 >　< 측우기 >
< 해시계 >　< 물시계 >

1) 여러분 나라의 위인을 한 명 소개해 봅시다.

2) 왜 그 사람이 존경스러운지 친구들에게 설명해 봅시다.

업적 (業績) 業績　　발명 (發明) 發明　　지도자 (指導者) 領導人

제 6 과 　모임 문화

6-1 할머니께 인사부터 드리고요

학습 목표 ● 과제 가족 행사 참여하기 ● 문법 – 어다가 , 이라도 ● 어휘 가족 행사 관련 어휘

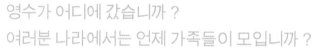

영수가 어디에 갔습니까 ?

여러분 나라에서는 언제 가족들이 모입니까 ?

🔊 061~062

큰어머니　어서 와라 . 오는데 힘들었지 ?

영수　　　아니에요 , 큰어머니 . 그동안 안녕하셨어요 ?

　　　　　잔치 준비로 고생하셨지요 ?

큰어머니　아니다 . 고생은 무슨 . 그런데 배 고프지 않니 ?

　　　　　빈대떡이라도 좀 먹을래 ?

영수　　　우선 할머니께 인사부터 드리고요 . 지금 방에 계시지요 ?

큰어머니　응 , 그럼 네가 이 빈대떡 좀 할머니께 가져다 드릴래 ?

　　　　　안 그래도 지금 갖다가 드리려던 참이었거든 .

영수　　　네 , 주세요 . 제가 갖다가 드릴게요 .

잔치 宴席　　고생하다 (苦生 -) 辛苦　　빈대떡 綠豆煎餅　　안 그래도 反正 ; 不然……也

어휘

01 [보기] 에서 알맞은 어휘를 골라 빈 칸에 쓰십시오 .

새로 이사 간 집에서
하는 모임,
비누, 세제, 두루마리
휴지

만 60세 생신에 하는
잔치,
할머니, 할아버지,
술잔 올리기, 국수

회갑 잔치

남자와 여자가
부부가 되는 의식,
신랑, 신부,
청첩장, 축의금

[보기] 회갑 잔치
돌잔치
집들이
결혼식
차례

설날이나 추석 등
명절날 아침에
하는 행사,
조상, 떡, 송편

아기의 첫 번째
생일에 하는 행사,
돌잡이, 실, 붓, 쌀

02 빈 칸에 알맞은 어휘를 쓰십시오 .

1) 청첩장은 받았지만 출장 때문에 __결혼식__ 에 가지 못했다 .

2) 얼마 전에 결혼한 친구의 _____ 에 비누와 휴지를 사 갔다 .

3) 우리 할아버지가 만 60 세가 되셔서 _____ 을 / 를 하려고 한다 .

4) 한국에서는 아기 _____ 에 갈 때는 금반지를 사 가지고 간다고 한다 .

5) 추석날 아침에 음식을 차려놓고 조상님께 감사하는 마음으로 _____
을 / 를 지냈다 .

문법
설명

01 - 어다가 / 아다가 / 여다가

做完前面的動作後，利用前面動作的結果來做後面的動作。用在動詞語幹後。除了 "아，야，오" 之外，以其他母音結束的動詞語幹後用 "-어다가"，以"아，야，오" 結束的動詞語幹後用 "-아다가"，"하다" 動詞語幹後用 "-여다가"。

● 친구에게 책을 가져다가 주었다.　　　　把書拿給朋友了。
● 은행에서 돈을 찾아다가 책을　　　　　從銀行領錢後買書了。
　샀다.
● 꽃을 꺾어다가 꽃병에 꽂았다.　　　　　把花採來插在花瓶裡了。
● 김밥을 사다가 공원에서 친구들　　　　把紫菜包飯買來，在公園和朋友們
　과 맛있게 먹었다.　　　　　　　　　　一起吃了。

02 이라도 / 라도

表示因為沒有滿意的東西而做第二選擇。以子音結束的名詞後用 "이라도"，以母音結束的名詞後用 "라도"。

● 녹차가 없는데 커피라도 드시겠어요?　　沒有綠茶了，咖啡可以嗎？
● 파란색 볼펜이 없으면 빨간색 볼펜　　　如果沒有藍色的原子筆，給我紅色
　이라도 주세요.　　　　　　　　　　　的也沒關係。
● 심심한데 음악이라도 듣자.　　　　　　真無聊，就聽聽音樂吧。
● 시간이 있으면 영화라도 볼까요?　　　　如果有時間的話，看場電影如何？

문법 연습

- 어다가 / 아다가 / 여다가

01

여러분은 지난 주말에 무엇을 하셨습니까? 표를 채우고 다음과 같이 문장을 만드십시오.

어디에 갔어요?	무엇을 했어요?	그것을 가지고 어디에 가서 뭘 했어요?
1) 빵집	빵을 샀어요.	집에 가서 샌드위치를 만들었어요.
2) 비디오 가게	비디오를 빌렸어요.	집에 가서 친구들하고 같이 봤어요.
3) 도자기 전시회	도자기를 만들었어요.	
4) 시장		

1) **빵집에서 빵을 사다가 샌드위치를 만들었어요.**

2) _____

3) _____

4) _____

이라도 / 라도

02

다음과 같은 상황에 있는 친구에게 여러분은 어떤 제안을 하시겠습니까? 표의 빈 칸을 채우고 다음과 같이 쓰십시오.

친구의 상황	여러분의 제안
1) 점심을 먹고 싶은데 시간이 별로 없다.	우유를 드세요.
2) 약속 시간까지 시간이 많이 남았는데 할 일이 없다.	
3) 일 때문에 친구 생일 파티에 못 간다.	
4) 감기가 너무 심한데 병원에 갈 시간이 없다.	

1) **점심을 드실 시간이 없으면 우유라도 드세요.**

2) _____

3) _____

4) _____

과제 1　　말하기

다음은 어머니의 회갑 잔치를 위해 준비할 것들입니다 . 여러분은 가족 모임을 할
때 어떤 것을 준비합니까 ? [보기] 와 같이 표를 채우고 이야기해 봅시다 .

[보기]		[내가 할 일]
살 것	☑ 고기 ☐ 과일 - 언니	• 고기를 **사다가** 갈비찜을 한다. • 떡을 **찾아다가** 식구들과 나눠 　먹는다.
찾을 것	☑ 떡 ☐ 꽃바구니 - 언니	• 비디오카메라를 **빌려다가** 조카 　에게 전해 준다. • 사진기를 **가져다가** 사진을 　찍는다.
빌릴 것	☑ 비디오카메라 ☐ 여자 한복 - 언니	• 생신 선물을 **사다가** 어머니께 　드린다.
만들 것	☐ 갈비찜 ☐ 잡채 - 언니	
가져갈 것	☑ 사진기 ☑ 생신 선물	

가족 모임 : _____　　　　　　　　< 내가 할 일 >

살 것	•
	•
찾을 것	•
	•
빌릴 것	•
	•
만들 것	•
	•
가져갈 것	•
	•

과제 2 듣고 말하기 [◀ 063] ●

01 대화를 듣고 질문에 답하십시오.

1) 무엇에 대한 이야기입니까? (   )

❶ 부모님의 취향   ❷ 돌잔치 방문 예절

❸ 과장님의 가족   ❹ 아기에게 필요한 물건

2) 제임스 씨는 아기 돌잔치에 무엇을 가지고 갈 것 같습니까? (   )

❶ 옷   ❷ 신발

❸ 금반지   ❹ 돈

3) 돌잔치에 가서 하는 인사로 <u>적당하지 않은 것</u>을 고르십시오. (   )

❶ 아기 참 잘 생겼네요.   ❷ 건강하게 자라라.

❸ 오래오래 사시기 바랍니다.   ❹ 축하합니다. 아기가 아주 예쁘네요.

02 여러분 나라의 가족 행사에 대해 다음 표를 채우고 이야기해 봅시다.

가족 행사 이름	
언제 합니까?	
어디에서 합니까?	
누구를 초대합니까?	
무엇을 먹습니까?	
무엇을 합니까?	
기타	

과장님 (課長 -) 科長   취향 (趣向) 愛好；喜好   덕분에 (德分 -) 幸虧；多虧
실수하다 (失手 -) 犯錯；失誤

6-2 너한테 안부 전해 달래

학습 목표 ● 과제 안부 전하기 ● 문법 - 더라 , - 다니요 ? ● 어휘 안부 관련 어휘

이 사람들은 지금 무엇을 하고 있습니까 ?
여러분은 동창들과 자주 연락을 합니까 ?

 064~065

친구 　야 , 오래간만이다 . 동창회 때나 네 얼굴을 보는구나 . 우리 얼마만이지 ?

민철 　학교 졸업하고서 처음이니까 한 삼 년쯤 되나 ? 요즘 어떻게 지내 ?

친구 　대학원에 가려고 준비 중이야 .

민철 　힘들겠구나 . 그런데 , 정희가 안 보이네 .

친구 　아까 연락이 왔는데 오늘 못 온다고 하더라 . 너한테 안부 전해 달래 .

민철 　못 오다니 ? 난 정희 보려고 왔는데 .

야 嗨 　준비 중이다 正在準備中 　아까 剛才 　안부 (安否) 問候

어휘

01 [보기]에서 적절한 표현을 골라 빈 칸에 쓰십시오 .

[보기] 안부를 전하다　안부를 묻다　안부가 궁금하다　안부 전화를 하다
안부 편지를 쓰다　　안부 문자를 보내다　안부　인사를 드리다

❶ 마리아 – 안부 전화를 하다

❷ 고향 친구 –

❸ 제임스 –

④ 우리 웨이 요즘 어떻게 지내고 있니? 아픈 데는 없지?

웨이 부모님 - _____

웨이 부모님   웨이 친구

02 빈 칸에 알맞은 어휘를 쓰십시오 .

며칠 전 사진을 정리하다가 예전에 학교 다니던 때가 생각났다 . 갑자기 정 선생님의
1) **안부가 궁금해서**어서 / 아서 / 여서 정 선생님께 2) _____ 었다 / 았다 / 였다 .
선생님과 전화로 이런저런 이야기를 하고 한 선생님께도 3) _____ 어 / 아 / 여
달라고 부탁을 했다 . 며칠 뒤에 한 선생님한테서 4) _____ 는 / 은 / ㄴ
안부 편지가 왔다 . 그래서 다음 주에는 친구들과 같이 선생님들께 5) _____
으러 / 러 학교에 갈까 한다 .

01 - 더라

將自己以前所經歷的經驗或感覺到的事實說給比較親密的人或晚輩時使用。不用來表達話者自己的行為。用在動詞或形容詞語幹後。

● 가 : 학교 앞 식당에 가 봤지 ? 어때 ?

　 나 : 맛도 좋고 값도 싸더라 .

甲 : 去過學校前面的餐廳了吧？怎麼樣？

乙 : 味道不錯，價錢也便宜。

● 가 : 어제 콘서트에 갔다면서 ?
　 나 : 응 , 그런데 사람이 진짜 많더라 .

甲 : 聽說你昨天去看演唱會了？
乙 : 嗯，不過人真的很多。

● 가 : 리에 씨 못 봤어 ?
　 나 : 약속이 있다고 급히 나가더라 .

甲 : 你有看到理惠嗎？
乙 : 她說她有約，急忙地出去了。

● 가 : 어제 모임에 누가 왔어 ?
　 나 : 어제 마리아 씨가 동생을 데리고 왔더라 .

甲 : 昨天的聚會有誰來？
乙 : 昨天瑪麗亞有帶他的妹妹來。

02 -다니요?/ 이라니요?

　　表示無法相信或否定對方所說的事實。動詞或形容詞語幹後用 "-다니요"，以子音結束的名詞後用 "-이라니요"，以母音結束的名詞後用 "-라니요"。對比較親密的人或晚輩用 "-다니"、"-이라니" 等。

● 가 : 어제 영화 재미있었어요?　　　　甲 : 昨天的電影有趣嗎？
　　나 : 영화라니요? 무슨 영화요?　　　乙 : 電影？什麼電影？

● 가 : 내일 시험 잘 보세요.　　　　　甲 : 祝你明天考試順利。
　　나 : 시험이라니요? 내일 시험 있어요?　乙 : 考試？明天有考試嗎？

● 가 : 웨이 씨가 많이 아프대요.　　　　甲 : 聽說王偉病得很嚴重。
　　나 : 웨이 씨가 아프다니요? 아침에　乙 : 王偉生病了？早上打電話時
　　　　통화했을 때는 괜찮았는데요.　　　　還好好的呢。

● 가 : 마리아 씨가 장학금을　　　　　甲 : 聽說瑪麗亞拿到獎學金了？
　　　　받았다면서요?
　　나 : 마리아 씨가 받다니요? 전 리에　乙 : 瑪麗亞拿到了？我聽說是理
　　　　씨가 받았다고 들었는데요.　　　　惠拿到的。

문법 연습

- 더라

01 여러분은 어제 영수 씨 여자 친구를 만났습니다 . 영수 씨 여자 친구에 대해 친구에게 이야기할 것을 쓰십시오 .

어제 길에서 영수 씨 여자 친구를 만났는데 ,

1) **웃는 얼굴이 예쁘더라** .

2) 얼굴은

3) 눈이

4) 생각보다 키가

- 다니요 ?/ 이라니요 ?

02 다음 그림을 보고 대화를 완성하십시오 .

❶

다음 주에 시험......

선생님 : 여러분 시험공부 다 했지요 ?

오늘 10 시에 시험 볼 거예요 .

마리아 : **오늘 시험을 보다니요 ?**

시험은 다음 주 아니에요 ?

❷

마리아 : 웨이 씨 , 7 시 10 분인데 왜 안 와요 ?

웨　이 : 오늘 모임은 취소되었어요 .

몰랐어요 ?

마리아 : ....

❸

리　에 : 마리아 씨 , 생일 축하해요 .

마리아 : ....

제 생일은 다음 달이에요 .

❹

올가는 고향에서
잘 지내고 있을 거야 .

마리아 : 여보세요 ? 올가 ? 잘 지내고 있지 ?

올　가 : 응 , 마리아 . 오랜만이야 .

나 얼마 전에 사고가 나서 병원에

입원했어 .

마리아 : ....

과제 1   말하기

고향에 다녀온 누나에게 가족과 친구의 안부를 묻습니다 . 표를 채우고 [보기] 와 같이 옆 친구와 이야기해 봅시다 .

알고 싶은 것	누나의 대답
가족들이 모두 건강해요 ?	모두 건강하신데 할아버지께서 조금 편찮으셨다 .
친구들에게 별일 없나요 ?	제인 씨가 일본으로 유학을 갔다 .
고향에 특별한 소식은 없나요 ?	집 앞에 커다란 백화점이 생겼다 .

[보기]

나   : 잘 다녀왔어 ? 부모님도 건강하시지 ?
누나 : 응 , 모두 건강하신데 , 내가 갔을 때 할아버지께서 조금 **편찮으시더라** .
나   : **편찮으시다니 ?**
누나 : 감기에 걸리셨대 . 그렇게 심하지 않으니까 걱정하지마 .
나   : 친구들도 잘 있고 ?
누나 : 응 , 그런데 제인이 일본으로 유학을 **갔더라** .
나   : 제인이 유학을 **가다니 ?**
누나 : 제인이 남자 친구가 생겼는데 일본 사람이래 . 그래서 남자 친구도 보고
       일본어도 배우러 일본으로 유학을 갔대 .
나   : 우와 , 축하할 일이네 .
누나 : 참 , 우리 집 앞에 큰 백화점이 **생겼더라** . 예쁜 물건도 많고 비싸지 않아서
       쇼핑할 만하더라 .
나   : 아 , 그래 ? 나도 빨리 고향에 가고 싶다 .

알고 싶은 것	친구의 대답

과제 2 　읽고 쓰기

01 다음을 읽고 질문에 답하십시오 .

　　요즘엔 생일이나 기념일이 되면 통신 회사에서 문자를 무료로 주는 서비스가 있다 . 나도 지난달에 생일이어서 무료 문자를 30 건 받았다 . 평소에 10 개도 안 보냈지만 이번엔 아까워서 오랫동안 연락이 안 됐던 사람들한테 안부 문자를 보내기로 했다 . 문자를 보낸 시간이 점심시간 직후라서 그런지 , 대부분이 답장을 보내거나 직접 전화를 걸어왔다 . 친구들은 굉장히 반가워했다 . 어떤 친구는 결혼하냐는 질문을 했고 어떤 친구는 언제 한잔 하자는 말로 전화를 끊었다 . '언제 한잔' 이 라는 약속이 지켜질지는 잘 모르겠다 . 그렇지만 이런 식으로라도 친구들 생각을 하게 돼서 꽤 기분이 좋았다 . 언젠가 내가 진짜로 결혼할 때 다시 연락해도 훨씬 덜 미안할 것 같다 .

1) 안부 문자를 보낸 이유로 적절한 것을 고르십시오 . (　　　　　)

❶ 결혼 소식을 전하기 위해　　　　　❷ 휴대 전화를 바꾸게 돼서

❸ 친구와 술 한잔하고 싶어서　　　　❹ 무료 문자가 생겼는데 친구들 생각이 나서

2) 안부 문자를 받은 사람들의 대답이 **아닌 것**을 고르십시오 . (　　　　　)

❶ "너 결혼하냐 ?"　　　　　　　　❷ "결혼식 때 보자 ."

❸ "야 , 반갑다 . 이게 얼마만이니 ?"　 ❹ "야 , 우리 만나서 술 한잔하자 ."

3) 이 사람은 어떤 내용의 안부 문자를 보냈을까요 ?

부모님께 쓰는 안부 편지에는 어떤 내용이 있을까요? 아래에 들어갈 내용을 쓰고 안부 편지를 써 봅시다 .

❶ 부모님의 건강 질문

❷ 내 안부

❸ 그 밖의 궁금한 내용 : ....

부모님께

그동안 안녕하셨어요? 저는 여기서 잘 지내고 있답니다.

다음에 또 연락 드리겠습니다. 안녕히 계십시오.

년   월   일

올림.

아깝다 可惜的   직후 (直後) 剛……之後   식 (式) 方式

6-3 신입생 환영회가 있는데 오실 수 있지요?

학습 목표 ●과제 환영 모임에 초대하기 ●문법 -고 나서 , -지 ●어휘 신입생 환영 모임 관련 어휘

이 사람들은 무엇을 하려고 합니까 ?

여러분은 신입생 환영회에 가 본 일이 있습니까 ?

◀ 066~067

선배	민수야 , 오랜만이다 . 웬일이야 ?
민수	이번 금요일에 신입생 환영회가 있는데 선배님 오실 수 있지요 ?
선배	이번 금요일 ? 몇 시에 시작하는데 ?
민수	4 시에 오리엔테이션을 할 거래요 .
	오리엔테이션이 끝나고 나서 환영회를 하니까 6 시까지 오세요 .
선배	좀 일찍 연락하지 . 저녁 약속이 있는데 좀 늦게 가도 될까 ?
민수	늦게라도 꼭 오세요 .
	뒤풀이로 노래방에 갈 거니까 노래도 한 곡 준비해 오시고요 .

오랜만이다 好久不見　　신입생 (新入生) 新生　　오리엔테이션 方向 ; 職前敎育　　곡 (曲) 首 ; 曲

어휘

01 [보기]에서 알맞은 어휘를 골라 빈 칸에 쓰십시오 .

[보기] 신입생 환영회 　　　 오리엔테이션 　　　 회비

　　　 뒤풀이 　　　　　　 새내기 　　　　　　 선배 　　　　 후배

새로 입학한 학생을 환영하는 모임	**신입생 환영회**
학교나 직장에 먼저 들어 온 사람	
직장이나 학교에 새로 들어온 사람	
어떤 일이나 모임을 끝낸 뒤에 서로 모여 즐기는 일	
모임의 활동을 위해서 그 모임에 참여하는 사람들이 내는 돈	
신입 사원이나 신입생들에게 직장이나 학교에서 해 주는 안내나 교육	

02 빈 칸에 알맞은 어휘를 쓰십시오 .

이번에 입학하신 ❶ ＿＿＿＿＿＿ 여러분 !

여러분을 위한 ❷ ＿＿＿＿＿＿ 이 / 가 2 월 22 일 오후 3 시에 있습니다 .

여러분의 학교 생활에 도움을 줄 ❸ ＿＿＿＿＿＿ 와 / 과 만날 수 있는 기회이니까 꼭 참석하세요 . 신입생은 ❹ ＿＿＿＿＿＿ 이 / 가 없으니까 그냥 오세요 . 늦게 오실 분은 ❺ ＿＿＿＿＿＿ 장소로 오십시오 .

❶ ＿＿＿ **새내기** ＿＿＿

❷ ＿＿＿＿＿＿＿＿＿

❸ ＿＿＿＿＿＿＿＿＿

❹ ＿＿＿＿＿＿＿＿＿

❺ ＿＿＿＿＿＿＿＿＿

문법설명

01 − 고 나서

做了前面的行動後再做後面的行動。用在動詞語幹後，但是用 "가다, 오다" 時前後句的主語則不同。

- 저녁을 먹고 나서 회의를 하기로 했다.

　（我們）決定吃完晚餐後再開會。

- 운동을 하고 나서 마시는 맥주가 최고로 맛있다.

　運動完喝的啤酒才最好喝。

- 그 사람은 그 편지를 읽고 나서 한참이나 말이 없었다.

　他看了那封信之後，好久都沒有說話。

- 미선 씨가 오고 나서 제임스 씨가 왔다.

　美善來了以後，詹姆斯也來了。

02 − 지

對比較親密的人或晚輩所沒有做的事表示 "如果做了會更好" 時使用。用在動詞語幹後。

- 이 근처까지 왔으면 우리집에 들렸다 가지.

　如果來這附近的話，到我家坐坐就好了。

- 어른들 앞에서는 좀 참지.

　在長輩面前忍耐一下就好了。

- 선생님께 내 안부도 좀 전해 주지.

　也替我向老師問個好就好了。

- 오늘 같은 날은 정장 좀 입지.

　像今天這種日子，穿正式點來就好了。

문법 연습

- 고 나서

01 여러분은 어떤 순서로 다음의 일을 하십니까? 순서에 맞게 기호를 쓰고 , '- 고 나서' 를 사용해 다음과 같이 쓰십시오 .

빨래하기	라면 끓이기
가) 세제를 넣는다. 나) 흰 옷과 색깔 옷을 구별한다. 다) 세탁기 전원을 켠다. 라) 빨래할 옷을 세탁기에 넣는다.	가) 라면을 넣는다. 나) 스프를 넣는다. 다) 물을 끓인다. 라) 계란과 파를 넣는다.
(나) → (라) → (가) → ( )	( ) → ( ) → ( ) → ( )
흰 옷과 색깔 옷을 구별하고 나서 빨래할 옷을 세탁기에 넣어요. → 세탁기에 넣고 나서	→
→	→

- 지

02 다음 글을 읽고 밑줄 친 부분을 '-지'를 넣어 글 쓴 사람의 생각을 쓰십시오.

　　오늘 아침에는 일어나기가 무척 힘들었다. 자명종이 30분 동안이나 울렸지만 **1) 동생은 깨워 주지도 않고** 먼저 학교에 가 버렸다. 학교에 도착하니까 9시 55분이었다. 늦게 일어나서 아침도 먹지 못했는데 옆 친구가 김밥을 먹으니까 너무 맛있어 보였다. **2) 친구는 먹어 보라는 말도 없이 혼자 다 먹었다.** 쉬는 시간에 화장실에 다녀왔는데 교실에 아무도 없었다. 칠판에는 '대강당으로'라고 쓰여 있었다. **3) 나를 기다려 주는 친구가 한 명도 없다**고 생각을 하니까 갑자기 너무 외로워졌다. 고향에 있는 친구들이 생각이 났다. 방학에 꼭 놀러오겠다고 했는데 **4) 아직 소식이 없다.** 오늘 집에 돌아가면 전화를 해 봐야겠다.

1) 좀 깨워 주지.

2)

3)

4)

과제 1 쓰기

모임을 하려고 합니다. 어떤 준비를, 어떤 순서로 할지 [보기]와 같이 써 봅시다.

[보기] **신입생 환영회 준비**

가) 신입생 환영회 날짜 잡기
나) 환영회장 (식당) 예약
다) 전화나 전자 메일로 시간 · 장소 알리기
라) 참석 여부 확인
마) 식당에 전화로 인원수 확인해 주기
바) 신입생 환영회 하기

이번에 입학한 신입생들을 축하하기 위해 신입생 환영회를 준비하려고 한다.

- 제일 먼저 신입생 환영회 날짜를 **잡고 나서** 장소를 예약한다.
- 장소를 **예약하고 나서** 사람들에게 시간과 장소를 알린다.
- 참석 여부를 **확인하고 나서** 식당에 전화를 걸어 **인원수**를 확인해 준다.

_____ 기 위해
_____ 을/를 준비하려고 한다.

가)
나)
다)
라)
마)
바)

여부 (與否) 與否 ; 能否

과제 2 듣고 말하기 [🔊 068]

01 대화를 듣고 질문에 답하십시오 .

1) 무엇에 대한 이야기입니까 ? ( )
❶ 졸업생 환송회 ❷ 신입생 환영회
❸ 신입생 오리엔테이션 ❹ 동아리 모임

2) 이 사람들은 언제 , 어디에서 만납니까 ? 쓰십시오 .

3) 이 모임에서 하는 일로 **적당하지 않은 것**을 고르십시오 . ( )
❶ 선배들의 이야기를 듣는다 .
❷ 새내기들의 소개를 한다 .
❸ 선배들의 일을 돕는다 .
❹ 맛있는 음식을 먹고 논다 .

02 여러분의 나라에서도 학교에서 신입생 환영회를 합니까? 다음 표를 채우고 한국과 비교해서 이야기해 봅시다.

	한국	여러분 나라
그 모임을 뭐라고 부릅니까?	신입생 환영회	
주로 언제 합니까?	2~3월	
주로 어디에서 합니까?	학교 근처의 식당이나 대학교 건물 내	
누가 옵니까?	신입생, 선배, 졸업생 등	
무엇을 합니까?	• 선후배를 서로 소개하고, 이야기를 나눈다. • 술이나 음료를 마시거나 음식을 먹는다. • 노래나 장기 자랑 등을 하면서 즐겁게 논다.	
특징	• 다른 때에 비해 술을 많이 권하고 마시는 편인 것 같다.	

일단 (一旦) 一旦；暫時先　　그냥 就那樣；照樣；仍舊　　장기 자랑 (長技 -) 才藝表演

6-4 간단하게 차나 마시지요

학습 목표 ● 과제 회식 모임에 참석하기 ● 문법 -는다니까 , - 지요 어휘 직장 생활 모임 관련 어휘

이 사람들은 무엇을 하려고 합니까 ?
여러분은 어떤 모임에 가 본 일이 있습니까 ?

🔊 069~070

과장   자 , 슬슬 정리들 하시지요 . 오늘 회식에 모두들 참석하시지요 ?

웨이   그럼요 . 잔뜩 기대하고 있는데요 . 식사하고 나서 2 차도 있어요 ?

과장   2 차는 노래방에 갈까 하는데 다들 어때요 ?

웨이   어떻게 하지요 ? 저는 목이 쉬어서 노래는 못 할 것 같은데요 .

과장   웨이 씨가 목이 아프다니까 2 차는 간단하게 차나 마시지요 .

웨이   감사합니다 . 그러면 2 차는 제가 사지요 .

슬슬 慢慢地   **회식** (會食) 會餐   **참석하다** (參席) 參加 ; 出席   **잔뜩** 滿滿地
기대하다 (期待) 期待   **2 차** 第二輪 ; 第二次

어휘

01 [보기] 에서 알맞은 단어를 골라 빈 칸에 쓰십시오 .

[보기]　　회의　　　　　회식　　　　　야유회　　　　　동호회

업무 모임

.... ,
연수

친목 모임　　　　회사 모임　　**취미 모임**

.... ,　　　　　　　　　.........................

.... ,

단합 대회

02 빈 칸에 알맞은 어휘를 쓰십시오 .

신입 사원들을 위한 안내

　우리 부서에는 매일 오전 11 시에 ___회의___ 와/ 가 있습니다 . 꼭 참석하시기 바랍 니다 . 매달 두 번째 금요일 저녁에는 업무 스트레스를 풀 수 있는 _____ 이 / 가 있습니다 . 추천하고 싶은 식당이 있으면 미리 알려 주세요 . 　일 년에 두 번 , 봄과 가을에는 모두 함께 자연을 즐길 수 있는 _____ 이 / 가 있습니다 . 또 우리 회사에는 다양한 _____ 이 / 가 있어서 취미 활동을 하기에 좋습니다 . 자세한 내용은 과장님께 물어보시기 바랍니다 .

문법 설명

01 -는다니까 / ㄴ다니까 / 다니까 / 이라니까

　　"-는다고/ㄴ다고/다고 하니" 的省略語。表示以從別人那裡聽到的話為根據指示或勸告後續的行動時使用。用在動詞或形容詞語幹後。以子音結束的動詞語幹後用 "-는다니",以母音結束的動詞語幹後用 "-ㄴ다니"。形容詞語幹後用 "-다니",名詞後則用 "이라니"。陳述已經結束的事實則用 "-었다니"。

- 오늘은 비가 온다니까 일찍들 집에　　　　聽說今天會下雨,早點回家吧。
  갑시다 .
- 아이가 지금 자고 있다니까 조용히　　　　聽說小孩在睡覺,那我得安靜點。
  해야겠어요 .
- 저 사람도 우리 학교 학생이라니까　　　　聽說那個人也是我們學校的學生,
  인사를 하는 게 좋겠지요 ?　　　　　　　那打個招呼會比較好吧 ?

02 -지요

　　對長輩進行勸告或提議做某件行動。用在動詞語幹後。

- 오늘 신입생 환영회가 있는데 교수님도　　今天有迎新,教授您也一起去吧。
  함께 가시지요 .
- 날씨가 꽤 추운데 코트를 입으시지요 .　　天氣挺冷的,穿件大衣吧。
- 이리로 들어가시지요 .　　　　　　　　　從這裡進去吧。

　　也用來以緩和的語氣表達自己的意志。

- 제임스 씨가 음료수를 가져온다고　　　　既然詹姆斯說他要帶飲料來,那我
  하니까 저는 케이크를 가져오지요 .　　　就帶蛋糕來吧。
- 수업이 끝날 때까지 학교 앞 서점에서　　我在學校面前的書店等你,直到你
  기다리지요 .　　　　　　　　　　　　　下課。
- 그럼 , 그날 뵙지요 .　　　　　　　　　　那麼,我們那天再見吧。

문법 연습

- 는다니까 / ㄴ다니까 / 다니까 / 이라니까

01 다음 그림을 보고 문장을 만드십시오.

나는 매운 음식을 못 먹어요.
마리아

영수 : 오늘 마리아 씨하고 같이 저녁 먹을까요? 제가 매운탕을 살게요.

리에 : 좋아요. 그런데, 마리아 씨가 **매운 음식을 못 먹는다니까** 다른 걸 먹는 게 좋을 것 같아요.

저 다음 주에 일본으로 돌아가요.
에리코

웨이 : _____
송별회를 하는 게 어때?

제임스 : 에리코 씨가 돌아간다고? 그럼 당연히 해야지.

감기에 걸렸어요.
리에

미선 : 오늘 수영장에 간다고 하지 않았어요?

마리아 : 리에 씨하고 같이 가기로 했는데, _____
다음에 가야지요.

우리 언니가 유명한 가수예요.
리에

제임스 : 이번 축제에 가수를 초대하려고하는데, 오겠다는 가수가 없어서 걱정이야.

웨이 : 리에 씨 언니가 _____
_____
리에 씨에게 부탁해 보는 게 어때?

- 지요

02 표를 채우고 '–지요'를 사용해 다음과 같이 문장을 만드십시오.

	상황	생각
1)	날씨가 춥다.	따뜻한 차라도 한 잔 마시는 게 좋다.
2)	시험이 어렵다고 한다.	
3)	오늘 회식이 있다.	

1) 날씨도 추운데 따뜻한 차라도 한 잔 드시지요.

2) _____

3) _____

	이유	하려고 하는 일
4)	장학금을 탔다.	한턱낸다.
5)	요리에 자신이 있다.	
6)	친구들 전화번호를 다 안다.	

4) 장학금을 탔으니까 제가 한턱내지요.

5) _____

6) _____

과제 1   쓰기

한국의 회식 문화에 대해서 들은 것이 있습니까? 다음은 존슨 씨가 친구에게 한국의 회식 문화에 대해 듣고 쓴 글입니다. 읽고, 여러분의 생각도 써 봅시다.

[들은 이야기]
- 매주 회식을 한다.
- 자신의 술잔으로 옆 사람에게 술을 권한다.

　제 친구 회사는 매주 회식을 한다고 합니다. 한 달에 네 번이나 회식을 **한다니까** 정말 자주 하는 편이지요?
　회식 자리에서는 마시던 술잔으로 옆 사람에게 술을 권한다고 합니다. 자신이 마시던 술잔에 술을 따라서 **준다니까** 회식 자리에 가고 싶지 않다고 생각했습니다. 그런데, 나중에 알고 보니 한국 사람들은 친한 사람들하고만 이렇게 술잔을 돌린다고 합니다. 같이 일하는 동료들을 한 가족처럼 생각하는 한국 문화에서 이런 회식 문화가 생겼다는 것을 알고 오해가 좀 풀렸습니다.

[한국의 회식 문화에 대해 들은 것]

- 폭탄주를 만들어 마시는 모습
- 산낙지를 먹는 모습
-
-

오해 (誤會) 誤會   폭탄주 (爆彈酒) 深水炸彈   산낙지 生章魚

과제 2   읽고 쓰기

01 다음 글을 읽고 질문에 답하십시오.

안녕하십니까?

내일 저녁 7시에 회식이 있습니다. 신입 사원을 환영하는 자리입니다. 한동안 일이 많아서 서로 얘기할 기회도 많지 않았는데 이번 회식에는 우리 부서원 모두가 참석하실 것으로 믿습니다.

장소는 지하철역 근처의 맥주 전문점 연세 호프입니다. 그곳에서 간단한 마술 행사도 있을 예정이므로 기대하셔도 좋을 것 같습니다.

이번 회식에는 사장님이 참석하신답니다. 사장님께 특별히 건의할 말씀이 있으시면 좋은 기회가 될 것입니다. 자주 고장이 나는 복사기 이야기도 할 수 있겠지요?

그리고 2차는 간단하게 볼링을 치려고 하는데 여러분의 의견은 어떻습니까? 좋은 의견 있으면 회신 바랍니다.

김영호 부장 드림

1) 회식의 목적은 무엇입니까? (   )

❶ 동료의 승진을 축하하기 위해서

❷ 동료 사원에게 건의할 문제가 생겨서

❸ 다 같이 술을 마실 기회를 만들기 위해서

❹ 회사에 새로 들어온 사원을 환영하기 위해서

2) 회식에 **참석하지 않는** 사람은 누구입니까? (   )

❶ 신입 사원   ❷ 사장

❸ 과장   ❹ 구내식당 주인

3) 회식에서 사장님께 어떤 이야기를 할까요?

02 여러분 나라에서는 어떤 경우에 어디에서 회식을 합니까? 다음 표를 채우고 [보기] 와 같이 글을 써 봅시다 .

회식 장소	
회식 목적	
회식 음식	
회식할 때 하는 이야기	
회식 후 활동	
기타	

[보기]

　한국에서는 신입 사원 환영이나 결혼 축하 , 승진 축하 등 여러 가지 이유로 회식을 합니다 . 회식을 할 때는 주로 술과 고기를 먹습니다 . 술을 마시면서 그동안 동료에게 하기 어려웠던 말을 하기도 하고 회사 일에 대해서 이야기를 하기도 합니다 .

　보통은 술을 마신 후에 2 차를 가는데 2 차에서는 노래방에 가거나 탁구 같은 가벼운 운동을 하기도 합니다 .

마술 (魔術) 魔術　　건의하다 (建議) 建議　　회신 (回信) 回信　　목적 (目地) 目地

6-5 그 남자 , 그 여자

◀) 071

준호의 일기

2010 년 6 월 18 일 금요일 맑음

    오늘 초등학교 동창회가 있었다 . 선영이가 나온다는 얘기에 아침부터 가슴이 두근거렸다 [1]. 회사에서도 하루 종일 동창회 생각에 일을 할 수 없었다 . 퇴근 시간이 다 되어갈 때쯤 부장님이 갑자기 오늘 저녁에 회식을 한다고 하셨다 . 하지만 난 일이 있어서 먼저 가 봐야 한다고 말하고 서둘러서 회사를 빠져나왔다 [2].

5   약속 장소에 도착해서 자리에 앉자마자 선영이가 어디에 있는지 둘러봤다 . 아무리 둘러봐도 선영이의 모습은 보이지 않았다 . 그 때 누군가 선영이의 이름을 불렀다 . 나는 그 쪽으로 고개를 돌렸다 . 그런데 거기엔 내가 상상한 것과는 너무 다른 여자가 앉아 있었다 . 내 기억 속의 선영이는 하얀 얼굴에 큰 눈을 가진 귀여운 아이였다 . 하지만 지금의 선영이는 조금 통통하고 [3] 얼굴도 하얀 편이 아니었다 . 선영이를 10 만난다는 생각에 기대를 잔뜩 [4] 했는데 많이 달라진 모습에 실망했다 [5].

    나는 선영이 옆으로 가서 어색하게 인사를 한 후에 나를 기억하냐고 물었다 . 나를 한참 보던 선영이가 미소를 지으면서 안다고 대답했다 . 소풍갔을 때 내가 도시락 [6] 을 집에 두고 와서 선영이가 자기 것을 나눠 줬던 일을 선영이도 기억하고 있었다 . 얼굴뿐만 아니라 마음도 예뻐서 그 때부터 학교에 다니는 동안 계속 짝사랑 [7] 을 15 했었다고 말하니까 선영이는 웃었다 . 선영이의 웃는 모습을 보니까 예전 [8] 에 내가 좋아했던 선영이의 모습이 보였다 . 우리 두 사람은 모임이 끝날 때까지 계속 이야기를 나누었다 .

    왠지 [9] 모르게 이상한 희망 같은 것이 생긴다 . 예전에는 오르지 못 할 나무였지만 이젠 내 키에 맞는 나무 같이 느껴진다 . 다음 모임 때도 나올까 ? 예감 [10] 이 좋다 .

1)	두근거리다	to pound, palpitate	(心臟) 噗通噗通地跳
2)	빠져나오다	to escape, get out	抽離；逃脫
3)	통통하다	plump, chubby	胖嘟嘟的
4)	잔뜩	extremely, intensely	滿滿地
5)	실망하다	be disappointed, let down	(失望 -) 失望
6)	도시락	(box) lunch, lunch box(saked lunch)	便當
7)	짝사랑	unrequited love	單戀
8)	예전	a previous time, the past	以前
9)	왠지	somehow	不知怎麼地
10)	예감	hunch,premonition	(豫感) 預感

선영이의 일기

2010년 6월 18일 금요일 맑음

오늘 처음으로 초등학교 동창회에 나갔다. 예전부터 동창회가 있다는 것은 알고 있었지만 어렸을 때의 날 기억하는 아이들을 만나는 게 왠지 어색하고 자신이 없어서 모임에 나가지 않았었다.

며칠 전, 초등학교 인터넷 동창 모임 사이트에서 오늘 동창회를 한다는 쪽지¹¹⁾가 왔다. 나갈까 말까 고민을 좀 하다가 주말 저녁이고 다른 계획도 없어서 이번엔 나가겠다고 했다. 오랜만에 만나면 어색할까 봐 걱정했는데 친구들을 만나보니까 금방 어색함이 사라졌다. 친구들은 외모¹²⁾가 많이 변하긴 했지만 옛날 얼굴이 조금씩은 남아 있어서 금방 알아볼 수 있었다. 나를 환영해 주는 애들을 보면서 좀 더 일찍 동창회에 참석하지 않은 걸 후회했다.

옛날 추억을 떠올리며 이런저런 이야기를 나누고 있는데 갑자기 한 아이가 내 옆으로 와서 인사를 했다. 처음에는 누군지 몰랐다. 하지만 한참을 본 후에 준호인 것을 알았다. 초등학교 때 준호는 그렇게 눈에 띄는 아이가 아니었고 나와 별로 친하지도 않았다. 하지만 지금은 너무 멋있는 모습으로 변해¹³⁾ 있었다. 준호는 어렸을 때 내가 자기에게 도시락을 나눠준 일을 이야기하면서 그 때부터 나를 많이 좋아했었다고 했다. 우리는 모임이 끝날 때까지 많은 이야기를 했다. 준호가 나에 대해서 작은 것까지 자세히 기억하고 있는 걸 보고 좀 놀랐다.

모임이 끝나고 집으로 돌아오는데 나를 보던 준호의 눈빛이 자꾸¹⁴⁾ 생각났다. 왠지 가슴이 설렜다¹⁵⁾. 옛날 일이지만 그렇게 멋있는 애가 날 좋아했었다니 정말 믿을 수가 없다. 준호가 다음 모임에도 나올까? 혹시 여자 친구는 있을까? 준호와 더 친해질 수 있으면 좋겠다.

---

11)	쪽지	message, note	訊息
12)	외모	outward appearance, looks	(外貌) 外表；長相
13)	변하다	to change	(變-) 變化
14)	자꾸	repeatedly, frequently	總是
15)	설레다	to flutter, be excited	心情激動的

내용 이해

1) 글을 읽고 준호와 선영이의 마음이 어떻게 달라졌는지 쓰십시오 .

	준호	선영
동창회에 가기 전	두근거렸다	어색할까 봐 걱정했다
동창회가 시작된 후에		
동창회가 끝난 후에		

2) 준호의 오늘 하루에 대한 설명으로 맞는 것은 무엇입니까 ? (   )

❶ 회식이 있어서 동창회에 늦었다 .

❷ 오늘 하루 종일 열심히 일을 했다 .

❸ 선영이를 보기 위해서 오늘 동창회에 갔다 .

❹ 동창회에 가자마자 선영이에게 반갑게 인사를 했다 .

3) 선영이의 오늘 하루에 대한 설명으로 맞는 것은 무엇입니까 ? (   )

❶ 준호와의 만남을 기대했다 .

❷ 오늘 동창회에 나간 것을 후회했다 .

❸ 오랜만에 친구들을 만나니까 어색했다 .

❹ 오늘 동창회에서 준호와 이야기를 많이 했다 .

4) 이 글에 대한 설명으로 맞는 것은 무엇입니까? (   )

❶ 준호는 어렸을 때와 별로 달라진 점이 없다.

❷ 선영이는 주말 계획을 취소하고 동창회에 나갔다.

❸ 준호는 동창회에서 선영이에게 좋아한다고 말했다.

❹ 선영이는 준호를 처음 봤을 때 잘 기억하지 못했다.

5) 이 글의 내용과 같으면 ◯, 다르면 ✕ 하십시오.

❶ 선영이는 어렸을 때보다 더 예뻐졌다.   (   )

❷ 선영이는 동창회 모임 후에 준호에게 관심이 생겼다.   (   )

❸ 준호는 옛날에 선영이에게 도시락을 나눠준 적이 있다.   (   )

❹ 준호는 회식과 동창회 시간이 같아서 며칠 전부터 고민했다.   (   )

더 생각해 봅시다

1) 한국에는 다음과 같은 인터넷 동창 클럽이 많습니다 . 여러분 나라의 유명한 동창 사이트로는 어떤 것이 있습니까?

• 아이러브스쿨 (http://www.iloveschool.co.kr)

인터넷에서 학교 동창을 찾아주는 사이트다. 초등학교에서 대학교까지 옛 추억을 함께했던 학교 친구와 선배·후배를 찾아준다.

• 싸이월드 클럽 (http://club.cyworld.com)

한국의 인터넷 커뮤니티 사이트이다. 가입할 때 출신 학교를 등록하면 동문이나 동창을 찾을 수 있게 되어 있다.

• 다음 카페 (http://cafe.daum.net)

포털 사이트 '다음' 의 인터넷 커뮤니티 사이트이다. 1999년에 서비스를 시작하여 네티즌에게 큰 인기를 얻었다.

문화

모임 문화 🔊 072

한국에도 여러분의 나라와 같이 다양한 모임이 있습니다. 돌, 생일, 회갑 잔치 등과 같은 가족 모임, 신입생 환영회나 환송회 등의 학교 모임, 그리고 회식이나 뒤풀이 같은 직장 생활 모임 등이 그것입니다. 이러한 모임에 관련된 문화 중 식사 후 돈을 내는 방식에 대해서 알아봅시다. 한국에서는 친구나 선후배, 혹은 손윗사람이나 손아랫사람과 만날 때 식사비를 각자 내지 않고 한 사람이 내는 경우가 있습니다. 보통 선배와 후배 사이의 만남이라면 선배가, 손윗사람과 손아랫사람과의 만남이라면 손윗사람이 식사비를 내는 경우가 더 일반적입니다. 또한, 친구 간의 만남에서도 식사비를 각자 부담하지 않고 돌아가며 한 사람이 다른 사람의 식사비를 내는 경우도 있습니다. 하지만 최근에는 서양 문화의 영향을 받아 식사비를 각자 부담하는 경우도 있습니다.

1) 여러분 나라의 모임의 종류에 대해서 이야기해 봅시다.

2) 모임 후 돈 내는 방식에 대해서 여러분 나라와 한국을 비교하여 이야기해 봅시다.

방식 (方式) 方式　　손윗사람 長輩　　손아랫사람 晚輩　　각자 (各自) 各自
부담하다 (負擔) 負擔

제 7 과 실수와 사과

7-1 숙제를 낸다는 것이 일기장을 냈어요

학습 목표 ● 과제 실수에 대해 이야기하기 ● 문법 – 는다는 것이 , – 을까 봐 ● 어휘 실수 관련 어휘

여자는 무엇을 걱정하고 있습니까 ?

여러분은 한국에 와서 실수를 한 적이 있습니까 ?

🔊 073~074

리에   제임스 씨 , 어떡하죠 ? 저 오늘 실수를 했어요 .

제임스   왜요 ? 무슨 일인데요 ?

리에   선생님께 숙제를 낸다는 것이 그만 제 일기장을 냈어요 . 어떻게 하지요 ?

제임스   뭐가 문제예요 ? 다시 달라고 하세요 .

리에   벌써 선생님이 숙제 검사를 하셨을까 봐 걱정이 돼서 그래요 .

제임스   무슨 비밀 내용이 있나 봐요 . 저도 궁금해지는데요 .

어떡하다 怎麼辦   그만 到此；到此為止；立刻；就   일기장 (日記帳) 日記本
비밀 (秘密) 秘密   내용 (內容) 內容

어휘

01 [보기]에서 알맞은 어휘를 골라 빈 칸에 쓰십시오 .

[보기] 실수하다   잘못하다   착각하다
        잊어버리다   오해하다   조심하다

조심하지 않아서 잘못을 했어요. 요즘 바빠서 그런지 자주 이런 행동을 해요.	알고 있던 사실을 기억하지 못해요. 어제 친구와 만나기로 했던 약속 장소가 생각나지 않아요.	앞에 걸어가는 여자가 제 친구인 줄 알았는데 아니었어요.
실수하다		
요즘 제가 자주 실수를 해서 이제는 잘못이나 실수를 안 하려고 노력하고 있어요.	그 사람이 한 말을 다른 뜻으로 잘못 알아들었어요.	요즘 어머니께 자꾸 화를 냈어요. 어머니께 올바르게 행동하지 못했어요.

02 알맞은 어휘를 빈 칸에 쓰십시오 .

어제 나는 신촌 역 근처에서 1) **실수를 했다** 었다 / 았다 / 였다 . 앞에서 걸어가는 여자를 친구로 2) ＿＿＿＿＿＿＿고 달려가서 인사를 했는데 알고 보니 그 여자는 모르는 사람이었다 . 다음부터는 더 3) ＿＿＿＿＿＿어야겠다 / 아야겠다 / 여야겠다 .

친구가 약속 시간이 한 시간이나 지났는데도 오지 않고 전화도 받지 않았다 . 친구가 약속을 4) ＿＿＿＿＿＿었다고 / 았다고 / 였다고 생각한 나는 화가 났다 . 잠시 후에 교통사고 때문에 약속을 지키지 못했다는 친구의 전화를 받고 친구를 5) ＿＿＿＿＿＿은 / ㄴ 것이 미안해졌다 .

문법
설명

01 −는다는 / ㄴ다는 것이

因為做某事而引發後面的與最初的意圖相反的行動或結果時使用。用在動詞語幹後。以子音結束的動詞語幹後用 "-는다는 것이"，以母音結束的動詞語幹後用 "-ㄴ다는 것이"。

● 쓰레기를 버린다는 것이 중요한
  서류를 버렸다 .
本來想丟的是垃圾，結果將重要的文件給扔了。

● 엄마한테 문자 메시지를 보낸다는
  것이 그만 친구에게 보냈다 .
本來想傳簡訊給媽媽，結果傳到朋友那裡去了

● 커피에 설탕을 넣는다는 것이
  그만 소금을 넣었다 .
本來想在咖啡裡加糖，結果加到鹽巴了。

● 친구 이름을 적는다는 것이 그만
  내 이름을 적었다 .
本來要寫朋友的名字，結果寫了自己的名字。

02 −을까 / ㄹ까 봐

擔心或害怕前面的行動或狀態時使用。用在動詞或形容詞語幹後。以子音結束的語幹後用 "-을까 봐"，以母音結束的語幹後則用 "-ㄹ까 봐"。

● 회의 시간에 늦을까 봐 택시를 탔다 .
怕開會遲到，所以搭了計程車。

● 비가 올까 봐 우산을 가지고 왔다 .
怕下雨，所以帶了雨傘來。

● 친구가 우리 집을 못 찾을까 봐
  마중을 나갔다 .
怕朋友找不到我家，所以出去接他了。

● 약속 시간에 늦었는데 , 친구가 벌써
  도착했을까 봐 걱정이다 .
已經過了約定的時間，很擔心朋友已經到了。

● 책상 위에 일기장을 놓고 왔는데 ,
  엄마가 내 일기를 봤을까 봐
  걱정이다 .
我把日記放在桌子上了，很擔心媽媽會看到我的日記。

● 구두를 신으면 발이 아플까
  봐 운동화를 신었다 .
因為怕穿皮鞋腳會痛，所以就穿了運動鞋。

문법 연습

- 는다는 / ㄴ다는 것이

01 처음에 하려고 생각했던 것과 다르게 실수를 한 적이 있습니까? 다음 표를 채우고 문장을 만드십시오.

처음에 하려고 한 일	내가 실수로 한 일
1) 필요 없는 공책을 버리려고 했다.	숙제 공책을 버렸다.
2) 가방에 휴대 전화를 넣으려고 했다.	텔레비전 리모컨을 넣었다.
3) 신촌으로 가는 지하철을 타려고 했다.	
4) 한국 돈을 내려고 했다.	

1) **필요 없는 공책을 버린다는 것이 그만 숙제 공책을 버렸다.**

2)

3)

4)

- 을까 / ㄹ까 봐

02 어떤 일이 일어나는 것이 걱정이 될 때 여러분은 어떻게 했습니까? 다음 표를 채우고 문장을 만드십시오.

걱정되는 일	걱정이 되어서 내가 한 일
1) 추울 것 같다.	두꺼운 옷을 입었다.
2) 아침에 늦게 일어날 것 같다.	자명종을 맞춰 놓았다.
3) 시험을 잘 못 볼 것 같다.	
4) 중요한 약속을 잊어버릴 것 같다.	

1) **추울까 봐 두꺼운 옷을 입었다.**

2)

3)

4)

과제 1   말하기

여러분은 언제 어떤 실수를 했습니까? 다음 표를 채우고 그 경험에 대해서 [보기] 와 같이 이야기해 봅시다 .

	[보기]	나의 실수
언제 실수를 했습니까?	오늘	
어디서 실수를 했습니까?	학교	
무슨 실수를 했습니까?	자판기에서 커피를 뽑으려고 했는데 생강차를 뽑았다 .	

[보기]

　오늘 또 실수를 했어요 . 학교 자판기에서 커피를 **뽑**는다는 것이 그만 생강차를 뽑았어요 . 커피를 뽑으면서 어젯밤에 친구와 술 마시던 생각을 했는데 그래서 버튼을 잘못 누른 것 같아요 . 할 수 없이 생강차를 마셨어요 .

뽑다 選　　생강차 (生薑茶) 薑茶　　할 수 없이 沒辦法

과제 2 듣고 말하기 [◄ 075] ●───────────────

01 대화를 듣고 질문에 답하십시오 .

1) 이 대화의 제목으로 가장 적당한 것을 고르십시오 . (   )

❶ 오해   ❷ 실수

❸ 약속   ❹ 부탁

2) 리에 씨는 미선 씨에게 뭐라고 부탁했을까요 ? 쓰십시오 .

3) 들은 내용과 같으면 ○표 , 다르면 X 표 하십시오 .

❶ 리에 씨는 매운 음식을 좋아한다 .   (   )
❷ 미선 씨는 김치 김밥을 사 왔다 .   (   )
❸ 리에 씨가 먹고 싶었던 김밥은 김치 김밥이었다 .   (   )
❹ 미선 씨는 요즘 중요한 약속을 깜빡 잊어버리는 일이 있다 .   (   )

02 여러분도 실수한 적이 있습니까 ? 그 실수를 한 후에 어떻게 했습니까 ? 다시 그런 실수를 하지 않기 위해 어떤 노력을 하십니까 ? [보기] 와 같이 이야기해 봅시다 .

[보기]

　　저는 눈이 나빠서 가끔 실수를 하는 편이에요 . 안경을 쓰거나 렌즈를 끼지만 밤에는 가끔 숫자를 잘못 읽기도 해요 . 한번은 학교 수업이 끝난 후에 집에 가는 버스를 타려고 했는데 7724 번 버스를 탄다는 것이 버스 번호를 잘못 보고 7721 번 버스를 탔어요 . 4 와 1 은 멀리서 보면 비슷하잖아요 . 그래서 요즘은 버스를 잘못 탈까 봐 타기 전에 다시 한번 번호를 확인하고 , 버스 운전기사 아저씨에게 물어보고 타요 .

▌제대로 照舊 ; 順利地 ; 適當地　　렌즈 鏡片　　멀리서 從遠處

7-2 하숙집 친구들은 가족 같은 사이잖아요

학습 목표 ●과제 문화 충격 경험 이야기하기 ●문법 -어 버리다 , -잖아요 ●어휘 한국 생활 예절 관련 어휘

두 사람은 무슨 이야기를 합니까 ?

여러분은 한국에 와서 어떤 것을 보고 놀랐습니까 ?

◀ 076~077

리에 오늘 하숙집 아주머니한테 그동안 참았던 말을 해 버렸어요 .

영수 무슨 말을요 ?

리에 하숙집에서 식사할 때마다 찌개를 덜어 먹지 않고 같이 먹어서 좀 불편하다고요 .

영수 한국에서는 친한 사람들끼리 그렇게들 먹어요 .

리에 그래요 ? 저는 그런 줄도 모르고 하숙집 아주머니께 비위생적이라고 불평했어요 .

영수 하숙집 친구들은 가족 같은 사이잖아요 . 같은 그릇에 먹어도 괜찮을 것 같은데요 .

친하다 (親 -) 親近的　　끼리 (名詞後綴表示 "一起")　　비위생적이다 (非衛生) 不衛生
불평하다 (不平) 埋怨 ; 抱怨　　사이 之間 ; 關係

어휘

01 [보기]에서 알맞은 어휘를 골라 빈 칸에 쓰십시오 .

[보기] 식사 예절　　방문 예절　　언어 예절　　전화 예절

식사 예절	
● 어른이 수저를 들 때까지 기다린다 . ● 입을 다물고 씹는다 . ● 숟가락과 젓가락을 동시에 사용하지 　않는다 .	● 맨발로 가지 않는다 . ● 될 수 있으면 빈손으로 가지 않는다 . ● 먼저 자리에 앉지 않는다 .
● 가능하면 식사 시간을 피해서 한다 . ● 보이지 않는다고 해서 심한 말을 하지 　않는다 . ● 윗사람과 통화할 때는 먼저 끊지 　않는다 .	● 처음 보는 사람들에게는 존댓말을 쓴다 . ● 여자에게 아줌마라는 말을 하지 않는다 . ● 윗사람의 이름을 부르지 않는다 .

02 여러분 나라의 생활 예절은 한국과 어떻게 다릅니까 ?

1) 식사 예절 :

2) 방문 예절 :

3) 언어 예절 :

4) 전화 예절 :

문법설명

01 –어 / 아 / 여 버리다

　　表示某種行動完全結束而沒有留下任何東西，或者表示減輕了負擔，或留下了遺憾時使用。用在動詞語幹後。除了 "아, 야, 오" 之外，以其他母音結束的動詞語幹後用 "-어 버리다"，以 "아, 야, 오" 結束的動詞語幹後用 "-아 버리다"，"하다" 動詞語幹後則用 "-여 버리다"。

- 그 사람은 나를 기다리지 않고 가 버렸다 .

  他沒等我就走了。

- 남은 음식을 내가 다 먹어 버렸다 .

  剩下的飯菜我都吃了。

- 친구의 비밀을 다른 사람에게 말해 버렸다 .

  把朋友的秘密告訴別人了。

- 갖고 싶었던 사진기를 싸게 파는 것을 보고 사 버렸다 .

  看到了之前想買的相機在打折，就買了。

02 - 잖아요

　　將已經說過的事實或認為對方也了解的事實進行再次確認時使用。動詞或形容詞語幹後用 "-잖아요"，名詞後用 "이잖아요"。陳述過去的事實時用 "-었잖아요"。對比較親密的人或晚輩用 "-잖아"。

- 가 : 영수 씨가 이번에 차를 또 바꿨대요.　　甲：聽說英秀這次又換車了。
  나 : 부자잖아요.　　乙：他不是有錢人嘛！

- 가 : 그 배우는 연기도 잘 못하는 것　　甲：那個演員演技又不好，怎麼會
  　　같은데 왜 인기가 많지?　　　　那麼紅啊？
  나 : 예쁘잖아.　　乙：長得漂亮嘛！

- 가 : 공부하기 싫은가 봐요.　　甲：看來你很不想念書。
  나 : 네, 날씨가 너무 덥잖아요.　　乙：對啊，太熱了。

- 가 : 제임스 씨가 한국 회사에 취직이　　甲：聽說詹姆斯在一家韓國公司就
  　　됐대요.　　　　業了。
  나 : 한국말을 잘 하잖아요.　　乙：他韓語不是說得很好嘛！

- 가 : 철수 씨가 이번 시험 성적이 많　　甲：聽說哲洙這次考試成績進步很
  　　이 올랐다고 하던데요.　　　　多。
  나 : 이번 학기에 열심히 공부했잖아　　乙：這學期他不是很認真嘛！成績
  　　요. 성적이 오르는 게 당연한 거　　　　進步是當然的。
  　　지요.

문법 연습

- 어 / 아 / 여 버리다

01 다음은 마리아 씨와 웨이 씨의 메신저 대화입니다 . '– 어 버리다'를 사용해서 빈 칸을 채우십시오 .

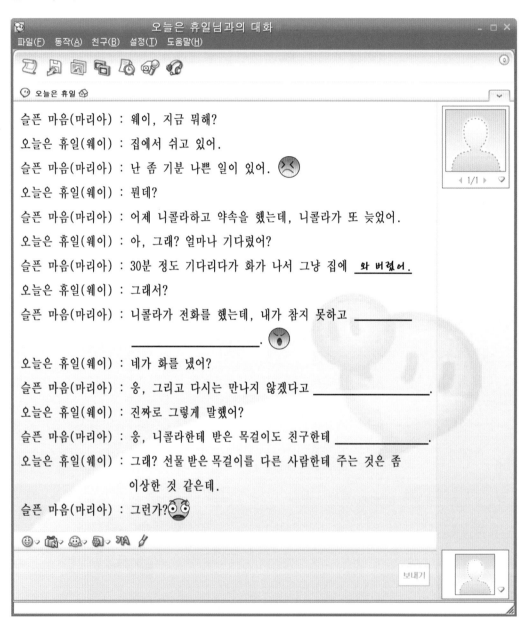

오늘은 휴일님과의 대화 _ □ ×

파일(F) 동작(A) 친구(B) 설정(T) 도움말(H)

◑ 오늘은 휴일 ◈

슬픈 마음(마리아) : 웨이, 지금 뭐해?

오늘은 휴일(웨이) : 집에서 쉬고 있어.

슬픈 마음(마리아) : 난 좀 기분 나쁜 일이 있어.

오늘은 휴일(웨이) : 뭔데?

슬픈 마음(마리아) : 어제 니콜라하고 약속을 했는데, 니콜라가 또 늦었어.

오늘은 휴일(웨이) : 아, 그래? 얼마나 기다렸어?

슬픈 마음(마리아) : 30분 정도 기다리다가 화가 나서 그냥 집에 __와 버렸어.__

오늘은 휴일(웨이) : 그래서?

슬픈 마음(마리아) : 니콜라가 전화를 했는데, 내가 참지 못하고 _____
                   _____.

오늘은 휴일(웨이) : 네가 화를 냈어?

슬픈 마음(마리아) : 응, 그리고 다시는 만나지 않겠다고 _____.

오늘은 휴일(웨이) : 진짜로 그렇게 말했어?

슬픈 마음(마리아) : 응, 니콜라한테 받은 목걸이도 친구한테 _____.

오늘은 휴일(웨이) : 그래? 선물 받은 목걸이를 다른 사람한테 주는 것은 좀
                   이상한 것 같은데.

슬픈 마음(마리아) : 그런가?

보내기

02 표를 채우고 다음과 같이 대화를 완성하십시오 .

	결과	상대가 알고 있다고 생각되는 이유
1)	아이가 운다 .	과자를 다 먹어 버렸다 .
2)	날마다 바쁘다 .	일이 많다 .
3)	한국말을 잘 한다 .	
4)	날마다 순두부찌개만 먹는다 .	

1) 가 : 아이가 왜 저렇게 울지 ?

　　나 : 네가 과자를 다 **먹어 버렸잖아** .

2) 가 : 그 분은 날마다 바쁘세요 ?

　　나 : 네 ,

3) 가 : 저 사람은 어떻게 저렇게 한국말을 잘 해요 ?

　　나 :

4) 가 : 영수 씨는 왜 날마다 순두부찌개만 먹어요 ?

　　나 :

과제 1 　말하기

> 나라마다 문화가 달라 놀랄 때가 있습니다 . 여러분은 한국에 와서 어떤 것을 보고 놀라셨습니까? 다음 표를 채우고 친구들과 [보기] 와 같이 이야기해 봅시다 .

장소	무엇을 봤습니까?	무엇이 이상합니까?
길에서	● 여자들끼리 손을 잡고 가는 걸 봤어요. ●	● 우리나라에서는 동성끼리 손을 잡고 걷지 않아요. ●
가게에서 (식당 , 백화점 당)	● ●	● ●
하숙집에서	● ●	● ●
기타	● ●	● ●

[보기]

제임스 : 한국에서 생활하면서 문화가 달라 놀란 적은 없어요?

마리아 : 한국 여자들은 친구끼리 손을 잡고 **다니잖아요** . 우리나라에
　　　　 서 동성끼리 손을 잡고 다니면 사람들이 이상하게 생각할
　　　　 수 있어요 .

제임스 : 아 , 맞아요 . 우리나라에서도 특별한 사이가 아니면 동성끼
　　　　 리는 손을 잡지 않아요 . 그런데 한국에서는 그냥 친근감의
　　　　 표현이래요 .

동성 (同性) 同性　　　친근감 (親近感) 親近感　　　표현 (表現) 表達

과제 2   읽고 말하기 ●

01 다음 글을 읽고 질문에 답하십시오.

　　3일 전 드디어 기다리고 기다리던 이곳에 도착했다. 비행기가 공항에 도착했을 때 눈물이 날 만큼 기뻤다. 하지만 공항을 벗어나 시내로 가는 버스를 탔는데, 움직일 줄 모르는 자동차와 다닥다닥 붙어 있는 아파트들을 보니 가슴이 꽉 막히는 것 같았다.

　　어제는 시내에 나갔다. 그런데 거리를 걸어 다니는 사람들이 모두 다 똑같아 보였다. 요즘 유행하는 머리 스타일, 모두 같은 옷 스타일이 거리를 걸어 다니고 있었다. 길거리에서 개성이라고는 찾아볼 수 없었다. 게다가 고향에서 입던 옷을 입고 있는 나를 모두들 이상하게 보았다. 이곳에서 유행이 아닌 옷을 입었다고 그런 것 같았다. 내가 살던 곳의 길거리를 걷다 보면 한 명도 같은 옷과 같은 헤어스타일을 한 사람이 없었다. 모두 자기 개성대로 입고 꾸민다. 이곳에서도 그런 모습을 볼 수 있을까? 아니면 내가 이곳 사람처럼 바뀌어야 하나?

1) 이 글에 나타난 도시의 특징은 무엇입니까?

2) 이 사람이 느낀 문화 충격은 무엇입니까?

3) 이 사람은 어떻게 하면 좋을까요?

02 여러분이 느낀 문화 충격은 어떤 것이었습니까? 다음 표를 채우고 [보기]와 같이 이야기해 봅시다.

언제 어디에서 느꼈습니까?	
무엇에 대한 것이었습니까?	
여러분이 알고 있던 사실과 어떻게 달랐습니까?	
문화 충격을 받았을 때 어떻게 했습니까?	
기타	

다닥다닥 緊緊地　　개성 (個性) 個性　　꾸미다 裝飾　　문화 충격 (文化衝擊) 文化衝擊

7-3 오히려 제가 미안한데요

학습 목표 ● 과제 사과하기 ● 문법 - 고 해서 , - 지 그래요 ? ● 어휘 사과 관련 어휘

남자는 여자에게 무슨 이야기를 하는 것 같습니까 ?
여러분은 친구에게 사과할 때 어떻게 말합니까 ?

◀) 078~079

마리아   어머 , 영수 씨 . 여기 웬일이에요 ?

영수   약속이 있어서 근처에 왔다가 잠깐 들렀어요 . 어제 제가 한 부탁이
        부담이 됐을까 봐 걱정이 되어서요 .

마리아   아니에요 . 제가 너무 직접적으로 거절을 해서 화가 난 건
        아니지요 ?

영수   그럴 리가요 . 오히려 제가 미안한데요 . 그럼 저 그만 가 볼게요 .

마리아   그냥 가려고요 ? 저하고 차라도 한잔하고 가지 그래요 ?

영수   볼일도 있고 해서 빨리 가 봐야 해요 . 차는 다음에 마시지요 .

들르다 順便路過   부담 (負擔) 負擔   직접적으로 (直接的 -) 直接地   그럴 리가요 怎麼會呢 ?
오히려 反而   볼일 要做的事

어휘

01 여러분은 사과할 때 어떻게 말합니까? [보기] 에서 알맞은 어휘를 골라 빈 칸에 쓰십시오 .

[보기] 사과하다   변명하다   용서를 빌다   양해를 구하다

"미안합니다 ."	사과하다
"죄송합니다 ."	
"여기 좀 앉아도 될까요 ?"	
"약속 시간을 좀 바꿔도 될까요 ?"	
"용서해 주십시오 ."	
"다음부터는 이런 실수를 안 하겠습니다 ."	
"길이 막혀서 늦었어요 ."	
"어제 몸이 좀 아파서 숙제를 못했어요 ."	

02 [보기] 에서 알맞은 어휘를 골라 빈 칸에 쓰십시오 .

[보기] 미안하다   죄송하다   사과하다   변명하다   용서를 빌다

우리는 실수나 잘못을 했을 때 다른 사람에게 1) **사과한다** 는다/ ㄴ다.
나보다 나이가 어리거나 비슷한 나이의 친구에게는 보통 2) _____ 는다고 /
ㄴ다고 / 다고 말한다 . 그러나 잘 모르는 사람이거나 나보다 나이가 많은
사람들에게는 미안하다는 말보다 3) _____ 는다는 / ㄴ다는 / 다는 말을
한다 . 나의 잘못을 그 사람에게 솔직하게 말하고 4) _____ 으면 / 면
사람들은 보통 마음을 풀고 용서를 해 준다 .

문법설명

01 -고 해서

在多個理由中選一個最有代表性的理由陳述時使用。用在動詞或形容詞語幹後。

● 피곤하고 해서 집에 일찍 갔다.

因為也累了，所以就早點回家。

● 할 일도 없고 해서 산책을 했다.

因為也沒有事情做，所以就去散步了。

● 날씨도 추워지고 해서 옷을 사러 갔다.

天氣也漸漸涼了，所以就去買衣服了。

● 점심도 늦게 먹고 해서 저녁을 안 먹었다.

因為午餐比較晚吃，所以就沒吃晚餐。

02 -지 그래요?

　　小心地建議或規勸對方做他不做的事。用在動詞語幹後，但不對長輩使用。對比較親近的人或晚輩時用 "-지 그래"。

- 그렇게 서두르지 말고 좀 천천히　　別那麼著急，慢慢做吧。
  하지 그래요?
- 아침부터 아무것도 먹지 않던데, 뭘　　你從早上開始什麼也沒吃，吃點東
  좀 먹지 그래?　　　　　　　　　西吧。

- 가: 눈이 아파서 컴퓨터 글씨가 잘　　甲: 眼睛痛得看不清楚電腦的字。
  　　안 보이네.
  나: 조금 쉬었다가 하지 그래요?　　乙: 休息一下再做吧。

- 가: 내일부터 시험인데 준비가 덜　　甲: 從明天開始考試，可是還沒有
  　　돼서 걱정이에요.　　　　　　　　準備好，真擔心
  나: 걱정만 하지 말고 지금이라도　　乙: 別光擔心，即使是現在也行，
  　　공부 좀 하지 그래?　　　　　　　開始念書吧。

YONSEI KOREAN 3

문법 연습

-고 해서

01 표를 채우고 다음과 같이 문장을 만드십시오 .

질문	이유 1	이유 2
1) 왜 학생 식당에 자주 가요 ?	값이 싸다	가깝다
2) 집도 가까운데 왜 택시를 탔어요 ?	짐이 많다	피곤하다
3) 어제는 왜 그렇게 일찍 퇴근하셨어요 ?		
4) 얼마 전에 이사하셨는데 왜 또 이사하셨어요 ?		

1) **값도 싸고 해서 학생 식당에 자주 가요** .

2) ....

3) ....

4) ....

-지 그래요 ?

02 다음 상황의 사람에게 다음과 같이 조언을 하십시오 .

조언을 받을 사람	조언 내용
1) 수업 시간에 너무 아파하는 친구	선생님께 말씀 드리고 집에 가지 그래 ?
2) 성적이 나빠서 고민하는 친구	
3) 살이 많이 쪄서 고민하는 친구	
4) 친구와 싸우고서 괴로워하는 친구	

과제 1 말하기 ●───────

여러분은 다음과 같은 상황에서 어떻게 사과하시겠습니까? 다음 표를 채우고 [보기] 와 같이 친구와 대화해 봅시다 .

	상황	그 이유	사과 표현
1)	친구한테 빌린 볼펜을 지하철에서 떨어뜨렸는데 주울 수가 없었다.	1. 수업에 늦었다. 2. 지하철을 다시 탈 수 없었다.	미안해서 어떻게 하지요?
2)	친구와의 약속에 늦었다.	1. 2.	
3)	엄마가 사 오라는 물건을 사 오지 않았다.	1. 2.	
4)	친구한테서 빌린 물건을 돌려주는 것을 잊어버렸다.	1. 2.	

[보기]

가 : 저 , 미안해서 어떻게 하지요 ? 어제 빌린 볼펜을 잃어버렸어요 .
    지하철 안에다가 떨어뜨렸는데 , 다시 **탈 수도 없고 해서** 줍지 못했
    어요 .

나 : 아 , 그래요 ? 괜찮아요 .

가 : 불편하실 텐데 오늘은 제 볼펜이라도 쓰시겠어요 ?

과제 2 듣고 말하기 [🔊 080]

01 대화를 듣고 질문에 답하십시오 .

1) 이 대화의 제목으로 가장 적당한 것을 고르십시오 . (   )

❶ 기회 ❷ 고민

❸ 사과 ❹ 문화 충격

2) 들은 내용과 같으면 ○표 , 다르면 X표 하십시오 .

❶ 남자는 여자에게 무슨 잘못을 한 것 같다 . (   )

❷ 남자는 지금도 자신의 행동이 옳았다고 생각한다 . (   )

❸ 여자는 오늘 남자에게 점심을 살 것이다 . (   )

❹ 여자는 남자의 사과를 받아들이지 않고 있다 . (   )

02 다음 표에 여러분이 사과할 때 가장 많이 쓰는 표현을 세 가지 써 보십시오. 그리고 반 친구들이나 다른 한국 사람들에게도 이에 대해 물어보십시오. 다음 표를 채우고 어떤 표현을 가장 많이 쓰는지 순서대로 발표해 봅시다.

이름	사과할 때 가장 많이 쓰는 표현 세 가지		
나	미안해요.	사과할게요.	잘못했어요.
한국 사람들			
반 친구들			

[가장 많이 쓰는 표현]

	한국 사람들		반 친구들	
	표현	횟수	표현	횟수
1위				
2위				
3위				

행동 (行動) 行動　　옳다 對的 ; 正確的　　횟수 (回數) 次數

255

7-4 다른 방법으로 미안함을 표현하기도 해요

학습 목표 ● 과제 사과 경험 이야기하기 ● 문법 - 고도 , - 는단 말이에요 ? 어휘 이해 관련 어휘

두 사람은 무슨 이야기를 합니까 ?

여러분은 사과를 자주 하는 편입니까 ?

◀ 081~082

리에　　한국 사람들은 미안하다는 말을 잘 안 쓰나 봐요 .

제임스　맞아요 , 그래서 오해를 살 때도 있어요 . 그런데 무슨 일 있었어요 ?

리에　　어제 어떤 사람이 길에서 저하고 부딪쳤는데도 미안하다는 말을 하지 않았어요 .

제임스　그래요 ? 그 사람이 부딪치고도 사과를 하지 않았단 말이에요 ?

리에　　미안하다고는 하지 않고 괜찮냐고만 계속 물었어요 .

제임스　그랬군요 . 어떤 한국 사람들은 미안하다는 말 대신에 다른 방법으로 미안함을 표현하기도 해요 .

오해를 사다 (誤會) 引起誤會　　부딪치다 碰撞 ; 遇到　　계속 (繼續) 繼續　　표현하다 (表現 -) 表示

256

어휘

01 [보기] 에서 알맞은 어휘를 골라 빈 칸에 쓰십시오 .

[보기] 화해하다
이해하다
알아듣다
알아보다
설득하다

이게 무슨 뜻이지 ?
아 , 그렇구나 .

이해하다

무슨 이야기
인지 알아 ?

그럼

한국어 공부를
그만둘까 해요

계속하는 게
좋지 않을까요 ?
왜냐하면 ……

아니 , 이게 누구야 ?
영수 아니야 ?

02 알맞은 어휘를 빈 칸에 쓰십시오 .

1) 초등학교 때 친구를 지금 다시 만나면 __알아볼__ 을 / ㄹ 수 있을까 ?

2) 그 사람은 고집이 정말 센데 네가 _____ 을 / ㄹ 수 있겠어 ?

3) 역사 드라마는 단어가 어려워서 내용을 _____ 기가 어렵다 .

4) 그 사람은 목소리가 너무 작아서 무슨 말을 하는지 _____ 을 / ㄹ 수 없었다 .

5) 그 두 사람은 아까 큰 소리로 싸웠는데 지금 같이 웃으면서 이야기하고 있다 .

벌써 _____ 었나 / 았나 / 였나 보다 .

문법
설명

01 - 고도

做與前面的行動或事實相反的行動或產生未料想到的結果時使用。用在動詞語幹後。

- 몇 번이나 연습하고도 또 실수를 해 버렸다.

  已經練習很多次了，但還是發生了失誤。

- 도와주고도 나쁜 소리를 들으니까 너무 속상하다.

  幫助別人卻還是聽不到好話，所以很傷心。

- 피자를 1 판이나 먹고도 배가 고프다고?

  你說吃了一整盤披薩還是肚子餓？

- 월급을 받고도 돈이 없다고 거짓말을 했다.

  拿到了薪水還撒謊說沒錢。

02 - 는단 / ㄴ단 / 단 / 이란 말이에요?

聽到對方講述的內容以後，因為無法相信而對此內容進行再次確認。用在動詞或形容詞後。以子音結束的動詞語幹後用 "-는단 말이에요"，以母音結束的動詞語幹後用 "-ㄴ단 말이에요"。形容詞語幹後用 "-단 말이에요"，名詞後則用 "-이란 말이에요"。確認已經結束的事實時則用 "-었단 말이에요"。

- 가 : 날씨가 추워서 한강이 얼었대요.

  나 : 그렇게 춥단 말이에요? 내일은 옷을 좀 더 입고 가야겠네요.

  甲 : 因為天氣冷，漢江都結冰了。

  乙 : 你是說有那麼冷喔？看來明天。得多穿點衣服去了

- 가 : 제임스 씨는 어제도 도서관에서 1시까지 공부하던데.
  나 : 시험도 끝났는데 그렇게 열심히 공부한단 말이에요?

  甲 : 詹姆斯昨天也在圖書館念書念到凌晨一點。
  乙 : 考試都結束了，你是說他還那麼努力念書？

- 가 : 냉장고에 있던 피자 내가 다 먹었어.
  나 : 네? 그 많은 피자를 혼자 다 먹었단 말이에요?

  甲 : 冰箱裡的披薩都被我吃掉了。
  乙 : 是嗎？你是說那麼多的披薩你一個人都吃了？

- 가 : 내일은 꼭 스키장에 갈 거야.
  나 : 내일 비 온다고 하던데. 비가 와도 가겠단 말이야?

  甲 : 明天一定要去滑雪場。
  乙 : 聽說明天下雨，你是說下雨你也要去嗎？

문법 연습

- 고도

01

관계있는 것을 연결하고 다음과 같이 문장을 만드십시오.

1) 편지를 받다　　　　　　　　　● 　● 사과하지 않아요.
2) 친구를 보다　　　　　　　　　● 　● 보러 가지 않았어요.
3) 그 사람은 잘못을 하다　　　　● 　● 인사하지 않았어요.
4) 표를 예매하다　　　　　　　　● 　● 답장을 보내지 않았어요.

1) **편지를 받고도 답장을 보내지 않았어요.**

2)

3)

4)

- 는단 / ㄴ단 / 단 / 이란 말이에요?

02 다음은 리에의 일기입니다. 대화를 완성하십시오.

오늘은 내가 좋아하는 가수 비의 생일이었습니다. 친구들과 저는 비의 생일을 축하해 주려고 학교에도 가지 않고 아침 일찍 서둘러 집을 나왔습니다. 비는 팬이 많아서 일찍 가지 않으면 생일 파티를 하는 동안 얼굴도 볼 수 없기 때문입니다.

생일 파티는 올림픽 체조 경기장에서 했습니다. 경기장 앞에는 벌써 사람들이 많았습니다. 나중에 들으니까 10,000 명도 넘게 왔다고 합니다. 우리는 생일 축하 노래도 불러 주고 선물도 주었습니다. 비는 너무 행복해 보였습니다. 그 모습을 보니 저도 행복해지는 것 같았습니다.

밖으로 나오니까 비가 오기 시작했습니다. 퇴근 시간에 비까지 오니까 차들이 움직이지 않았습니다. 우리는 버스를 기다리다가 걸어서 가기로 했습니다. 비를 맞으면서 1 시간이나 걸었습니다. 비를 생각하며 맞는 비는 너무 좋아서 추운지도 몰랐습니다. 행복한 하루였습니다.

선생님 : 리에 씨, 어제 왜 학교에 안 왔어요? 어디 아팠어요?

리 에 : 죄송해요, 선생님. 어제 가수 비 생일 파티에 갔어요.

선생님 : 가수 생일 파티 때문에 1) **학교에 안 왔단 말이에요?**

리 에 : 네, 죄송합니다. 일찍 가지 않으면 비를 가까이에서 볼 수 없거든요.

선생님 : 그렇게 사람이 많았어요?

리 에 : 네, 10,000 명도 넘게 왔다고 들었어요.

선생님 : 생일 파티에 2) _____?

　　　　대단하네요. 생일 파티는 어디에서 했는데요?

리 에 : 올림픽 체조 경기장에서요.

선생님 : 리에 씨 집은 인천인데 거기까지 3) _____?

　　　　그런데 리에 씨 어디 아파요? 안색이 안 좋은데요?

리 에 : 어제 한 시간쯤 비를 맞았는데 감기 기운이 좀 있는 것 같아요.

선생님 : 한 시간이나 4) _____?

　　　　비를 정말 좋아하시는군요. 오늘은 일찍 들어가서 푹 쉬세요.

말하기 ●━━━━━━━━━━━━━━━━━━━━━━━━

다음 표를 채우고 자신의 경험을 [보기] 와 같이 친구들과 이야기해 봅시다 .

질문	대답
1) 친구에게 사과를 받고도 기분 나빴던 경험이 있습니까? 왜 그랬습니까?	☐ 친구의 사과가 진심이 아니라는 생각이 들어서 ☐ 친구가 사과하면서 한 말이 더 기분 나빠서 ☐ ....
2) 어떻게 사과하는 것이 가장 좋은 방법일까요?	☐ 변명을 한다. ☐ 무조건 잘못했다고 말한다. ☐ 상대방의 기분이 좋아질 때까지 기다린다. ☐ 상대방이 나한테 잘못한 것을 이야기한다. ☐ ....

[보기]

　　친구의 사과가 진심이 아니라는 생각이 들어서 사과를 **받고도** 기분이
나빴던 적이 있습니다 . 친구가 보낸 문자 메시지에는 무조건 잘못했다고
쓰여 있었습니다 . 저는 그 사과 메시지를 보고 더 화가 났습니다 . 친구
는 제가 왜 화가 났는지도 모르고 사과를 하는 것 같다는 생각이 들었기
때문입니다 .

과제 2   읽고 말하기

01 다음 글을 읽고 질문에 답하십시오.

    실수를 했거나 잘못을 했을 때 어떻게 하면 좋을까? 다음은 사과의 방법에 대한 것이다. 사과는 직접 만나서 하는 것이 좋다. 싸운 뒤 만나는 것이 어색하다고 생각하는 사람도 있겠지만 오히려 직접 마주 보고 이야기를 하는 것이 더욱 편안하고 자연스러운 분위기를 만들 수 있다.

    사과보다 먼저 상대방의 말을 듣는 것이 좋다. 사과부터 하는 것은 효과적이지 않다. 상대방이 왜 화가 났는지 어떤 점이 불만인지 말하게 하고 들어야 한다. 상대방이 어느 정도 화가 났고 자신의 어떤 점을 사과해야 하는지 정확하게 알아야 한다.

    사과를 할 때에도 시간이 중요하다. 잘못을 한 뒤 될수록 빠른 시간 안에 사과를 하는 것이 좋지만 바로 그 자리에서 사과하는 것은 오히려 진심으로 미안한 마음이 없는 것처럼 보이기 쉽다. 싸우고 난 뒤 서로 어느 정도 화가 풀렸을 때쯤 사과를 하는 것이 좋다.

    그리고 남성이 여성에게 사과의 의미로 꽃을 보내는 것은 좋은 방법이지만 만약 자신의 잘못이 무엇인지도 모르고 무조건 사과부터 하려고 하면 여성은 이 꽃을 쓰레기통에 버릴 수도 있다.

1) 이 사람이 권하는 사과의 방법으로 맞는 것을 **모두** 고르십시오. (　　　　　　)

❶ 사과는 직접 만나서 하는 것이 좋다.

❷ 사과부터 하지 말고 상대방의 말을 들어야 한다.

❸ 서로 기분이 상하고 난 뒤 바로 그 자리에서 사과하는 것이 좋다.

❹ 사과는 여러 번 하는 것이 좋다.

❺ 사과하기에 앞서 선물로 상대방의 마음을 풀어 주는 것이 좋다.

진심 (真心) 真心 　　무조건 (無條件) 無條件地

2) 여러분의 방법과 이 사람의 방법이 어떻게 다릅니까? [보기] 와 같이 비교해 봅시다 .

[보기]

　　이 사람은 직접 만나서 하는 것이 분위기 면에서 좋다고 생각하는데 저는 직접 만나서 하는 것보다 편지로 하는 것이 좋다고 생각합니다 . 얼굴을 보면 화가 났을 때의 상황이 생각나서 더 화가 날지 모르기 때문입니다 . 어느 방법이 좋은지는 한번 해 봐야 할 것 같습니다 .

02 한국 사람들의 사과를 받은 적이 있습니까? 무슨 일로 어떻게 사과를 받으셨습니까? [보기] 와 같이 말해 봅시다 .

[보기]

　　한국 사람들은 사과를 잘 하지 않는다고 해요 . 부딪치고도 사과를 하지 않기도 해요 . 겉으로 보기에는 무뚝뚝하고 자기의 잘못을 모르는 것 같아요 . 하지만 저는 그렇게 생각하지 않아요 . 얼마 전에 지하철을 탔는데 옆에 있는 한국 사람이 내 발을 밟았어요 . 그 사람은 '미안하다' 는 말 대신 '괜찮으세요 ?'라고 나에게 물었어요 . 나는 사과를 받은 것보다 이 말이 더 기분 좋았어요 .

어색하다 尷尬的　　효과적이다 (效果的) 有效的　　불만 (不滿) 不滿意

7-5 실수에서 태어난 발명 1)

◀)) 083

　　우리는 살면서 많은 실수를 한다. 대부분의 실수는 자신뿐만 아니라 다른 사람들에게도 피해 2)를 준다. 그래서 사람들은 실수를 피하려고 한다. 하지만 모든 실수가 다 나쁜 결과를 가져오는 것은 아니다. 어떤 실수는 우리에게 또 다른 기회가 되기도 한다.

5　　1850년대 미국의 샌프란시스코에서는 황금이 많이 나왔다. 그 소문 3)을 들은 사람들은 황금을 캐기 4) 위해서 전국에서 하루에도 수십 명씩 이곳을 찾아왔다. 갑자기 사람들이 몰려드니까 5) 묵을 곳이 부족했다. 그래서 사람들은 천막을 치고 6) 살기 시작했다. 천막에서 사는 사람들이 늘게 되었고, 그 때문에 천막을 사려는 사람들도 늘었다. 그 때 천막 천을 만들어서 돈을 많이 번 사람이 있었는데 그 사람이
10　바로 **리바이 스트라우스다**.

　　스트라우스는 어느 날 군대에서 천막 천을 10만 개 만들어 달라는 주문을 받았다. 뜻밖에 큰돈을 벌 기회를 잡은 그는 너무 기뻤다. 직원들은 즐거운 마음으로 매일 열심히 일을 했다. 하지만 그 기쁨은 잠깐이었다. 염색하는 직원의 실수로 군대에서 주문한 녹색이 아닌 파란색으로 모두 염색했기 때문이다. 결국 스트라우스는
15　그 천들을 군대에 팔 수 없었다. 10만 개의 천은 모두 쓸모없는 7) 것이 되어서 스트라우스는 하루아침에 모든 것을 잃어버리게 되었다.

　　절망 8)에 빠져 일자리를 찾아 여기저기 돌아다니던 그는 우연히 광부 9)들이 모여서 바지를 꿰매고 10) 있는 것을 보았다. 광부들은 천이 약해서 쉽게 해지는 것을 불평하고 있었다. 그때 잘못 염색해서 창고에 쌓여 있는 파란색 천막 천들이 그의
20　머릿속에 떠올랐다. 스트라우스는 질긴 11) 천막 천으로 옷을 만들면 쉽게 구멍이 나지 않을 것이라고 생각했다. 그는 바로 공장으로 달려가서 바지를 만들었다.

• 리바이 스트라우스(Levi Strauss) : 미국으로 이주 정착한 유대계 독일인으로 청바지를 생산하는 공장을 세계 최초로 설립한 사람 (1829~1902) | Levi Strauss, 1829-1902(A Jewish-German who founded the first factory to produce jeans) | 李維・史特勞斯：移民並定居美國的德裔猶太人，創立世界最早的牛仔褲生產工廠

스트라우스는 천막 천으로 만든 바지를 먼저 몇 명의 광부들에게 입혀 봤다. 광부들은 질기고 튼튼한 이 바지를 아주 좋아했다. 그 모습을 보고 힘을 얻은 그는 남은 천을 모두 바지로 만들어서 광부들에게 팔기 시작했다. 바지는 광부들의 입에서 입으로 소문이 퍼져 12) 날개 돋친 듯이 13) 팔렸다. 바지에 관한 소문은 전국으로 퍼져 광부뿐만 아니라 일반인 14) 들도 입기 시작했다. 스트라우스는 이 바지를 1873년에 블루진이라는 이름으로 시장에 내놓았고, 지금은 남녀노소 15) 모두 즐겨 입는 세계인의 옷이 되었다.

    사람은 누구나 실수를 한다. 그러나 실수를 성공으로 만드는 사람은 많지 않다. 스트라우스는 실수를 또 다른 기회로 이용했다. 그의 이런 생각의 전환 16) 이 청바지를 만든 것이다. 실수는 사실 실수가 아닐 수도 있다. 되돌릴 17) 수 없는 실수를 해도 조금만 다르게 생각을 하면 그것이 더 좋은 기회가 될 수도 있다.

1)	발명	invention	發明
2)	피해	harm, damage	(被害) 受損害
3)	소문	rumor	(所聞) 傳聞
4)	캐다	to dig (up)	挖掘
5)	몰려들다	to gather, crowd (around)	湧入
6)	치다	to pitch, set up	搭建
7)	쓸모없다	useless, worthless	無用的
8)	절망	despair	(絕望) 絕望
9)	광부	mine worker	(礦夫) 礦工
10)	꿰매다	to stitch, sew (up)	縫補
11)	질기다	tough, durable	結實的；耐…的
12)	퍼지다	to spread, circulate	展開；傳開
13)	날개 돋친 듯이	to sell like hotcakes	像長了翅膀一樣 (形容商品很暢銷)
14)	일반인	ordinary citizen	(一般人) 普通人
15)	남녀노소	men and women of all ages	(男女老少) 男女老少
16)	전환	change, switch	(轉換) 轉變
17)	되돌리다	to take back, restore (to a previous state)	挽回；回到

내용이해

1) 글을 읽고 청바지의 탄생 과정을 순서대로 (가)~(바) 를 쓰십시오 .

> (가) 황금을 캐려고 사람들이 많이 몰려들어서 잠잘 곳이 부족했다 .
>
> (나) 스트라우스는 천막 천을 팔아서 돈을 많이 벌었다 .
>
> (다) 군대에서 스트라우스에게 10만 개의 천막 천을 주문했다 .
>
> (라) 염색하는 직원의 실수로 주문받은 천막 천을 모두 파란색으로 염색했다 .
>
> (마) 파란색 바지는 큰 인기를 얻어서 블루진이라는 이름으로 시장에 나왔다 .
>
> (바) 바지가 쉽게 해진다는 광부들의 불평을 듣고 천막 천으로 바지를 만들었다 .

(가) → ( ) → ( ) → ( ) → ( ) → ( )

2) 스트라우스에 대한 설명으로 맞는 것은 무엇입니까 ? ( )

❶ 그는 숙박 시설을 만들어서 큰돈을 벌었다 .

❷ 샌프란시스코에서 천막 천을 만들어 팔았다 .

❸ 천막 천으로 새로운 것을 만들기 위해 고민했다 .

❹ 어려운 광부들을 돕기 위해 천막 천으로 옷을 만들었다 .

3) 이 글에 대한 설명으로 맞지 않는 것은 무엇입니까 ? ( )

❶ 황금을 캐러 온 사람들로 묵을 곳이 부족했다 .

❷ 미국 군대에서는 파란색 천막을 사용하지 않는다 .

❸ 스트라우스의 실수로 10 만 개의 천을 파란색으로 염색했다 .

❹ 제일 처음 만들어진 청바지는 광부들을 위해 만든 옷이었다 .

4) 이 글에서 마지막 단락의 '생각의 전환'이 의미하는 것은 무엇입니까? (   )

❶ 블루진을 시장에 내 놓은 것

❷ 파랗게 염색된 천막 천으로 옷을 만든 것

❸ 광부들의 잠잘 곳을 위해 천막 천을 만든 것

❹ 군대에서 사용하는 천막 천을 새로운 색깔인 파란색으로 염색한 것

5) 이 글의 내용과 같으면 ○, 다르면 × 하십시오.

❶ 실수는 좋은 결과를 가져오기도 한다.   (   )

❷ 청바지는 다른 옷보다 질기고 튼튼했다.   (   )

❸ 스트라우스는 황금을 캐서 큰돈을 벌었다.   (   )

❹ 염색하는 직원의 실수로 스트라우스는 하루 만에 돈을 모두 잃었다.   (   )

더 생각해 봅시다

1) 다음은 문화 차이로 생긴 실수 이야기입니다 . 다음을 읽고 여러분이 실수한 경험을
   이야기해 보십시오 .

> 얼마 전 친구 집들이 때 있었던 일이다. 그 친구는 중국 사람이고, 어학당 반 친구이다. 우리는 서로 문화는 달랐지만 취미와 생각이 비슷해서 쉽게 친해졌고, 지금은 나의 가장 친한 친구이다. 그런 친구가 집들이에 초대를 해서 나는 가능하면 좋은 선물을 주고 싶었다. 그래서 조금 비싸지만 '벽시계'를 주기로 했다.
>
> 집들이 날, 난 선물을 들고 집들이 장소에 갔다. 친구가 선물을 받고서 기뻐할 거라고 생각했다. 하지만 친구의 반응은 생각보다 좋지 않았다. 내가 준 선물을 열어 본 친구는 조금 놀란 표정을 지었다. 곧 나를 보며 고맙다며 웃긴 했지만, 왠지 좋아하지 않는 것 같아서 나는 조금 서운하기까지 했다.
>
> 왜 친구가 그 선물을 별로 안 좋아했는지는 나중에서야 알게 되었다. 중국에서는 그날 내가 준비한 '벽시계'와 같이 추가 달린 시계는 선물하지 않는다고 한다. 왜냐하면 중국어로 '추가 달린 벽시계'의 발음이 '죽다'의 발음과 비슷하기 때문이라고 한다. 비록 실수를 하기는 했지만, 그래도 실수를 통해 새로운 것을 알게 되어 좋은 경험이었다고 생각한다.

문화

문화 충격과 실수 🔊 084

　문화 충격이란 어떤 사람이 새로운 문화권에 들어갔을 때 두 문화의 차이에 의해 느끼게 되는 충격을 말합니다. 사람들은 새로운 문화에 익숙해지는 과정에서 누구나 문화 충격을 느낄 수 있습니다. 외국에서 생활하다 보면 사람들의 생각, 언어, 습관 등 많은 것들이 낯설기 때문에 사람들은 뜻하지 않은 실수를 하게 되기도 합니다. 예를 들어, 한국에서 여자 두 명이 팔짱을 끼고 정답게 걸어가는 모습을 보았다고 합시다. 이 모습에 대해서 여러분은 어떻게 생각하십니까? 어떤 문화권에서 온 사람은 참 이상한 모습이라고 생각할 수도 있고, 또 다른 문화권에서 온 사람은 아무렇지 않다고 생각할 수도 있습니다. 한국에서는 친한 친구 사이일 경우 남자끼리, 혹은 여자끼리 손을 잡거나 팔짱을 낄 수 있습니다. 만일 우리가 이러한 사실을 모르고 있었다면 실수를 할 수도 있을 것입니다. 우리는 이러한 문화 차이에 의한 실수를 피하기 위해 외국어를 배울 때 그 문화에 대해서도 바르게 배워야 할 것입니다.

1) 여러분이 한국에서 한 실수에 대해서 이야기해 보고 그 원인은 무엇이었다고 생각하는지 이야기해 봅시다.

2) 여러분의 나라에서 외국인이 느낄 수 있는 문화 충격은 어떤 것이 있을까요? 이야기해 봅시다.

문화권 (文化) 文化圈　　차이 (差異) 差異 ; 不同　　팔짱을 끼다 手挽手 ; 雙手交叉抱胸前

제8과 학교생활

8-1 같이 의논해 보도록 하자

학습 목표 ●과제 야유회 계획하기 ●문법 – 으면서도 , – 도록 하다 ●어휘 야유회 관련 어휘

두 사람은 무슨 이야기를 합니까 ?

여러분은 친구들과 함께 보통 어디로 놀러 갑니까 ?

◀ 085~086

회장 이번 야유회 언제 가는 게 좋을까 ?

제임스 금요일 오후에 1 박 2 일로 가는 게 좋겠어요 .

주말에는 너무 복잡하잖아요 .

회장 그래 , 사람들이 복잡한 줄 알면서도 주말에 많이 놀러 가니까 .

제임스 그럼 장소와 일정은 어떻게 하지요 ?

회장 내일 동아리 전체 회의가 있으니까 같이 의논해 보도록 하자 . 어때 ?

제임스 그게 좋겠어요 . 모두들 관심이 있을 테니까요 .

일정 (日程) 每天固定的行程 　　전체 (全體) 全體 ; 整個 　　의논하다 (議論 -) 討論 ; 商量

어휘

01 [보기] 에서 알맞은 어휘를 골라 빈 칸에 쓰십시오 .

[보기] 일정   회비   행사   회원
       준비물   교통편   야유회   진행

● 여러 사람이 모여서 하는 특별한 활동   ● 어떤 모임을 구성하는 사람들
● 예) 졸업식   ● 예) 김영수 (남 , 24 세 , 회사원)
     소풍   이지수 (여 , 27 세 , 대학원생)
     연극 대회   박철호 (남 , 30 세 , 은행원)

● 행사에 참여하다   ● 동아리 _____
  행사 을 / 를 열다   신입 _____

● 어떤 일을 하기 위해 필요한 물건들   ● 정해진 기간 동안 해야 할 일의 계획을
● 예) 세면도구   날짜별로 짜 놓은 것
     운동화   ● 예) 9:00 학교 앞 출발
     사진기   10:00 목적지 도착
                                                   12:00 점심 식사

● 수업 _____   ● 여행 _____
  여행 _____   주말 _____

02 다음은 야유회 안내문입니다 . 빈 칸에 알맞은 어휘를 쓰십시오 .

야유회 안내

안녕하세요? 스승의 날을 맞이하여 선생님을 모시고 야유회를 가기로 했습니다.
모두 참석해 주시기 바랍니다.

날짜   : 5월 15일
장소   : 대성리
_____   : 10:00   청량리 역 출발 (_____ : 기차)
              12:00–13:30   대성리 도착 후 점심 식사
              13:30–15:30   장기 자랑
              15:30–17:30   자유 시간 (배 타기, 자전거 타기)
              18:00   서울로 출발
_____   : 15,000원
_____   : 음료수, 간식, 기타, 사진기, 비상약 등

273

문법
설명

01 – 으면서도 / 면서도

發生與前述的行動或狀態相反的行動或狀態時使用。用在動詞或形容詞語幹後。以子音結束的動詞或形容詞語幹後用 "-으면서도",以母音結束的動詞或形容詞語幹後則用 "-면서도"。

- 두 사람은 서로 사랑하면서도 결혼은 안 했다.
  兩個人彼此相愛,但卻沒有結婚。
- 잘못한 줄 알면서도 사과하지 않는다.
  雖然知道自己不對,卻也不道歉。
- 시험에 떨어졌으면서도 공부를 안 한다.
  考試沒有及格,卻也不念書。
- 이 옷은 얇으면서도 따뜻하다.
  這件衣服雖然薄,卻很暖和。

02 – 도록 하다

指示或勸誘對方做某種行動。用在動詞語幹後。

- 충분히 쉬도록 하십시오.
  請多休息。
- 옷을 따뜻하게 입도록 해라.
  穿暖和點吧。
- 나중에 만나도록 합시다.
  我們以後再見吧。
- 내일 늦지 않도록 합시다.
  明天不要遲到。

也可以用在強調話者的意志的場合。

- 내일 일찍 오도록 하겠습니다.
  我明天一定早點來。
- 오늘 저녁까지 이 일을 끝내도록 하겠습니다.
  今晚一定要完成這件事。

문법 연습

- 으면서도 / 면서도

01 관계있는 것을 연결하고 다음과 같이 문장을 만드십시오 .

1) 그 사람을 잘 모른다 .   인사하지 않았다 .

2) 건강에 나쁜 줄 안다 .   사과하지 않았다 .

3) 그 사람이 화가 난 줄 안다 .   담배를 끊지 않는다 .

4) 친구를 봤다 .   안다고 말했다 .

1) **그 사람을 잘 모르면서도 안다고 말했다 .**

2) _____

3) _____

4) _____

- 도록 하다

02 감기에 걸렸을 때는 어떻게 하면 좋습니까 ? 감기에 걸린 친구에게 조언해 주십시오 .

	어떻게 하면 좋을까요 ?	말해 봅시다
1)	푹 쉬어야 한다 .	푹 쉬도록 해 .
2)	따뜻한 차를 많이 마신다 .	
3)	신선한 과일을 많이 먹는다 .	
4)		

과제 1	말하기

다음 표를 채우고 반 친구들과 함께 [보기] 와 같이 야유회 계획을 세워 봅시다 .

언제	이번 주말
장소	여의도 공원
그 장소를 선택한 이유	가깝다. 할 수 있는 것이 많다. (인 라 인 스 케 이 트 , 자 전 거 , 잔디밭에서 점심 식사, 게임 등)
준비물	도시락 , 간식 , 음료수 , 게임할 것

[보기]

가 : 지금부터 이번 주말에 갈 야유회 장소와 시간을 **결정하도록** 합시다 .
　　먼저 야유회 장소부터 **결정하도록** 할까요 ?

나 : 서울 근처에 있는 광릉 수목원은 어떻습니까 ?

다 : 거기보다는 가까운 곳이 좋을 것 같은데요 . 여의도 공원은 어떨까요 ?
　　여의도 공원은 가깝고 할 수 있는 것들이 많아요 . 잔디밭에서 점심
　　을 먹고 게임 을 해도 되고 , 인라인 스케이트나 자전거도 탈 수 있
　　거든요 .

가 : 좋아요 , 그럼 여의도 공원에 **가도록 하지요** . 그런데 점심은 어떻게
　　할까요 ?

나 : 점심은 도시락을 싸 가지고 가서 **먹도록 합시다** . 식당에 가는 것보다
　　는 공원에 서 도시락을 먹는 것이 더 좋을 것 같습니다 .

가 : 좋습니다 . 그럼 몇 시쯤 만나는 것이 좋을까요 ?

다 : 학교 앞에서 11 시쯤 **만나도록 할까요** ?

가 : 그럼 모두 늦지 말고 11 시까지 **오도록 하세요** .

도시락 便當　　간식 (間食) 點心　　잔디밭 草地　　(도시락을) 싸다 包便當

과제 2 듣고 쓰기 [🔊 087]

01 대화를 듣고 질문에 답하십시오 .

1) 두 사람은 무엇에 대해 이야기하고 있습니까 ? (   )

❶ 야유회의 장점   ❷ 동아리 야유회 계획

❸ 야유회 장소   ❹ 장기 자랑 대회

2) 들은 내용과 같으면 ○표 , 다르면 X 표 하십시오 .

❶ 이 사람들은 동아리 회원들과 함께 야유회를 간다 .   (   )

❷ 이 사람들은 노래자랑 대회가 끝나면 점심 식사를 할 것이다 .   (   )

❸ 미선 씨는 장기 자랑 대회의 진행을 맡을 것이다 .   (   )

❹ 미선 씨는 행사의 준비와 정리를 맡을 것이다 .   (   )

02 다음 [보기] 는 제임스 씨 동아리의 야유회 계획표입니다 . 여러분도 반 친구들과 함께 야유회 계획표를 짜 봅시다 .

[보기]   [여러분의 계획]

날짜	9월 8일	날짜	
장소	남이섬	장소	
일정	8:00　　　　　　학교 앞 출발 10:00　　　　　　남이섬 도착 10:00 – 12:00　　산책, 관광 12:00 – 13:00　　점심 식사 13:00 – 16:30　　장기 자랑 대회 16:30 – 17:00　　정리 17:00　　　　　　서울로 출발	일정	
준비물	음료수, 간식, 기타, 사진기, 비상약 등	준비물	
진행자	김미선	진행자	
기타	● 회원들에게 야유회 소식 알리기 ● 회비: 1인당 30,000원 　（교통비, 식비, 입장료 포함)	기타	

구체적이다 (具體的 -) 具體的　　나누다 分給 ; 分為　　장점 (長點) 長處
맡다 擔任 ; 負責　　비상약 (非常藥) 備用藥

277

8-2 우리 언어 교환 할까요?

학습 목표 ●과제 언어 교환 일정 짜기 **●문법** 어찌나 –는지 , –고 말다 **●어휘** 언어 교환 관련 어휘

두 사람은 무슨 이야기를 하는 것 같습니까 ?
여러분은 외국어를 어떻게 공부합니까 ?

◀ 088~089

웨이	제임스 씨 , 요즘도 중국어 공부해요 ?
제임스	아니요 , 조금 배우다가 발음과 억양이 어찌나 어려운지 포기하고 말았어요 .
웨이	외국어 공부는 정말 어려워요 . 저도 영어를 배우고 있는데 쉽지가 않네요 .
제임스	그럼 우리 언어 교환 할까요 ? 저도 중국어를 다시 배우고 싶거든요 .
웨이	저도 영어를 좀 더 연습하고 싶었는데 , 마침 잘 됐네요 . 제임스 씨는 언제 시간이 나요 ?
제임스	저는 월요일이나 수요일 오후가 좋은데요 .

어찌나 非常；很 (程度副詞)   **발음** (發音) 發音   **마침** 剛好   **언어 교환** (語言交換) 語言交換
시간이 나다 有時間

어휘

01 [보기] 에서 알맞은 어휘를 골라 빈 칸에 쓰십시오 .

[보기]	연락처	성별	국적	모국어	기타

	☐한국 ☐미국 ☐중국 ☐일본 ☐베트남
	☐남자 ☐여자
	☐한국어 ☐영어 ☐중국어 ☐일본어 ☐베트남어
	☎ 010 - 123 - 3456
교환 희망 언어	☐한국어 ☐영어 ☐중국어 ☐일본어 ☐베트남어
	월요일 , 수요일 오후 2 시에 시간이 있습니다 . 축구를 같이 했으면 좋겠습니다 .

02 다음은 언어 교환 신청서입니다 . 여러분의 정보를 다음 표에 쓰십시오 .

이름	
성별	
국적	
모국어	
연락처	
교환 희망 언어	

문법
설명

01 어찌나 -는지 / 은지 / ㄴ지

강調前面的行為或狀態，並同時表示其引發後續的結果時使用。用在動詞或形容詞語幹後。動詞語幹後用 "-는지"，以子音結束的形容詞語幹後用 "-은지"，以母音結束的形容詞與幹後則用"-ㄴ지"。講述已經結束的事實時用 "-었는지"。

- 어찌나 값이 비싼지 그 물건을 사는 사람이 한 명도 없었다.
  不知道那個東西的價錢為什麼那麼貴，買的人一個也沒有。
- 어찌나 열심히 공부하는지 영수에게 말도 걸 수가 없었다.
  英洙太認真念書了，根本無法跟他講話。
- 우리 아이는 어렸을 때 어찌나 예뻤는지 지나가는 사람들이 다 한 번씩 돌아봤다.
  我的小孩小時候別提多漂亮了，路過的人都會回頭多看一眼。
- 결혼식장에서 어찌나 많이 먹었는지 아직도 배가 부르다.
  在結婚典禮不知道吃了多少，現在都還覺得飽。

02 -고 말다

做了不該做或不想做的事情時使用。用在動詞語幹後。

- 친구의 비밀을 선생님께 말하고 말았다.
  把朋友的秘密告訴老師了。
- 값은 정말 비쌌지만 친구들이 하도 어울린다고 해서 사고 말았다.
  雖然價錢貴，但是朋友們一個勁地說非常適合，所以就買了。
- 다이어트 중이었지만 너무 맛있어 보여서 먹고 말았다.
  雖然在減肥，但是因為看起來太好吃了，所以就吃了。
- 지하철에 사람이 너무 많아서 옆 사람의 발을 밟고 말았다.
  因為地鐵裡人太多，所以不小心踩到旁邊的人的腳。

문법 연습

어찌나 - 는지 / 은지 / ㄴ지

01 관계있는 것을 연결하고 다음과 같이 문장을 만드십시오 .

1) 그 회사는 일이 아주 많다 .   귀찮아 죽겠어 .

2) 그 식당 음식이 아주 맛있다 .   다들 형제인 줄 알아요 .

3) 그 여자가 전화를 자주 한다 .   화장실에 갈 시간도 없어요 .

4) 두 사람은 아주 많이 닮았다 .   둘이 먹다가 하나가 죽어도 모르겠어요 .

1) **그 회사는 어찌나 일이 많은지 화장실에 갈 시간도 없어요 .**

2) ....

3) ....

4) ....

- 고 말다

02 다음 표를 상황에 맞게 채우십시오 .

	상황	바라지 않았던 결과	표현
1)	요즘 눈병이 유행해서 조심했다 .	눈병에 걸렸다 .	눈병에 걸리고 말았다 .
2)	아침에 일찍 일어나려고 했다 .	늦잠을 잤다 .	
3)	대학 입학시험 준비를 열심히 했다 .	시험에 떨어졌다 .	
4)	한국 축구 선수들이 브라질과의 경기에서 열심히 싸웠다 .	브라질에 졌다 .	

과제 1 　　말하기

여러분에게 한국어를 가르쳐 줄 한국 친구가 있으면 어떨까요 ? 다음 표를 채우고 [보기] 와 같이 언제 언어 교환 친구가 필요한지 이야기해 봅시다 .

	리에	나
한국어의 어려운 점	• 한국말 발음이 아주 어렵다. • 조사를 잘못 쓰는 일이 많다.	• •

[보기]

　한국어를 공부할 때 가장 어려운 것이 발음입니다 . 처음 공부를 시작했을 때는 한국어 발음이 어찌나 어려운지 포기하고 싶다는 생각도 했었습니다 . 특히 받침 '/ ㄴ / 과 / ㅇ /'이라든가 , 자음 '/ ㅃ / 과 / ㅍ /' 같은 발음은 혼자서 열심히 연습해도 좋아지지 않았습니다 . 또 , '이 / 가', '에 / 에서'와 같은 조사들은 많이 연습했지만 이번 시험에서도 또 실수를 하고 말았습니다 .

　발음이나 조사는 그때그때 고쳐 주지 않으면 실수를 했는지 잘 모르기 때문에 한국 친구가 옆에서 도와주면 한국어 실력이 금방 좋아질 것 같습니다 .

조사 (助詞) 助詞

과제 2   읽고 말하기

01 다음 글을 읽고 질문에 답하십시오.

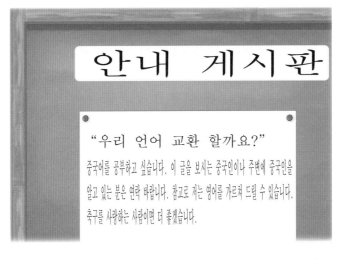

> "우리 언어 교환 할까요?"
>
> 중국어를 공부하고 싶습니다. 이 글을 보시는 중국인이나 주변에 중국인을
> 알고 있는 분은 연락 바랍니다. 참고로 저는 영어를 가르쳐 드릴 수 있습니다.
> 축구를 사랑하는 사람이면 더 좋겠습니다.

학생들은 외국어를 배우고 싶을 때 서로 언어교환을 하기도 한다. 언어교환을 하려면 자신이 배우고 싶은 언어와 가르쳐 줄 수 있는 언어를 써서 게시판에 붙여 상대자를 찾아야 한다. 언어 교환을 하면 자연스럽게 대화를 나누면서 틀린 표현을 고칠 수도 있고, 일상생활에서 자주 쓰는 표현도 배울 수 있다.

언어 교환의 가장 큰 장점은 무료로 언어를 배울 수 있다는 것이다. 서로 언어를 배우고 가르쳐 주는 방식이기 때문에 돈이 들지 않는다. 또 언어를 교환하면 그 언어를 모국어로 사용하는 현지인에게 직접 언어를 배우기 때문에 외국인을 만났을 때 느끼는 두려움도 덜 수 있다.

서로 언어를 교환하면서 좋은 친구를 사귀게 되는 경우도 적지 않다. 취미가 비슷한 사람들끼리 만나 공부를 하다가 영화를 같이 보러 가거나 축구 경기를 같이 관람하러 가게 되기도 한다. 그러면서 좋은 친구로 우정을 쌓기도 한다.

1) 게시판의 내용은 무엇입니까? (   )

❶ 같이 방을 쓸 친구를 구함   ❷ 동호회 회원을 구함

❸ 외국어를 배울 친구를 구함   ❹ 축구를 같이 할 친구를 구함

2) 이 글에서 말하는 언어 교환의 장점을 세 가지 이상 쓰십시오 .

❶ ....

❷ ....

❸ ....

❹ ....

02 여러분은 누구와 어떤 언어를 교환하고 싶습니까? 다음 표를 채우고 다음과 같이 광고를 해 봅시다 .

	제임스가 찾는 언어 교환 친구	여러분이 찾는 언어 교환 친구
교환 언어	중국어	
나이	상관없음 (비슷한 나이면 더 좋겠음)	
성별	상관없음	
언어 교환 가능 시간	월요일과 수요일 오후	
기타	축구를 좋아하는 친구면 좋겠음	

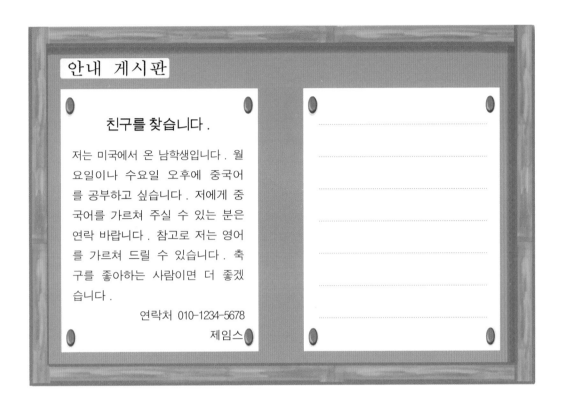

안내 게시판

친구를 찾습니다.

저는 미국에서 온 남학생입니다. 월요일이나 수요일 오후에 중국어를 공부하고 싶습니다. 저에게 중국어를 가르쳐 주실 수 있는 분은 연락 바랍니다. 참고로 저는 영어를 가르쳐 드릴 수 있습니다. 축구를 좋아하는 사람이면 더 좋겠습니다.

연락처 010-1234-5678

제임스

참고 (參考) 參考；參照　　게시판 (揭示板) 公布欄　　유용하다 (有用) 有用的
현지인 (現地人) 當地人　　우정 (友情) 友情　　상관없다 (相關 -) 沒關係；不相關

8-3 친한 친구한테는 말할지도 모르잖아요

학습 목표 ● 과제 고민 말하기 ● 문법 - 고는 , - 을지도 모르다 ● 어휘 고민 · 걱정 관련 어휘

두 사람은 무슨 이야기를 하고 있습니까 ?
여러분의 고민을 친구에게 이야기해 본 일이 있습니까 ?

◀ 090~091

웨이　선생님 , 오늘 리에 씨가 못 온대요 .

선생님　왜요 ? 무슨 일이 있대요 ?

웨이　글쎄요 , 말은 안 하는데 표정이 어두운 걸 보니까 안 좋은 일이
　　　있나 봐요 .

선생님　그래요 ? 무슨 일일까 ?

웨이　어제는 저와 영화를 보기로 약속했는데 점심을 먹고는 아무 말도
　　　없이 그냥 가 버렸어요 .

선생님　무슨 일인지 한번 물어 보세요 . 아무리 말 못할 고민이 있어도
　　　친구한테는 말할지도 모르잖아요 .

표정 (表情) 表情　　어둡다 黑暗的；黯淡的　　아무 什麼　　아무리 不管　　말 못할 無法述說

어휘

01 [보기] 에서 알맞은 어휘를 골라 빈 칸에 쓰십시오 .

[보기]
고민을 하다
걱정을 하다
문제가 생기다
충고를 하다
의견을 말하다

손님, 예약이 안 되어 있는데요 .

예약에 <u>문제가 생기다</u>

계속 공부할까 ?

취직을 할까 ?

이번 주말까지 이 일을 다 해야 하는데 …….

저는 이 문제에 대해 이렇게 생각합니다 .

너 그런 점은 고치는 게 좋아

02 빈 칸에 쓸 수 있는 어휘를 [보기] 에서 골라 모두 쓰십시오 .

_____ 을/를 풀다

_____ 을/를 해결하다

[보기]
걱정   고민   문제

_____ 을/를 덜다

_____ 이/가 있다

문법
설명

01 – 고는

做了前面的行動後，狀況發生了改變或做意想不到的行動時使用。用在動詞語幹後。

● 결혼을 하고는 성격이 달라졌다 .　　　結婚後性格（居然）變了。
● 그 시디 (CD) 를 사고는 한 번도　　　買了那片 CD 後卻一次都沒有聽。
　듣지 않았다 .
● 내 친구는 그 책을 읽고는 영화감　　我的朋友看完那本書（居然）說要
　독이 되겠다고 한다 .　　　　　　　當電影導演。
● 여자 친구가 반지를 받고는 한참　　女朋友收到戒指後，卻好久都沒有
　동안이나 아무 말이 없었다 .　　　　說話。

02 – 을지도 / ㄹ지도 모르다

雖然推測會是某種狀況，但並不確信時使用。用在動詞或形容詞語幹後。以子音結束的動詞或形容詞語幹後用 "-을지도 모르다"，以母音結束的動詞或形容詞語幹後則用 "-ㄹ지도 모르다"。講述已經結束的事實用 "-었을지도 모르다"。

● 그 사람이 외국 사람일지도 몰라서　　因為怕那個人是外國人，所以就用
　영어로 물어봤다 .　　　　　　　　英語問了。
● 선생님이 댁에 안 계실지도 몰라서　　因為怕老師可能不在家，所以去之
　가기 전에 전화를 했다 .　　　　　前先打了電話。
● 비가 올지도 몰라서 하루종일 우산　　因為怕會下雨，所以一整天都帶著
　을 들고 다녔다 .　　　　　　　　雨傘。
● 음식이 상했을지도 몰라서 뚜껑을　　因為怕食物可能會壞掉，所以就打
　열고 냄새를 맡아 봤다 .　　　　　開蓋子聞了一下味道。

문법 연습

- 고는

01 표를 채우고 다음과 같이 문장을 만드십시오.

	먼저 한 일	예상하지 못 한 결과
1)	옷을 샀어요.	한 번도 입지 않았어요.
2)	그 식당에서 음식을 먹었어요.	배가 아파서 병원에 갔어요.
3)	그 남자와 만나기로 약속했어요.	
4)	필요 없는 것만 잔뜩 샀어요.	

1) **옷을 사고는 한 번도 입지 않았어요.**

2) _____ .

3) _____ .

4) _____ .

- 을지도 / ㄹ지도 모르다

02 그림을 보고 다음과 같이 대화를 완성하십시오.

❶

가 : 와, 내가 제일 좋아하는 붕어빵이네.
　　　그런데 두 개 밖에 안 샀어?

나 : 응, 난 네가 싫어할지도 몰라서 어서
　　　/ 아서 / 여서 조금만 샀지.

???

❷

가 : 여행 갈 준비는 다 됐니?

_____으니까 / 니까

비상금도 따로 챙겨 둬라.

나 : 걱정마세요, 엄마. 잘 다녀올게요.

❸

가 : 어제 전화한다고 하고는 왜 전화 안 했어 ?

나 : 어 , 미안해 . 어제 집에 좀 늦게 들어갔거든 ._____
어서 / 아서 / 여서 전화 안 했지 . 많이 기다렸어 ?

❹

가 : 어딜 그렇게 서둘러 가 ? 무슨 일 있어 ?

나 : 오늘 어머니가 오시기로 했는데 일이 생각보다 늦게 끝났어 . 어머니가
_____ 어서 / 아서 / 여서 서둘러 가는 길이야 .

과제 1 　 쓰기

여러분은 친구 때문에 고민한 일이 있습니까 ? 표를 채우고 다음과 같이 고민을 털어놓고 싶은 사람에게 이메일을 써 봅시다 .

고민 내용	내가 한 일
• 좋아하는 여자 친구가 있는데 요즘 표정이 어둡고 결석이 많다 .	• 기분을 **상하게 할지도 몰라서** 아무 말도 안 했다 .
• 어제는 영화를 보기로 **약속을 하고는** 아무 말도 없이 가 버렸다 .	
•	•

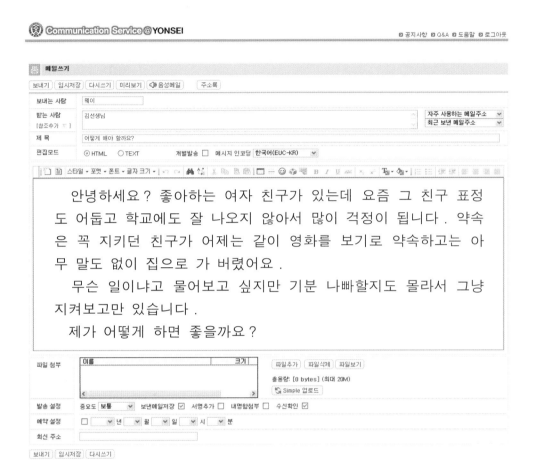

Communication Service@YONSEI

▣ 공지사항 ▣ Q&A ▣ 도움말 ▣ 로그아웃

메일쓰기

[보내기] [임시저장] [다시쓰기] [미리보기] [◁》음성메일]　　[주소록]

보내는 사람	
받는 사람 [참조추가 ▽]	자주 사용하는 메일주소 ▽ / 최근 보낸 메일주소 ▽
제 목	
편집모드	⊙HTML ○TEXT　　개별발송 □　메시지 인코딩 한국어(EUC-KR) ▽

스타일 ▾ 포맷 ▾ 폰트 ▾ 글자크기 ▾	↶ ↷	🔍	✂ 📋 📋	□ — 😊 🌐	B I U ABC	...

파일 첨부	이름	크기	[파일추가] [파일삭제] [파일보기]
			총용량: [0 bytes] (최대 20M)
			🔄 Simple 업로드

발송 설정	중요도 보통 ▽ 보낸메일저장 ☑ 서명추가 □ 내명함첨부 □ 수신확인 ☑
예약 설정	□ ▽ 년 ▽ 월 ▽ 일 ▽ 시 ▽ 분
회신 주소	

[보내기] [임시저장] [다시쓰기]

(기분이) 상하다 傷心

과제 2   읽고 쓰기 ●──────────────────

01 다음을 읽고 질문에 답하십시오 .

친구에게

안녕 ? 잘 지내지 ?
이제 가을이다 . 밖의 산과 들이 아주 예쁜 색으로 바뀌었어 .

이제 곧 너도 졸업이겠구나 . 졸업하고 뭐 할 거야 ? 계획은 있어 ?
나는 여기서 공부를 계속하려고 했는데 얼마 전 선생님에게서 좋은
일자리를 추천받았어 . 내 적성에도 맞을 것 같고 보수도 적은 편은 아
니야 . 그래서 공부를 계속 할지 취직을 할지 고민하고 있어 .
요즘 취직하기도 어려운데 나는 행복한 고민을 하고 있다는 거 알
아 .
하지만 지금 공부를 그만두면 앞으로 후회하게 될지도 모르잖아 .
어떻게 하면 좋을까 ? 만약에 네가 나라면 어떤 선택을 하겠니 ?

답장 기다릴게 .

서울에서 리에가

1) 리에 씨의 고민은 무엇입니까 ?

2) 여러분이 리에 씨 친구라면 어떻게 조언해 주시겠습니까 ?

02 여러분의 친구는 어떤 고민을 하고 있는지 조사해 봅시다 . 그 친구에게 어떻게 조언할지 표에 쓰고 [보기] 와 같이 편지를 써 봅시다 .

친구 이름	고민 내용	여러분의 조언
리에	<ul><li>한국어 공부가 끝나면 한국 대학에서 공부를 더 하고 싶어한다 .</li><li>학교 선생님이 인터넷 관련 회사에 추천을 해 주셔서 취직이 되었다 .</li><li>공부도 하고 싶고 회사도 포기하고 싶지 않아 요즘 고민이다 .</li></ul>	<ul><li>두 가지를 같이 해 보세요 .</li><li>취직과 공부 중에 더 중요하다고 생각하는 것을 하세요 .</li><li>지금이 아니면 할 수 없는 일을 하세요 .</li></ul>

[보기]

리에에게

　그동안 잘 있었어 ? 소식 많이 기다렸지 ? 미안해 . 급한 일이 있어서 연락이 늦었어 . 우선 축하부터 할게 . 취직되었다면서 ? 그런데 공부도 하고 싶다고 ? 두 가지를 같이 할 수는 없을까 ? 그런 방법이 있나 한번 찾아보는 것도 좋겠다 .

　그런데 하나를 선택해야 한다면 , 지금 너에게 가장 중요한 것이 무엇인지 생각해 봐 . 공부를 지금 꼭 계속해야 할 필요성 , 또는 취직을 지금 꼭 해야 할 필요성을 생각해서 비교하면 좋은 생각이 날 거야 . 지금 하지 않으면 다시 못할 것 같은 게 어떤 것일 것 같아 ? 그런 것이 있다면 지금 해야 하지 않을까 ? 내 답장이 너에게 도움이 되었으면 좋겠다 .

　그럼 다음에 또 쓸게 .

부산에서 친구가

적성 (適性) 性向　　결국 (結果) 結果 ; 最後

8-4 한국 대학교에 입학하고 싶은데요

학습 목표 ● 과제 상담하기 ● 문법 – 으면 되다 , 이라서 어휘 상담 관련 어휘

상담 시간 : 월요일-금요일 2시~4시

이 사람은 지금 어디에 있습니까 ?
여러분은 상담실을 이용해 본 일이 있습니까 ?

◀ 092~093

마리아   선생님 , 한국 대학교에 입학하고 싶은데 어떻게 해야 해요 ?

선생님   먼저 입학 원서를 접수 시키고 입학시험을 봐야 해요 .

마리아   원서만 내면 돼요 ?

선생님   학교마다 다른데 , 고등학교 성적표와 자기 소개서도 필요해요 .
        면접시험도 봐야 하고요 .

마리아   그밖에 준비할 것은 없나요 ?

선생님   아 , 마리아 씨는 외국인이라서 한국어 시험도 봐야 해요 .

입학하다 (入學 -) 入學   원서 (願書) 志願   접수 시키다 (接收) 提出
성적표 (成績表) 成績單   면접시험 (面接試驗) 面試   그밖에 此外

어휘

01 [보기] 에서 알맞은 어휘를 골라 빈 칸에 쓰십시오 .

[보기] 상담실 상담 교사 조언 신청서 상담하다	어떤 문제에 대해서 도와 줄 수 있는 사람과 이야기하다 **상담하다**	다른 사람의 문제를 해결하는 데 도움이 되는 말
상담하는 장소	상담해 주시는 선생님	신청할 때 써야 하는 서류

02 학교 상담실에서 상담을 하려고 합니다 . [보기] 에서 알맞은 어휘를 골라 빈 칸에 쓰십시오 .

[보기]　상담실　　상담 교사　　조언　　신청하다　　상담하다

상담할-을/ㄹ 문제가 생기다　→　_____ 에 가다

→　상담을 _____　　→　_____ 을/를 만나다

→　문제를 이야기하다　　→　상담 교사의 _____ 을/를 듣다.

→　문제를 해결하다

문법
설명

01 - 으면 / 면 되다

表示如果做了某種行動或達到某種狀態就知足時使用。用在動詞或形容詞語幹後。以子音結束的動詞或形容詞語幹後用 "-으면 되다"，以母音結束的動詞或形容詞語幹後則用 "-면 되다"。

- 책상을 여기에 놓으면 됩니까 ?   桌子放這裡就可以了嗎？
- 여기에다가 이름만 쓰면 돼요 ?   在這裡寫名字就可以了嗎？

- 가 : 이 라디오는 어떻게 켜요 ?   甲：這個收音機怎麼打開？
  나 : 거기 보이는 버튼만 누르면   乙：只要按那個按鈕就可以了。
  　　돼요 .

- 가 : 외국인 노래 자랑 대회는   甲：外國人歌唱大賽是誰都可以參
  　　아무나 참가할 수 있어요 ?   　　加嗎？
  나 : 네 , 외국인이면 돼요 .   乙：是的，只要是外國人就可以。

- 가 : 그 하숙집은 좀 비싼데 ,   甲：那個寄宿屋有點貴，沒關係嗎？
  　　괜찮아요 ?
  나 : 네 , 좀 비싸도 학교하고   乙：是啊，雖然有點貴，可是只要
  　　가깝기만 하면 돼요 .   　　離學校近就好。

02 이라서 / 라서

表示前述的狀況為後續行動或狀況的原因。用在名詞後。

- 저는 고등학생이라서 술을 못 마셔요 .   因為我是高中生，所以不能喝酒。
- 요즘 시험 기간이라서 모두 바빠요 .   因為最近是考試期間，所以都很忙。
- 여름이라서 비가 많이 옵니다 .   因為是夏季，所以雨下得比較多。
- 남자라서 할 수 없는 일이 있어요 ?   有因為是男人而做不了的事嗎？
- 회의 중이라서 전화를 받을 수 없습니다 .   因為正在開會，所以無法接電話。

연세 한국어 3

문법 연습

- 으면 / 면 되다

01 다음 표를 채우고 [보기] 와 같이 옆 사람과 대화하십시오 .

질문 내용	질문	대답
창문 여는 방법	이 창문은 어떻게 열어요 ?	손잡이를 아래로 내려서 앞으로 당기면 돼요 .
진급 조건	4 급에 올라가려면 시험 점수를 몇 점 받아야 해요 ?	
국제 전화 거는 방법		
애인의 조건		

[보기] 가 : 이 창문은 어떻게 열어요 ?
나 : 손잡이를 아래로 내려서 앞으로 당기면 돼요 .

이라서 / 라서

02 관계있는 것을 연결하고 다음과 같이 문장을 만드십시오 .

1) 외국 사람이다   ● 날마다 비가 와요 .

2) 방학이다   ● 한국말을 잘 못 해요 .

3) 장마철이다   ● 계단으로 올라갔어요 .

4) 엘리베이터가 수리 중이다 ●   ● 학교에 학생들이 없었어요 .

1) **외국 사람이라서 한국말을 잘 못 해요 .**

2) _____ .

3) _____ .

4) _____ .

299

과제 1　말하기

한국의 대학교에 입학하려면 다음과 같은 과정이 필요합니다 . 여러분 나라의 대학에 입학하려면 어떻게 해야 합니까 ? [보기] 와 같이 옆 친구와 이야기해 봅시다

입학 원서 접수 　→　 서류 심사 　→　 면접시험 　→　 합격자 발표
→　 오리엔테이션 　→　 한국어 능력 시험 (외국인) 　→　 등록금 납부

[보기]

마리아 : 한국 대학교에 입학하려면 어떻게 해야 해요 ?

선생님 : 먼저 입학 원서를 접수 시키고 졸업 증명서와 성적 증명서만
　　　　내면 돼요 .

마리아 : 다른 시험은 보지 않나요 ?

선생님 : 아니요 , 면접시험도 볼 거예요 .
　　　　면접시험에 합격하면 입학할 수 있어요 .

마리아 : 한국어 시험은 따로 안 보나요 ?

선생님 : 마리아 씨는 **외국인이라서** 한국어 시험을 봐야 해요 .
　　　　한국어 시험이 5 급 이하이면 " 한국어 글쓰기 " 수업을 들어
　　　　야 해요 .

심사 (審查) 審查　　합격자 (合格者) 錄取者　　등록금 (登錄金) 學費
납부 (納付) 繳納

과제 2   듣고 말하기 [◀ 094]

01 대화를 듣고 질문에 답하십시오.

1) 이 대화에 대해서 맞는 것을 고르십시오. (　　　　)

❶ 남자는 여자에게 언어 교환을 하자고 부탁한다.

❷ 남자는 평소에 상담실을 자주 이용하는 편이다.

❸ 여자는 남자에게 상담실을 이용하는 방법을 설명한다.

❹ 두 사람은 같이 학교 상담실에 가서 상담 선생님을 만날 것이다.

2) 들은 내용과 같으면 ○표, 다르면 X표 하십시오.

❶ 남자는 여자가 취직한 것을 부러워한다. (　　　)

❷ 상담을 하기 위해서는 먼저 상담실에 상담 신청을 해야 한다. (　　　)

❸ 여자는 졸업한 후에 대학원에 진학하여 한국학을 공부하고 싶어한다. (　　　)

❹ 남자는 상담 선생님께 한국말 실력이 좋아지는 방법을 물어볼 것이다. (　　　)

02 여러분은 어떤 내용을 상담하고 싶습니까? 간단하게 메모를 한 후 [보기]와 같이 이야기해 봅시다.

상담 내용	[보기]	여러분	상담자	[보기]	여러분
진학	✔		부모님		
학교생활			담임 선생님		
한국 생활			상담 선생님	✔	
친구 관계			친구		
취업			선배		
공부			형제		
기타 _____			기타 _____		

[보기]

저는 요즘 대학원 진학에 대해 생각하고 있습니다. 저는 한국에 오기 전에 대학교에서 경영학을 전공했는데, 대학원은 한국에서 다니고 싶습니다. 한국에서 대학원에 진학하려면 어떻게 해야 하는지 상담 선생님께 여쭈어 보고 싶습니다.

한국학(韓國學) 韓國學　　용지(用紙) 紙張　　당장(當場) 當場:立刻
취업(就業) 就業　　담임 선생님(擔任先生 -) 班導

8-5 존경하는 선생님께

🔊 095

존경하는 선생님께

아침저녁으로 날씨가 꽤 쌀쌀해졌어요. 선생님, 안녕하셨어요? 환절기에 선생님 건강은 어떠신지요? 그 동안 자주 연락을 드리지 못해서 죄송해요.

저는 바쁘지만 잘 지내고 있답니다. 저는 아르바이트를 하면서 열심히 공부해서 이번 학기에도 장학금을 받았어요. 너무 힘들었지만 부모님 도움을 받지 않고 제
5 힘으로 용돈 1) 도 벌고 공부할 수 있어서 보람을 느꼈어요.

선생님, 국어 시간에 자기의 꿈을 발표했던 것 기억하세요? 다른 친구들은 자신 있게 자기의 꿈을 말했는데 저는 그 때 "저는 꿈이 없어요. 잘 할 수 있는 것도 없고요."라고 작은 소리로 말하고 제 자리에 앉아 버렸지요. 선생님께서는 우리 발표를 다 들으시고는 이렇게 말씀하셨어요. "이름 없는 들꽃도 다 각각 2) 향기가
10 있는 것처럼 너희들에게도 다 자기만이 가지고 있는 재능 3) 이 있다. 그것을 찾아 포기하지 4) 말고 꿈을 이뤄라 5)." 그때까지 저는 목표 6) 도 꿈도 없었고 공부를 왜 해야 하는지도 몰랐어요. '남 7) 들이 공부하니까 나도 공부해야 되는가 보다'하고 그렇게 살았지요. 선생님의 말씀을 듣고 '나도 잘 할 수 있는 게 있을까? 나의 재능은 뭘까?' 곰곰이 8) 생각해 봤어요. 여러 날 고민하다가 우연히 9) 아프리카에서 평생 10) 을
15 봉사하면서 살아온 의사의 책을 읽고 그런 삶도 멋지다고 생각했어요. 그리고 저도 남을 도와주는 일을 해야겠다고 마음을 먹었어요. 그렇게 제 인생의 방향을 정하게 되었지요. 선생님의 말씀은 제게 희망 11) 을 주었고 꿈을 주었어요. 그리고 그 결과 지금은 이렇게 대학에서 사회복지학 12) 을 전공하게 되었고요. 제가 이렇게 제 꿈을 가지고 열심히 살게 된 것은 다 선생님 덕분이에요.

참 , 선생님 기쁜 소식이 하나 있어요 . 내년에 저는 교환학생으로 1 년 동안 미국에 유학을 가게 되었어요 . 어렵게 얻은 기회니까 더 열심히 공부해 보려고 합니다 .

다음 달 중순 13) 쯤이면 시험이 끝나고 조금 여유가 생길 것 같아요 . 그 때 시간을 내서 꼭 한 번 찾아뵙고 인사드릴게요 . 선생님 , 그럼 늘 건강하게 지내시고 안녕히 계세요 .

5

2009 년 10 월 11 일
제자 김진영 올림

1)	용돈	pocket money	(用 -) 零用錢
2)	각각	each; respectively	(各各) 各自
3)	재능	talent, ability	(才能) 能力
4)	포기하다	to give up, abandon	(拋棄 -) 放棄；遺棄
5)	꿈을 이루다	to realize one's dream	完成夢想
6)	목표	goal	(目標) 目標
7)	남	others; other people	別人；他人
8)	곰곰이	carefully, deeply	仔細地 (想)
9)	우연히	by chance; accidentally	(偶然 -) 偶然地
10)	평생	lifetime; one's entire life	(平生) 一生
11)	희망	hope	(希望) 希望
12)	사회복지학	study of social welfare	(社會福祉學) 社會福祉學
13)	중순	the middle ten days of a month	(中旬) 中

내용 이해

1) 편지는 보통 다음과 같은 순서로 씁니다. 다음에 해당하는 부분의 첫 단어를 쓰십시오.

받는 사람	
인사	
보내는 사람의 안부	
내용	
끝인사	
날짜	
보낸 사람	

2) 진영이에 대한 설명으로 맞는 것은 무엇입니까? (   )

❶ 중학교 때부터 남을 돕기 시작했다.

❷ 전공으로 사회복지학을 공부하고 있다.

❸ 지금 아르바이트를 하며 대학원에 다닌다.

❹ 이번 학기에 교환학생으로 미국 유학을 갈 것이다.

3) 선생님의 말씀이 <u>아닌</u> 것은 무엇입니까? (   )

❶ 자기의 재능을 찾아 꿈을 이뤄라.

❷ 들에 핀 들꽃도 각각의 향기가 있다.

❸ 너희들에게도 자기만의 재능이 있다.

❹ 열심히 공부해야 훌륭한 사람이 될 수 있다.

4) 진영이의 앞으로의 계획은 무엇입니까? (   )

❶ 이번 달에 중학교 때 선생님을 찾아뵙는다 .

❷ 아르바이트를 해서 다음 학기 등록금을 번다 .

❸ 시험공부를 열심히 해서 교환학생으로 뽑힌다 .

❹ 미국 유학을 가서 일 년 동안 공부하고 돌아온다 .

5) 이 글의 내용과 같으면 ○ , 다르면 × 하십시오 .

❶ 진영이는 선생님께 자주 연락을 드리는 편이다 .   (   )

❷ 선생님의 말씀은 진영이에게 꿈과 희망을 주었다 .   (   )

❸ 선생님은 아이들에게 봉사의 중요성을 알려주셨다 .   (   )

❹ 진영이는 아르바이트때문에 바빠서 시험을 잘 못 봤다 .   (   )

더 생각해 봅시다

1) 편지 쓰는 법에 맞게 선생님께 편지를 써 봅시다 .

한국의 학교 🔊 096

　현재 한국에서는 초등학교 6년, 중학교 3년, 고등학교 3년, 그리고 대학교 4년의 교육을 받습니다. 초등학교에 입학하기 전에는 유치원에 다니기도 합니다. 유치원에 다니는 기간은 보통 1-2년입니다. 한국에서는 어린이가 8세가 되면 초등학교에 입학해야 합니다. 그리고 초등학교를 졸업한 학생들은 중학교 3년의 교육도 꼭 받아야 합니다.

　과거에 한국에는 대표적인 초등 교육기관으로 서당, 그리고 고등 교육기관으로는 성균관이 있었습니다. 서당에서 가르치는 선생님을 '훈장'이라고 불렀습니다. 훈장과 그 가족의 생활비는 학부모들이 부담하며 봄과 가을에 곡식을 걷어서 훈장에게 드렸다고 합니다. 서당에 입학하는 날에는 술이나 닭 등의 선물을 준비해서 훈장에게 드리는 것이 예의였다고 합니다. 한국에서는 예부터 이렇게 스승을 공경하는 풍습이 있어 왔습니다. 이는 현재 5월마다 '스승의 날'을 기념하는 한국인의 마음 속에 아직도 남아 있습니다.

도산 서원　　　　　　서당풍경 (김홍도)

1) 여러분 나라의 학교 제도에 대해서 이야기해 봅시다.

2) 여러분 나라의 학교 제도를 한국과 비교해서 말해 봅시다.

교육 (教育) 教育　　예의 (禮儀) 禮儀 ; 禮節　　공경 (恭敬) 恭敬　　스승 恩師

제 9 과 부탁과 거절

9-1 미안하지만 음료수 좀 부탁해도 될까?

학습 목표 ● 과제 부탁하기 Ⅰ ● 문법 -기는요 , - 느라고 ● 어휘 부탁 관련 어휘 1

남자는 여자에게 뭐라고 이야기할까요 ?

여러분은 친구들에게 부탁을 자주 하는 편입니까 ?

◀》 097~098

마리아 뭐 좀 먹으러 가는 길인데 같이 갈래 ?

제임스 같이 가고는 싶지만 지금 남은 숙제를 해야 돼 .

마리아 어제 끝낸 줄 알았는데 다 못 했어 ?

제임스 다 하기는 . 어제 저녁에 갑자기 회사 동료가 찾아와서

　　　　이야기하느라고 거의 밤을 새웠어 .

마리아 아 , 어쩐지 . 그래서 오늘 피곤해 보이는구나 .

제임스 응 . 미안하지만 오는 길에 음료수 좀 부탁해도 될까 ?

뭐 什麼　　갑자기 突然　　밤을 새우다 熬夜 ; 通宵　　어쩐지 怪不得

어휘

01 여러분이 친구에게 다음의 부탁을 하고 싶습니다 . [보기] 의 표현을 사용하여 친구에게 어떻게 부탁할지 쓰십시오 .

1) 교실에서 자리를 바꾸고 싶을 때

5) 친구에게 무거운 가방을 들어 달라고 하고 싶을 때

[보기] 친구에게 **책**을 빌리고 싶다 .
- 미안하지만 책 좀 빌려 줄 수 있어 ?
- 책 좀 빌려 줄래 ?
- 책 좀 빌려 줘라 .
- 책 좀 빌릴게 .
- 그 책 좀 내가 봐도 돼 ?
-

2) 친구가 듣는 음악 소리가 너무 클 때

3) 친구의 디지털 카메라를 빌리고 싶을 때

4) 숙제하는 데 친구의 도움을 받고 싶을 때

02 [보기] 에서 알맞은 단어를 골라 빈 칸에 쓰십시오 .

[보기]   부탁을 하다   부탁을 받다   부탁을 들어주다
         거절을 하다   거절을 당하다

1) 내가 여행하는 동안 우리 강아지를 돌봐 달라고 친구에게 **부탁을 했다**
   었다 / <del>왔다</del> / 였다 .

2) 친한 친구의 부탁을 ＿＿＿＿＿＿＿ 는 것은 쉽지 않다 .

3) 나는 어제 친구한테서 들어주기 곤란한 ＿＿＿＿＿＿＿ 었다 / 았다 / 였다 .

4) 하숙집 아주머니께서는 언제나 기분 좋게 ＿＿＿＿＿＿＿ 는다 / ㄴ다 .

5) 미선 씨에게 주말에 같이 영화 보러 가자고 했다가 ＿＿＿＿＿＿＿ 었다 / 았다 / 였다 .

문법
설명

01 – 기는요

　　否定或不同意對方的話時使用。對於表揚的話時則表示謙虛。用在動詞或形容詞語幹後。

● 가 : 한국은 3 월이면 따뜻하지요 ?　　　甲：韓國到了三月份會比較暖和吧？
　　나 : 따뜻하기는요 . 3 월도 추워요 .　　　乙：暖和什麼啊，三月也很冷。

● 가 : 그 책 다 읽으셨어요 ?　　　甲：那本書都看完了嗎？
　　나 : 다 읽기는요 . 너무 어려워서　　　乙：看完什麼啊。太難了，連一半
　　　　아직 반도 못 읽었어요 .　　　　　都沒看完。

● 가 : 테니스를 참 잘 치시네요 .　　　甲：你網球打得很好啊。
　　나 : 잘 치기는요 .　　　乙：哪裡好啊。

● 가 : 한국말 실력이 정말 좋으신　　　甲：你的韓語真好啊。
　　　　데요 .
　　나 : 좋기는요 . 아직 모르는 게 많　　　乙：哪裡好啊。不懂的東西還很多。
　　　　아요 .

02 – 느라고

　　表示因為前述的動作而無法做後續的動作或產生不好的結果時使用。用在動詞語幹後。

● 잠을 자느라고 숙제를 못했다 .　　　為了睡覺，所以沒完成作業。
● 책을 읽느라고 늦게 잤다 .　　　為了看書，所以睡得比較晚。
● 공부를 하면서 아르바이트를 하느라고　　　因為半工半讀，所以很辛苦。
　　힘들다 .
● 발표 자료를 찾느라고 바빴다 .　　　為了找簡報資料，所以非常忙碌。

문법 연습

01

- 기는요

질문에 맞는 대답을 찾아 연결하고 다음과 같이 쓰십시오 .

1) 날마다 운동해요 ?　　●　　　　　　　●　음치예요 .

2) 매운 음식을 좋아해요 ?　●　　　　　●　운동은 시간이 있을 때 가끔해요 .

3) 노래를 잘 하신다면서요 ?　●　　　　●　매운 음식은 하나도 못 먹어요 .

4) 지난번 시험은 쉬웠어요 ?　●　　　　●　굉장히 어려웠어요 .

1) 가 : 날마다 운동해요 ?

　　나 : **날마다 하기는요 . 시간이 있을 때 가끔 해요 .**

2) 가 : 매운 음식을 좋아해요 ?

　　나 : ....

3) 가 : 노래를 잘 하신다면서요 ?

　　나 : ....

4) 가 : 지난번 시험은 쉬웠어요 ?

　　나 : ....

- 느라고

02 표를 채우고 다음과 같이 쓰십시오 .

	내가 하지 못한 일	이유
1)	밤에 잠을 자지 못했다 .	잠을 잘 시간에 텔레비전을 봤다 .
2)	숙제를 못 했다 .	숙제할 시간에 친구와 술을 마셨다 .
3)	회의 시간에 늦었다 .	
4)	친구와 만나기로 한 약속을 못 지켰다 .	

1) **텔레비전을 보느라고 밤에 잠을 자지 못했어요** .

2)

3)

4)

친구에게 부탁을 해 본 적이 있습니까 ? 어떻게 부탁하면 좋을까요 ? 그리고
부탁을 한 후에는 어떻게 인사하면 좋을까요 ? 다음의 상황에서 부탁하는 대화를
[보기] 와 같이 만들어 봅시다 .

1) 수업 때 필기한 노트를 빌려 달라고 부탁하기
2) 이사할 때 도와 달라고 부탁하기
3) 고향에서 온 친구를 나 대신 도와 달라고 부탁하기

[보기]
가 : 리에야 , 부탁할 것이 좀 있는데 .
나 : 무슨 일인데 ?
가 : 응 , 내가 지난번에 병원에 **가느라고** 수업에 못 온 적이 있잖아 .
　　그 때 수업 시간에 필기한 노트 좀 빌려 줄 수 있어 ?
나 : 응 , 빌려 줄게 . 어려운 일도 아닌데 , 뭐 .
가 : 정말 고마워 .
나 : **고맙기는** .

과제 2　듣고 말하기 [🔊 099]

01　대화를 듣고 질문에 답하십시오.

1) 이 대화의 제목으로 가장 적당한 것을 고르십시오.　　　(　　　　)

❶ 친구에게 부탁하기　　　　　❷ 친구와의 우정
❸ 부탁의 즐거움　　　　　　　❹ 거절의 어려움

2) 들은 내용과 같으면 ○표, 다르면 X표 하십시오.
❶ 여자는 남자에게 책을 반납해 달라고 부탁을 했다.　　　(　　　)
❷ 남자는 여자의 부탁을 들어주고 싶어하지 않는 것 같다.　　(　　　)
❸ 남자는 시내에 나가서 여자가 부탁한 책을 사 올 것이다.　　(　　　)
❹ 남자는 여자에게 나중에 돈을 줄 것이다.　　　(　　　)

02　여러분이 반 친구들에게 부탁하고 싶은 내용을 메모한 후 [보기]와 같이 부탁을 해 봅시다.

이름	부탁하고 싶은 내용	이유
미선 씨에게	지하 식당에서 김밥을 사다 달라고 하고 싶다.	아침을 못 먹어서 배가 고픈데 숙제를 다 못해서 지하 식당에 내려갈 시간이 없다.

[보기]　미선아, 너 지하 식당에 갈 때 내 김밥 좀 하나만 사다 줄래?
아침을 못 먹어서 배가 고픈데 숙제를 다 못해서 식당에 내려갈 시간이 없거든. 부탁 좀 할게.

한꺼번에 一次性的

9-2 사진 좀 찍어 주실 수 있으세요?

학습 목표 ●과제 부탁하기 Ⅱ ●문법 담화 표지 , -게 ●어휘 부탁 관련 어휘 2

두 사람은 지금 어디에 있습니까 ?

여러분은 모르는 사람에게 부탁을 해 본 적이 있습니까 ?

🔊 100~101

리에   여기에서 사진 한 장 찍고 가자 . 저기 지나가는 아저씨한테
          부탁해 볼까 ?

          (지나가는 아저씨에게 사진기를 내밀며)

제임스   저 , 죄송하지만 사진 좀 찍어 주실 수 있으세요 ?

아저씨   아 , 저요 ? 네 , 찍어 드릴게요 . 이걸 누르기만 하면 돼요 ?

제임스   네 , 뒤에 있는 기린도 나오게 찍어 주세요 .

아저씨   어 , 뒤로 한 발짝만 물러나시면 더 좋을 것 같은데요 .
          자 , 이제 찍습니다 . 하나 , 둘 , 셋 .

제임스   정말 감사합니다 .

지나가다 路過   내밀다 伸出 ; 突出   기린 長頸鹿   발짝 脚步   물러나다 後退

어휘

01 다음 [보기] 의 표현을 이용하여 처음 보는 사람이나 윗사람에게 부탁해 보십시오 .

1) 처음 보는 사람에게 길을 물을 때

_____

4) 윗사람에게 인사를 간다고 전화할 때

_____

_____

[보기] **지**나가는 사람에게 사진 **촬영을 부탁할 때**

❶ 죄송하지만 , 사진 좀 찍어 주세요 .

❷ 실례지만 , 사진 좀 찍어 주실 수 있으세요 ?

❸ 죄송하지만 , 사진 좀 찍어 주시겠어요 ?

❹ 실례지만 , 사진 좀 부탁해도 될까요 ?

❺ 괜찮으시면   .

2) 식당에서 자리가 없어서 모르는 사람과 같이 앉아야 할 때

_____

_____

3) 윗사람과의 약속 시간을 미뤄야 할 때

_____

02 다음 상황에서 모르는 사람과 친구에게 할 부탁 표현을 써 보십시오 .

❶ 휴대 전화 빌리기   ❷ 짐 들어 달라고 하기

상황	친구에게 부탁하기	모르는 사람에게 부탁하기
❶ 휴대전화 빌리기	•	•
	•	•
❷ 짐 들어 달라고하기	•	•
	•	•

문법
설명

01 담화 표지 發語詞

雖然在語法上是不必要的內容，但為了表示話者的躊躇或憂慮，或是表示不確定的狀況時使用。

[담화 표지] 아 / 어 / 자 / 저
저기 / 저기요 / 여기요
있잖아 / 뭐더라 / 글쎄요

- 가 : 기차 출발 시간이 다 되어 가는데
  제임스 씨는 어떻게 된 거지요 ?
  나 : 글쎄요 . 제가 전화를 해 볼게요 .
  아 , 저기 오네요 . 제임스 씨 ,
  여기예요 .

  甲 : 火車的發車時間都快到了，詹姆斯怎麼還不來 ?
  乙 : 這個……我打電話給他好了。啊，他來了，詹姆斯，這邊。

- 가 : 어 , 아침에 분명히 지갑을 가방
  에 넣었는데 ...... 어디 갔지 ?
  나 : 천천히 잘 찾아보세요 .

  甲 : 咦 ? 早上明明把錢包放到包包裡了……在哪裡呢 ?
  乙 : 慢慢地仔細找找看吧。

- 가 : 자 , 맛있는 떡볶이가 갑니다 .
  나 : 와 , 맛있겠다 .

  甲 : 來，美味的炒年糕來囉 !
  乙 : 哇 ! 一定很好吃。

- 가 : 있잖아 , 나 너한테 부탁이
  있는데 들어줄 수 있니 ?
  나 : 부탁이 뭔지 알아야 들어주지 .
  부탁할 게 뭔데 ?

  甲 : 那個……，我有事拜託你，能答應我嗎 ?
  乙 : 得知道是什麼事才能答應啊。什麼事啊 ?

02 - 게

表示後續行動的目的或基準時使用。用在動詞語幹後。

- 휠체어가 지나가게 길 좀 비켜 　請讓一下，好讓輪椅過去。
  주세요.
- 그 식당 좀 찾아가게 약도 좀 　請畫個略圖，好讓我能找到那家餐
  그려줘. 　廳。
- 제시간에 도착하게 일찍 나갑시다. 　早點出去吧，以便準時到達。
- 아이들이 만지지 않게 주의해 　請注意不要讓孩子們碰到。
  주십시오.
- 찌개 좀 덜어 먹게 개인 접시 좀 　請給我一個個人用的盤子，好把湯
  주세요. 　盛出來吃。

문법 연습

아 / 어 / 음 / 자 / 저 / 저기 / 저기요 / 여기요 / 있잖아 / 뭐더라 / 글쎄요

01 다음 대화에 여러분이 알고 있는 담화 표지를 넣어 보십시오 .

1) 가 :   __저__   , 선생님 , 부탁드릴 게 있는데요 .

　나 : 그래요 ? 뭔데요 ?

2) 가 : 오늘 점심은 어디에서 먹을까 ?

　나 : _____, 냉면은 어때 ? 요 앞에 냉면집이 새로 생겼던데 거기 가 볼까 ?

3) 가 : _____, 혹시 최 선생님 아니에요 ?

　나 : 그런데 누구신지요 ? _____, 미선 씨 맞지요 ?

4) 가 : 어제 우리가 간 식당 이름이 뭐였지요 ?

　나 : _____, 잘 기억이 안 나네요 . 미선 씨한테 물어 보세요 .

- 게

02 표를 채우고 다음과 같이 문장을 만드십시오 .

	이렇게 해 주십시오 .	이유
1)	칠판에 써 주세요 .	학생들 모두 볼 수 있으면 좋겠습니다 .
2)	조금만 비켜 주세요 .	지나가고 싶어요 .
3)	깨워 주세요 .	
4)	조용히 하세요 .	

1) 학생들 모두 볼 수 있게 칠판에 써 주세요 .

2) _____

3) _____

4) _____

과제 1 　말하기

다음과 같은 상황에서 여러분은 어떻게 부탁을 드립니까? 옆 친구와 표를 채우고 [보기] 와 같이 부탁해 봅시다 .

상황	부탁하기
학생이 선생님께 시험을 먼저 보게 해 달라고 부탁 드리기	[보기] 웨이　 : 선생님, **저**, 부탁 드릴게 있는데요. 선생님 : 뭔데요? 말씀하세요. 웨이　 : **저**, 쓰기하고 듣기 시험 보는 날 출장을 가야 해서요. 말하기 시험 보는 날 쓰기하고 듣기도 같이 볼 수 있을까요? 선생님 : 그래요? 시험을 보고 가시면 안 돼요? 웨이　 : 네, 회사에 급한 일이 생겨서 그날 꼭 가야 해요. 선생님 : 그래요. 그럼 좋은 방법을 찾아 봅시다.
아버지께 용돈 올려 달라고 부탁 드리기	
교수님께 취업 추천서 부탁 드리기	
기차에서 친구와 좌석이 떨어져서 옆 사람에게 좌석을 바꿔 달라고 부탁하기	

용돈 零用錢　　추천서 (推薦書) 推薦書　　떨어지다 分離；有距離

과제 2 읽고 쓰기

01 다음 글을 읽고 질문에 답하십시오 .

여러분은 친구에게 부탁을 쉽게 하시나요 ? 또 친구의 부탁을 받으면 쉽게 들어주시나요 ? 다른 사람에게 부탁을 하기 힘든 것은 상대방이 거절할까 봐 걱정이 되기 때문일 것입니다 .

그렇지만 다른 사람에게 부탁을 하게 되면 다른 사람들은 내가 원하는 것을 분명하게 알 수 있게 됩니다 . 여러분은 무엇이든 도움을 청하고 부탁을 할 수 있습니다 . 여러분이 원하는 만큼 부탁을 하면 되지요 . 여러분이 원하는 방법으로 원하는 때에 무엇이든 누구에게든 부탁할 수 있습니다 . 부탁을 하고 싶을 때는 내가 원하는 것이 무엇인지 , 그리고 상대방에게 무리한 부탁이 아닌지 먼저 생각해 보십시오 . 그리고 상대방이 부탁을 들어줄 수 있게 친절하게 부탁을 해 보십시오 . 부탁에도 기술이 필요합니다 . 그 기술이 무엇인지 알고 싶지 않으세요 ?

1) 이 글은 책 광고입니다 . 무엇에 대한 책일까요 ? (   )

❶ 부탁의 기술   ❷ 부탁의 이유   ❸ 부탁의 조건   ❹ 부탁의 거절 방법

2) 이 글의 내용과 같으면 ○표 , 다르면 X 표 하십시오 .

❶ 부탁하는 데에 특별한 기술은 별로 필요하지 않다 .   (   )

❷ 부탁을 했을 때 내가 원하는 것을 다른 사람이 알 수 있다 .   (   )

❸ 다른 사람에게 부탁을 하기 힘든 것은 도움을 청하기 싫기 때문이다 . (   )

3) 여러분은 이 책을 사시겠습니까 ? 그 이유는 무엇입니까 ?

02 여러분이 하기 어려웠던 부탁은 무엇이었습니까? 다음 표를 채우고 [보기] 와 같이 써 봅시다 .

질문	[보기]
누구에게 부탁을 했나요?	고등학교때 같은 반 친구
무엇을 부탁했나요?	공책을 빌려 달라고 부탁했다 .
왜 그 친구에게 부탁을 했나요?	그 친구가 공부를 열심히 했기 때문에 내가 못한 부분을 보고 싶어서
왜 그 부탁을 하기가 어려웠나요?	그 친구가 공부한 내용을 내가 모두 가지는 것이기 때문에
친구는 뭐라고 했나요?	그래 . 빌려 줄게 .

[보기]

　나는 고등학교 때 친구에게 어려운 부탁을 한 적이 있다 . 같은 반 친구였는데 그 친구에게 공책을 빌려 달라는 부탁을 했다 . 그 친구는 공부를 열심히 했기 때문에 내가 못한 부분을 보고 싶어서였다 . 아무리 친구여도 친구의 공책을 빌려 달라고 하는 것은 그 친구가 공부한 내용을 내가 모두 가진다는 점에서 부탁을 하기가 어려웠다 . 그렇지만 친구는 아주 뜻밖에도 쉽게 공책을 빌려 주었다 . 그 친구 덕분에 나는 시험을 잘 볼 수 있었다 .

분명하다 (分明) 明明　　도움을 청하다 請求幫助　　기술 (技術) 技術　　조건 (條件) 條件

9-3 어떻게 하지요? 어려울 것 같은데요

학습 목표 ● 과제 거절하기 I ● 문법 – 다니 , – 게 하다 ● 어휘 거절 관련 어휘 1

두 사람은 무슨 이야기를 합니까 ?
여러분은 친구의 부탁을 거절한 일이 있습니까 ?

◀》 102~103

웨이 저 , 마리아 씨 , 부탁이 좀 있는데요 , 들어줄 수 있어요 ?

마리아 무슨 부탁인데요 ?

웨이 제가 다음 주에 발표를 할 수 없는데 , 발표 순서를 저하고 바꿔 줄
수 있어요 ?

마리아 발표를 못 하다니 무슨 일이 있어요 ?

웨이 회사 일 때문에 지방 출장을 가야 해서요 .

마리아 어떻게 하지요 ? 저도 다음 주에는 중요한 시험이 있어서 어려울 것
같은데요 .

웨이 그래요 ? 그럼 다른 친구한테 부탁해 볼게요 . 신경쓰게 해서 미안해요 .

발표 (發表) 報告 ; 簡報   순서 (順序) 順序   지방 (地方) (對應中央) 地方

어휘

01 여러분이 친구의 부탁을 거절해야 합니다. [보기]와 같이 여러 가지 표현들을 사용하여 말해 봅시다.

[보기]

저기, 발표 순서 좀 바꿔 줄 수 있니?

미안해서 어쩌지? 좀 어려울 것 같다.

바쁜 일이 있어서 안 될 것 같은데.

미안해. 그건 좀 힘들 것 같은데.

1) 친구 : 저, 미안한데, 이번 주말에 네 노트북 컴퓨터 좀 빌릴 수 있니?

　　나 　:
....

2) 친구 : 어제 너무 바빠서 보고서를 못 썼는데, 오늘 좀 도와줄 수 있어?

　　나 　:
....

3) 친구 : 야, 정말 미안한데 일주일 정도만 너희 하숙집에서 같이 지내면 안 될까?

　　나 　:
....

4) 친구 : 오늘 저녁에 같이 영화 보러 갈래?

　　나 　:
....

02 빈 칸에 쓸 수 있는 어휘를 [보기]에서 골라 모두 쓰십시오.

[보기] **어렵다**　　　　**힘들다**　　　　**안 되다**　　　　**불가능하다**

1) 친한 친구의 부탁은 거절하기가 **어렵다** 는다/ㄴ다/다.

2) 건물 안에서 담배를 피우면 _____ 는다/ㄴ다/다.

3) 현재의 기술로는 보통 사람들이 달나라에서 사는 것이 _____ 는다/ㄴ다/다.

4) 학교에 다니면서 매일 새벽마다 신문 배달하기가 _____ 는다/ㄴ다/다.

　　이번 달 까지만 하고 그만두어야겠다.

문법
설명

01 – 다니 / 이라니

看到或聽到值得驚訝的狀況時表示驚訝或感嘆。動詞或形容詞語幹後用 "-다니",以子音結束的名詞後用 "이라니",以母音結束的名詞後則用 "라니"。

- 그분이 일본 사람이라니 너무
  놀랍다.

  她居然是日本人,真令人驚訝。

- 그렇게 건강하던 사람이 아프다니
  믿을 수가 없어요.

  那麼健康的人居然生病了,真不敢相信。

- 가게 문을 8 시에 닫다니 너무 일찍
  닫는 거 아니에요?

  居然八點就關門,是不是太早了?

- 좋은 일을 이렇게 많이 하시다니
  놀랍습니다.

  (他)居然做了這麼多的好事,真令人吃驚。

02 – 게 하다

表示讓別人做某事或使其達到某種狀態。用在動詞語幹後。

- 그 사람은 항상 나를 화나게 한다.

  他常常讓我生氣。

- 친구를 오랫동안 기다리게 해서
  미안했다.

  因為讓朋友久等了而覺得不好意思。

- 어렸을 때 어머니는 텔레비전을
  가까이에서 못 보게 하셨다.

  小時候,媽媽不讓我近距離看電視。

- 할머니가 아이에게 혼자 옷을 입게
  했다.

  奶奶讓孩子自己穿衣服。

문법 연습

- 다니 / 이라니

01 다음 표를 채우고 '- 다니'를 사용해 문장을 만드십시오.

	놀랄 만한 사실	하고 싶은 말
1)	한여름에 눈이 온다.	믿을 수가 없다.
2)	떡볶이 1인분에 10,000원이다.	비싸서 사 먹을 수가 없다.
3)	방학인데 학교에 간다.	
4)	제임스 씨가 장학금을 받는다.	

1) 한여름에 눈이 오다니 믿을 수가 없다.

2) ....

3) ....

4) ....

- 게 하다

02 여러분이 어렸을 때 여러분의 어머니는 여러분에게 무엇을 하게 하셨습니까? 또 무엇을 하지 못하게 하셨습니까? 다음 표를 채우고 문장을 만드십시오.

1)	어머니가 먹지 말라고 한 음식은 무엇입니까?	사탕
2)	꼭 먹으라고 한 음식은 무엇입니까?	
3)	혼자서 가지 말라고 한 곳은 어디입니까?	
4)	하지 말라고 한 일은 무엇입니까?	

1) 어머니는 나한테 사탕을 먹지 못하게 하셨다.

2) ....

3) ....

4) ....

과제 1   말하기

여러분의 친구가 다음과 같은 부탁을 했습니다 . 들어줄 수 있는 부탁과 거절하고 싶은 부탁을 표시해 보십시오 . 부탁을 거절할 때 어떻게 말하면 좋을지 [보기] 와 같이 옆 친구와 대화해 봅시다 .

친구의 부탁	승낙	거절
주말에 컴퓨터를 빌리고 싶어요 .		✔
일주일 정도 방을 같이 썼으면 좋겠어요 .		
돈을 좀 빌려 주세요 .		
아르바이트를 며칠 동안 대신해 줄 사람이 필요해요 .		

[보기]

웨이 : 리에 씨 , 저 부탁할 게 좀 있는데요 . 주말에 노트북 좀 빌릴 수 있
을까요 ?

리에 : 노트북을 **빌려 달라니** 웨이 씨 컴퓨터는 어쩌고요 ?

웨이 : 고장나서 수리를 맡겼는데 좀 오래 걸린다고 해서요 .
월요일까지 해야 하는 일이 있는데 피시 (PC) 방에서 하기는 좀 힘들
거든요 .

리에 : 미안하지만 저도 이번 주말에 꼭 써야 해서 빌려 주기 힘들겠는데요 .
어떻게 하지요 ?

웨이 : 괜찮아요 . **귀찮게 해서** 미안해요 . 다른 사람한테 물어볼게요 .

승낙 (承諾) 承諾 ; 應允 ; 答應

과제 2   듣고 말하기 [🔊 104] ●━━━━━━━━

01 대화를 듣고 질문에 답하십시오.

1) 이 대화에서 나온 책의 제목으로 가장 적당한 것을 고르십시오. (   )

❶ 거절의 기쁨을 느끼려면?   ❷ 거절을 잘 하려면?

❸ 거절과 승낙을 잘 하는 법   ❹ 부탁을 잘 하는 방법

2) 들은 내용과 같으면 ○표, 다르면 X표 하십시오.

❶ 남자가 읽은 책은 콤플렉스에 관한 것이다.   (   )

❷ 남자는 곤란한 부탁을 받으면 쉽게 거절하는 성격이다.   (   )

❸ 여자는 평소에 부탁을 받으면 거절하기 어려워하는 성격이다.   (   )

❹ 이 책에는 부탁을 받으면 마음 편하게 승낙하는 것이 좋다고 쓰여 있다. (   )

02 여러분은 부탁 받은 것을 거절한 일이 있습니까? 다음 표를 채우고 [보기]와 같이 그 내용에 대해 이야기해 봅시다.

부탁한 사람	부탁 받은 내용	승낙/거절	어떻게 말했나요?
하숙집 친구	주말에 노트북 컴퓨터를 빌려 달라고 했다.	거절했다.	"정말 미안한데, 이번 주말에 보고서를 써야 해서 컴퓨터를 빌려 줄 수가 없어. 다음 주에는 괜찮은데. 어쩌지?"

[보기]

　얼마 전에 하숙집 친구에게서 주말에 내 노트북 컴퓨터를 빌려 달라는 부탁을 받았다. 그런데 나는 그 부탁을 들어줄 수 없었다. 왜냐하면 주말에 나도 보고서를 써야 해서 컴퓨터를 사용해야 했기 때문이다. 그래서 친구에게 "정말 미안한데, 이번 주말에 보고서를 써야 해서 컴퓨터를 빌려 줄 수가 없어. 다음 주에는 괜찮은데. 어쩌지?"라고 말했다. 친구는 웃으면서 괜찮다고 했다.

이기적이다 (利己的) 自私的　　한계 (限界) 邊際；界限；限度　　파악하다 (把握) 把握
쩔쩔매다 手足無措；驚慌失措

329

9-4 좀 곤란할 것 같은데요

학습 목표 ● 과제 거절하기 II ● 문법 - 는다지요?, - 을 건가요? 어휘 거절 관련 어휘 2

두 사람은 무슨 이야기를 하는 것 같습니까?

여러분은 윗사람의 부탁을 거절한 적이 있습니까?

🔊 105~106

웨이 　　과장님, 이번 일요일에 중국 거래처에서 손님이 오신다지요?

과장님 　네, 귀한 손님들이 오시는 거니까 신경 써서 준비해 주세요.

웨이 　　과장님도 공항에 마중 나가실 건가요?

과장님 　네, 그렇지 않아도 웨이 씨한테 부탁을 하려고 했어요. 혹시 그날
　　　　저녁에 통역을 해 줄 수 있어요?

웨이 　　일요일 저녁이요? 그 땐 좀 곤란할 것 같은데요. 중요한 선약이
　　　　있어서요.

과장님 　그래요? 그럼 다른 사람을 찾아보지요.

거래처 (去來處) 客戶	귀하다 (貴 -) 貴重的：重要的	마중을 나가다 迎接
통역 (通譯) 翻譯；口譯	곤란하다 (困難 -) 為難	

어휘

01 다음 [보기]의 표현을 사용하여 별로 친하지 않은 사람이나 윗사람의 부탁을 거절해 보십시오 .

[보기]
- 그랬으면 좋겠는데 _____
- 도와드리고 싶지만 _____
- 말씀은 감사하지만 _____
- 죄송합니다 .
- 다음에 기회가 있으면 , _____
- 생각해 보겠습니다 . 다음에 연락 드릴게요 .

1) 직장 동료 : 이 일을 내일까지 끝내야 하는데 시간이 부족해요. 도와줄 수 있어요? 나 : _____	2) 직장 상사 : 다음 주말에 우리 집에서 생일 파티를 하려고 하는데 오실 수 있지요? 나 : _____
3) 소개받은 남자/여자 : 좋은 영화가 있는데 함께 보시겠어요? 나 : _____	4) 학교 선배 : 이번에 좋은 아르바이트가 생겼는데 한번 해 볼래? 나 : _____

02 다음 호칭은 언제 사용할까요 ? [보기] 에서 알맞은 어휘를 골라 빈 칸에 쓰십시오 .

[보기] 선생님 사장님 사모님 (이) 과장님 이 과장 오정희 씨 정희 씨 정희야

문법 설명

01 - 는다지요 ?/ ㄴ다지요 ?/ 다지요 ?

確信對方也知道自己從其他地方聽到的話，同時作再次確認提問時使用。用在動詞或形容詞語幹後。以子音結束的動詞語幹後用 "- 는다지요 ?"，以母音結束的動詞語幹後用 "- ㄴ다지요 ?"，形容詞語幹後則用 "- 다지요 ?"。名詞後用 "이라지요 ?"，對已經結束的事實則用 "- 었다지요 ?"。

- 그분 남편이 의사라지요 ?
- 그 대학에는 외국 학생이 많다지요 ?

- 거기는 눈이 많이 온다지요 ?
- 그 사고로 사람들이 많이 다쳤다
  지요 ?

聽說她的老公是醫生，對吧？
聽說那所大學外國學生很多，對吧？

聽說那裡下很多雪，對吧？
聽說因為那個事故，有很多人受傷了，對吧？

02 -을 / ㄹ 건가요?

確認似的詢問日程或計劃時使用。用在動詞語幹後。

● 가 : 사진을 언제 찾으러 오실 건가요?
　　나 : 내일 가려고 하는데요.

　　甲 : 什麼時候來拿照片呢?
　　乙 : 我想明天去拿。

● 가 : 이 책 오늘 읽으실 건가요?
　　나 : 아니에요. 먼저 보세요.

　　甲 : 今天要讀這本書嗎?
　　乙 : 不,你先看吧。

● 가 : 다음 주에는 김 교수님께서 직접
　　　　강의를 하실 건가요?
　　나 : 아마 그러실 거예요.

　　甲 : 下週金教授親自講課嗎?

　　乙 : 好像是耶。

● 가 : 어느 분이 입으실 건가요?
　　나 : 저희 아버님께서 입으실 건데요.

　　甲 : 是誰要穿的?
　　乙 : 我爸爸。

문법 연습

- 는다지요 ?/ ㄴ다지요 ?/ 다지요 ?

01 다음 뉴스를 읽고 대화를 완성하십시오 .

어제 강릉 지방에 갑자기 내린 눈으로 출근길 시민들이 큰 불편을 겪었습니다 . 교통사고가 많이 발생한 데다가 계속 내리는 눈 때문에 강릉 시내 일부 도로는 자동차가 다니지 못하고 있습니다 . 기상청은 오늘 1 ~ 3 ㎝의 눈이 내렸고 , 내일 아침까지 2 ~ 6 ㎝의 눈이 더 내릴 것으로 예보했습니다 .

웨이 : 미선 씨 , 어제 강원도에 눈이 많이 1) **왔다지요 ?**

미선 : 네 , 저도 뉴스에서 봤어요 .

웨이 : 사람들이 많이 2) ＿＿＿＿＿＿＿＿＿＿＿＿＿＿＿ ?

미선 : 네 , 갑자기 눈이 많이 내렸으니까요 .

웨이 : 교통사고도 많이 3) ＿＿＿＿＿＿＿＿＿＿＿＿＿ ?

미선 : 네 , 그렇대요 .

웨이 : 내일도 눈이 4) ＿＿＿＿＿＿＿＿＿＿＿＿＿＿＿＿ ?

미선 : 네 , 내일도 많이 올 거래요 . 눈이 오면 불편한 일이 많기는 하지만 저는 서울에도 눈이 왔으면 좋겠어요 .

- 을 / ㄹ 건가요 ?

02 여러분이 직원이 되어 다음 표를 채우고 대화를 완성하십시오 .

숙박부/고객카드

▶ 이　　름	김민수
▶ 전화번호	010-321-1234
▶ E -mail	mskim@yonsei.ac.kr
▶ 체 크 인	6월 9일
▶ 체 크 아웃	6월11일
▶ 객실 선택	2인실 / 4인실 / 8인실
▶ 인 원 　수	5명
▶ 기　　타	셔틀버스 이용 안함

직원 : 연세 펜션입니다 .

손님 : 저 , 방을 예약하려고 하는데요 .

직원 : 언제 1) **이용하실 건가요 ?**

손님 : 이번 주 금요일이요 .

직원 : 며칠 동안 2) ⋯⋯⋯⋯⋯⋯⋯⋯⋯⋯ ?

손님 : 이틀이요 .

직원 : 어느 객실을 3) ⋯⋯⋯⋯⋯⋯⋯⋯⋯ ?

손님 : 아이들까지 다섯 명인데 어떤 방이 좋을까요 ?

직원 : 4 인실이 좋을 것 같은데 예약해 드릴까요 ?

손님 : 네 , 그렇게 해 주세요 .

직원 : 그리고 기차역에서 펜션까지 셔틀버스가 있는데 4) ⋯⋯⋯⋯⋯⋯⋯⋯⋯ ?

손님 : 아니요 , 괜찮습니다 .

과제 1   말하기

여러분은 어떤 부탁을 받았을 때 가장 곤란합니까? 곤란한 순서대로 번호를 써 보고, 가장 곤란한 상황을 옆 친구와 [보기] 와 같이 대화해 봅시다.

1) 처음 본 사람이 공항에서 가방을 들어 달라는 부탁   (   )

2) 연극 대회에서 장기 자랑을 해 달라는 선생님의 부탁   (   )

3) 선배 대신에 싼 값에 아르바이트를 해 달라는 부탁   (   )

4) 친구가 큰 돈을 빌려 달라는 부탁   (   )

5) 친구가 여행간 동안 강아지를 돌봐 달라는 부탁   (   )

[보기]   **연극 대회에서 장기 자랑을 해 달라는 선생님의 부탁**

선생님 : 이번 연극 대회에서 리에 씨가 장기 자랑을 하면 좋을 것 같은
　　　　 데 할 수 있겠어요?

나　　 : 장기 자랑이요?

선생님 : 리에 씨가 바이올린 연주를 아주 잘 한다고 들었거든요.

나　　 : 아, 그래요? 연극 대회는 언제 **할 건가요?**

선생님 : 다음 주 수요일에요.

나　　 : 어떻게 하지요, 선생님? 말씀은 감사하지만 곤란할 것 같아요.
　　　　 악기를 다음 주말에 동생이 고향에서 가지고 오기로 했거든요.
　　　　 정말 죄송합니다.

과제 2　　읽고 말하기

01　다음 글을 읽고 질문에 답하십시오 .

내가 뭘 잘못한 걸까 ?

12 월 21 일 날씨 맑음

　　지난 주말에 동아리 친구에게서 전화를 받았다 . 만난 지 얼마 되지 않아 별로 친하다고 생각하지 않았는데 비디오카메라를 빌려 달라고 했다 . 그 친구는 크리스마스 파티 때 비디오카메라를 쓸 일이 있는 것 같았다 . 그 비디오카메라는 오랫동안 아르바이트를 해서 산 것이고 나도 아직 써 보지 않아서 빌려 주고 싶지가 않았다 . 그래서 싫다고 했는데 친구는 기운 없는 목소리로 짧게 인사를 하고는 전화를 끊었다 .

　　그리고 오늘 동아리 방에서 그 친구를 만났는데 나를 보고도 인사를 하지 않았다 . 내가 먼저 말을 걸었는데도 대답도 성의가 없어 보였다 . 내가 뭘 잘못한 걸까 ?

1) 친구의 부탁은 무엇이었습니까 ?

2) 동아리 친구가 인사를 안 한 이유가 무엇이라고 생각하십니까 ?

3) 여러분이라면 어떻게 거절하시겠습니까 ? 다음 중 하나를 골라 보십시오 . (　　　　)

❶ 빌려 주고 싶지만 그건 좀 곤란해 .
❷ 어떻게 하지 ? 나도 써야 하는데 .
❸ 미안해 . 다른 사람이 벌써 빌려 갔어 .
❹ 다음에 기회가 있으면 빌려 줄게 . 이번에는 안 되겠어 .
❺ 기타 ....

4) 여러분 나라에서는 이런 경우에 보통 어떻게 합니까 ?

02　여러분도 위와 같은 경험이 있습니까 ? 무엇 때문이었습니까 ? 어떻게 대답하셨습니까 ? 친구들에게 이야기해 봅시다 .

기운이 없다 無精打采的；軟弱無力的　　성의가 없다 (誠意) 沒誠意的

9-5 완곡한 거절

🔊 107

　　우리들은 살면서 거절을 해야 하는 경우가 많지만 거절하는 것은 쉽지 않다.
거절을 잘 하지 못하는 이유는 마음이 약해서거나 부탁한 사람과 사이가 나빠질 것을
걱정하기 때문이다. 그래서 누구나 한 번쯤은 거절을 하지 못해서 곤란했던 경험을
가지고 있을 것이다. 사람들은 대부분 행동이나 말로 거절을 한다. 고개를 젓거나 2)
5　곤란하다는 3) 표정을 지어 상대방 4)의 부탁을 거절할 때도 있다. 하지만 직접적인
말이나 행동으로 거절을 하는 것 대신 상대방의 기분이 상하지 5) 않도록 재치 6) 있게
간접적 7)으로 거절할 수 있는 방법을 선택하는 것이 좋다.

　　거절을 할 때에는 조금 유머 8)를 섞어서 9) 말하는 것도 좋은 방법이다. 아름다운
한 여자 무용가 10)가 한 천재 11) 작가 12)를 사랑했다. 그녀는 그에게 당신의 뛰어난
10　머리와 나의 아름다운 외모를 닮은 아이가 태어나면 멋지지 않겠냐고 말하며
청혼 13)을 했다. 그 말을 들은 작가는 나의 외모와 당신의 머리를 닮은 아이가
태어나면 어떻게 하겠냐며 그녀의 청혼을 거절했다. 아마 그녀는 이 말을 듣고 웃지
않았을까? 이 한마디 말은 다른 핑계를 대는 14) 것보다 재치있으면서 확실한 15)
거절이었다.

15　욕심이 많고 마음씨 16)가 나쁜 부자가 있었다. 어느 날, 그는 소를 잘 그리는
화가가 있다는 얘기를 듣고 그를 찾아갔다. 부자는 화가에게 '들에서 풀을 먹는 소'
그림을 한 장 그려달라고 했다. 화가는 마음씨 나쁜 부자에게는 그림을 그려 주고
싶지 않았다. 하지만 부자가 그림을 그려 달라고 계속 화가를 괴롭혔기 17) 때문에
화가는 할 수 없이 알겠다고 말했다. 며칠 후 화가는 부자에게 그림을 보여주었다.
20　기다리던 그림을 받은 부자는 너무나 기뻐하며 그림을 봤다. 그러나 거기에는 '들에서
풀을 먹는 소'라는 제목만 쓰여 있었다. 부자는 화가 나서 바로 화가에게 이 그림에
들이 어디에 있냐고 물었다. 그러자 화가는 소가 풀을 다 먹어버렸다고 대답했다.
그렇다면 소는 어디에 있냐고 물었다. 그러자 화가는 풀을 다 먹었기 때문에 소는
다른 곳으로 가 버렸다고 대답했다.

지금으로부터 600여 년 전에 **고려**의 장군이었던 **이성계**는 고려를 뒤엎고 ¹⁸⁾ 새로운 나라를 세우기 위해서 힘을 키우고 있었다. 그는 고려의 존경받는 학자 ¹⁹⁾ 였던 **정몽주**를 자기 사람으로 만들고 싶었다. 이성계의 다섯째 아들 **이방원**은 아버지의 뜻을 알고 정몽주를 불렀다. 그는 정몽주에게 자신이 지은 '하여가'라는 시를 한 편 ²⁰⁾ 들려 주었다. 그 시의 내용은 고려를 뒤엎고 새로운 나라를 세우려고 하는 자신들과 뜻을 같이 하는 게 어떻겠냐고 묻는 것이었다. 이런 이방원에게 정몽주는 '단심가'라는 시를 지어서 대답했다. 이 시는 내가 죽고, 다시 태어나서 또 죽고, 그렇게 백 번을 죽어도, 자신은 한 마음으로 한 사람만을 생각하겠다는 내용이었다. 이 말은 끝까지 고려의 왕에게 충성 ²¹⁾ 을 다하겠다는 뜻이었다.

부탁하는 사람을 마주 보고 직접 거절의 말을 하기는 쉽지 않다. 그렇기 때문에 많은 사람들이 거절을 하지 못해서 고민을 한다. 그러나 거절을 해야 할 때는 확실하게 거절을 하는 것이 중요하다. 직접적으로 거절하기 어렵다면 조금은 다른 방법을 생각해보는 것도 좋을 것이다. 이 이야기들처럼 재치있게 혹은 완곡하게 거절을 한다면 거절을 당하는 사람도 거절을 하는 사람도 서로에게 느끼는 섭섭함이나 미안함이 줄어들 것이다.

•고려 : 왕건(王建)이 신라 말에 분열된 한반도를 다시 통일하여 세운 왕조(918~1392) │ (Corea: 918-1392): a unified dynasty founded by Keon Wang │ 高麗:王建在新羅末期統一了分裂的韓半島以後建立的王朝 (918~1392)
•이성계 : 조선의 제1대 왕 │ the first king of Chosun │ 李成桂:朝鮮的第一代王
•정몽주 : 고려 말기 문신 겸 학자. │ a scholar of the Corea dynasty │ 鄭夢周:高麗末期的文臣兼學者
•이방원 : 조선의 제3대 왕 │ the third king of Chosun │ 李芳遠:朝鮮的第三代王

1)	완곡하다	indirect, roundabout	(婉曲 -) 委婉的；婉轉的
2)	고개를 젓다	to shake one's head	搖頭
3)	곤란하다	to be in a difficult situation	(困難 -) 為難的
4)	상대방	the other party	(相對方) 對方
5)	기분이 상하다	to have one's feelings hurt; take offense (at)	傷心
6)	재치	wit, tact, sense	(才致) 才華
7)	간접적	indirect	(間接的) 間接的
8)	유머	humor	幽默
9)	섞다	to mix	混合
10)	무용가	dancer	(舞踊家) 舞蹈家
11)	천재	genius	(天才) 天才
12)	작가	writer	(作家) 作家
13)	청혼	proposal of marriage	(請婚) 求婚
14)	핑계를 대다	to give an excuse	找藉口
15)	확실하다	definite, certain	(確實 -) 確定的；明確的
16)	마음씨	(one's) nature, disposition	心地
17)	괴롭히다	to torment, harass	為難
18)	뒤엎다	to overthrow, overturn	推翻
19)	학자	scholar	(學者) 學者
20)	편	a piece (of poetry; an essay)	(篇) 篇
21)	충성	loyalty, allegiance	(忠誠) 忠誠

내용 이해

1) 위의 글을 읽고 각 단락의 중심 내용을 간단하게 쓰십시오.

받는 사람	중심 내용
첫 번째 단락	거절의 어려움
두 번째 단락	
세 번째 단락	
네 번째 단락	
다섯 번째 단락	완곡한 거절

2) 화가가 종이에 그림의 제목만 쓴 이유는 무엇입니까? (   )

❶ 소 그림을 잘 그리지 못해서

❷ 부자에게 그림을 그려주기 싫어서

❸ 부자가 화내는 모습을 보고 싶어서

❹ 소가 풀을 다 먹고 다른 곳으로 간 것을 표현하기 위해서

3) '하여가'와 '단심가'에 대한 설명으로 맞지 <u>않는</u> 것은 무엇입니까? (   )

❶ 단심가를 지은 정몽주는 고려의 학자이다.

❷ 하여가를 지은 이방원은 조선을 세운 사람이다.

❸ 하여가는 새로운 나라를 함께 세우자는 내용이다.

❹ 단심가는 한 마음으로 한 사람만 생각하겠다는 뜻이다.

4) 이 글에서 말한 완곡한 거절의 방법이 <u>아닌</u> 것은 무엇입니까? (   )

❶ 시   ❷ 유머   ❸ 재치   ❹ 핑계

5) 이 글의 내용과 같으면 0, 다르면 ✕ 를 하십시오 .

❶ 정몽주는 고려를 지키고 싶어 했다 .　　　　　　　　　　　　　　　(　　)

❷ 부드러운 거절은 듣는 사람의 섭섭함을 줄여준다 .　　　　　　　　(　　)

❸ 단심가는 다음번에 뜻을 함께 하겠다는 완곡한 거절이다 .　　　　(　　)

❹ 유머나 재치를 섞어서 거절하는 것은 간접적인 거절의 방법이다 .　(　　)

 더 생각해 봅시다

1) 다음은 한국인 남녀 만 명에서 물어본 '돈을 빌려주기 싫을 때 거절하는 핑계나 거짓말은 무엇입니까 ?' 에 대한 설문조사 결과입니다 . 여러분은 돈을 빌려주기 싫을 때 어떻게 거절하는지 이야기해 봅시다 .

순위	내용
1	나도 요즘 거지야. 밥도 못 사먹어.
2	급히 쓸 데가 있는 돈이라서.
3	내 카드 값도 못 냈어.
4	나도 엄마한테 매일 용돈 받아.
5	친구에게 돈을 빌려주면 친구, 돈 둘 다 잃어.
6	방금 다른 친구한테 빌려줬는데, 좀 일찍 말하지.
7	야~ 나도 지금 너한테 돈을 빌려 달라고 하려던 참이었어.
8	나도 이거 빌린 돈이야.
9	좀 전에 모두 다 써 버렸는데.
10	미안해! 이거 친구에게 돌려줄 돈이야.

문화

언어 예절 : '가는 말이 고와야 오는 말이 곱다.' 📢 108

한국에는 말과 관련된 속담이 많습니다. 이러한 속담들은 말을 할 때 지켜야 할 예의나, 말과 관련하여 조심해야 할 행동들을 나타내고 있습니다. 예를 들어, '가는 말이 고와야 오는 말도 곱다'는 자기가 먼저 남에게 좋은 말로 잘 대해 주어야 남도 자기에게 잘 대해 준다는 말입니다. 이 말은 우리의 생활 속에서 언어 예절의 중요성을 강조하는 면을 보여 주고 있습니다. 그밖에 말에 관련된 속담으로'말 한 마디로 천 냥 빚 갚는다'는 말은 말만 잘 하면 어떤 어려움도 해결할 수 있다는 말입니다. '아 다르고 어 다르다'는 말은 같은 내용의 말이라도 '아'라고 말할 때와 '어'라고 말할 때 그 느낌이나 내용이 달라진다는 말로, 말을 조심해서 하라는 말입니다. 그리고, '입은 비뚤어져도 말은 바로 하라'는 언제든지 말을 정직하게 해야 한다는 말입니다. 한국에서는 그 밖에도 말과 관련된 속담들이 많이 있는데, 이는 우리 조상들이 옛날부터 일상생활 속에서 언어 예절을 매우 중요하게 생각했다는 것을 보여 줍니다.

1) 여러분 나라에서도 위와 같이 말과 관련된 속담이 있습니까? 이야기해 봅시다.

2) 위의 속담 중 하나를 골라 여러분의 경험을 말해 봅시다.

속담 (俗談) 俚諺 ; 諺語   정직하다 (正直 -) 正直的

제 10 과 어제와 오늘

10-1 영화를 보러 가곤 했어요

학습 목표 ● 과제 과거 회상하기 ● 문법 - 다가도 , - 곤 하다 ● 어휘 시간 관련 어휘

▶ 두 사람은 무슨 이야기를 합니까 ?
여러분의 과거는 어땠습니까 ?

🔊 109~110

웨이 뭘 그렇게 보세요 ?

정희 고등학교 때 사진이요 . 그때 친구들이 보고 싶어지네요 .

웨이 옛날 일을 추억하면 기분이 좋아지지요 .
고등학교 때 정희 씨는 어땠어요 ?

정희 저는 영화를 참 좋아했었어요 .
공부를 하다가도 갑자기 영화 보러 가곤 했어요 .

웨이 그러셨군요 . 그래서 정희 씨 집에 유난히 영화 관련 잡지가 많았군요 .

정희 말이 나온 김에 우리 같이 영화 보러 갈래요 ?

추억하다 (追憶) 回憶   유난히 特別地；格外   관련 (關聯) 相關；有關
말이 나온 김에 說到這個……

어휘

01 [보기] 에서 적당한 어휘를 골라 빈 칸에 쓰십시오 .

[보기] 회상   계획   준비   상상   반성   후회   추억   기대

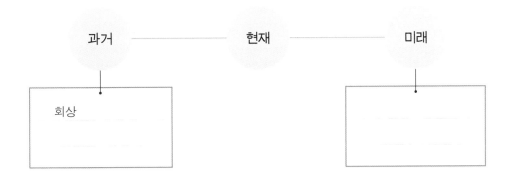

02 [보기] 에서 알맞은 어휘를 골라 빈 칸에 쓰십시오 .

[보기]   추억하다   기억하다   깜빡하다
        잊어버리다   외우다

1) 아침에 책상 위에 두었던 숙제 공책을 가져오는 것을 **깜빡했다** 었다 / 왔다 / 였다 .

2) 우리 아버지는 가끔 아버지의 어린 시절을 .... 으면서 / 면서
   즐거워하신다 .

3) 10 년 전에 같은 반이었던 친구를 길에서 만났는데 그는 나를 ....
   지 못했다 .

4) 오늘 오후에 치과에 가기로 되어 있었는데 그 약속을 .... 었다 /
   았다 / 였다 .

5) 내일 시험을 잘 보려면 오늘 밤에 이 단어를 모두 .... 어야 / 아야
   / 여야 한다 .

01 - 다가도

　　表示某種行為或狀態很容易轉變為其他行為或狀態。用在動詞或形容詞語幹後。

- 우울하다가도 여행 생각을 하면 기분이 좋아진다.

  即使煩悶的時候，想起去旅行的事，心情就愉快多了。

- 그 나라는 여름에는 날씨가 맑다가도 갑자기 비가 온다.

  那個國家夏天雖然天氣晴朗，但也會突然下雨。

- 그 아이는 자다가도 아빠 목소리만 들으면 깬다.

  那個小孩即使在睡覺，只要聽到爸爸的聲音，就會醒來。

- 학생들이 떠들다가도 그 선생님을 보면 조용히 한다.

  學生們喧鬧時，如果看到那位老師，就會變得很安靜。

02 - 곤 하다

　　表示習慣上經常做的行動。用在動詞語幹後。

- 어렸을 때는 시간이 날 때마다 놀이터에 가곤 했다.

  小時候一有時間就去遊樂園玩。

- 예전에는 점심을 먹은 후에 산책을 하곤 했는데, 요즘은 안 한다.

  以前吃完午飯總是去散步，可是最近不去了。

- 학교 수업이 끝나면 도서관에 가서 책을 읽곤 했다.

  （以前）下課後常常去圖書館看書。

- 어렸을 때는 매일 자기 전에 옛날 이야기를 듣곤 했다.

  小時候，每天睡前都會聽傳說故事。

문법 연습

- 다가도

01 표를 보고 다음과 같이 문장을 만드십시오 .

1)

| 자다 | → | 누가 먹을 것을 가져온다 | → | 일어난다. |

→ 나는 자다가도 누가 먹을 것을 가져오면 일어난다.

2)

| 울다 | → | | → | 웃는다. |

→ ....

3)

| 기분이 좋다 | → | | → | 기분이 나빠진다. |

→ ....

4)

| 기분이 나쁘다 | → | | → | 기분이 좋아진다. |

- 곤 하다

02 여러분은 다음 상황에서 보통 어떻게 합니까? [보기] 에서 알맞은 문장을 골라 '- 곤 하다'를 사용해 문장을 만드십시오.

1) 고향에 있을 때 친구를 만나면 보통 뭘 했어요?

[보기] (영화를 봤어요.)　　카페에 가서 이야기했어요.　　쇼핑을 하러 갔어요.
　　　같이 운동을 했어요.　맛있는 음식을 먹으러 갔어요. 기타 _____

→ 고향에 있을 때 친구를 만나면 **영화를 보곤 했어요.**

2) 어렸을 때 용돈을 받으면 뭘 했어요?

[보기] 은행에 저금을 했어요.　　　과자를 사 먹었어요.　장난감을 샀어요.
　　　책을 샀어요.　　쓰지 않고 서랍에 넣어 두었어요. 기타 _____

→ 어렸을 때 용돈을 받으면

3) 한가할 때 뭘 해요?

[보기] 산책을 해요.　　　　　　시내 구경을 해요. 친구에게 전화를 해요.
　　　집에서 혼자 텔레비전을 봐요. 책을 읽어요.　　기타 _____

→ 저는 한가할 때

4) 스트레스가 쌓이면 뭘 해요?

[보기] 잠을 많이 자요.　쇼핑을 해요.　　친구에게 전화를 해요.
　　　많이 먹어요.　술을 마셔요.　　기타 _____

→ 저는 스트레스가 쌓이면

과제 1   쓰기 •────────

5년 전이나 10년 전에 여러분이 가장 좋아하던 것과 가장 싫어하던 것은 무엇이었습니까? [보기] 와 같이 쓰고 발표해 봅시다 .

내가 좋아하던 것
•

내가 싫어하던 것
•

[보기]

5년 전에 저는 고등학교 학생이었어요 . 그때 제가 가장 좋아하던 것은 영화였어요 . 지금도 영화를 좋아하지만 그때처럼 자주 보진 않아요 . 그때는 좋아하는 영화는 몇 번씩 **보곤 했어요** . 공부를 **하다가도** 혼자서 영화를 보러 극장에 가기도 했었어요 .

제가 그때 가장 싫어하던 것은 엄마의 잔소리였어요 . 기분이 **좋다가도** 엄마의 잔소리를 들으면 갑자기 짜증이 났어요 . 지금은 혼자 살고 있으니까 엄마의 잔소리가 그리운데 , 그때는 왜 그렇게 싫었는지 모르겠어요 .

잔소리 廢話 ; 囉嗦   그립다 懷念 ; 想念

과제 2   듣고 말하기 [🔊 111]

01 대화를 듣고 질문에 답하십시오 .

1) 두 사람의 관계에 대해서 맞는 것을 고르십시오 . (   )

❶ 두 사람은 오늘 처음 만났다 .

❷ 같은 고등학교를 다녔다 .

❸ 같은 대학을 졸업했다 .

❹ 호주에서 유학할 때 만났다 .

2) 들은 내용과 같으면 ○표 , 다르면 X 표 하십시오 .

❶ 두 사람은 최근에 몇 번 만났다 . (   )

❷ 두 사람은 10 년 후에 또 만날 것이다 . (   )

❸ 두 사람은 같이 떡볶이 집에 갈 것이다 . (   )

❹ 두 사람은 전에 같이 공부하던 때를 그리워하고 있다 . (   )

02 여러분은 고등학교 시절을 생각하면 무엇이 생각납니까? 다음 표를 채우고 그 시절을 회상해 봅시다. 그리고 [보기]와 같이 그 내용에 대해 이야기해 봅시다.

가장 생각나는 선생님	보고 싶은 친구	생각나는 일	그때의 꿈
• 3학년 때 수학 선생님 - 무섭지만 가끔 하시는 농담이 아주 재미있었다.	• 고 1때 내 짝 - 통통하고 수업 시간에 자주 졸았다. - 맛있는 간식을 많이 싸 왔다.	• 유명 가수의 콘서트에 가려고 오후 수업을 땡땡이쳤던 일 - 선생님께 들켜서 혼이 많이 났다.	• 유명한 가수 - 콘서트에서 본 가수의 모습이 멋있었다.

[보기]

　고등학교 시절을 회상하면 가장 먼저 떠오르는 선생님은 3학년 때 수학 선생님이에요. 선생님께서는 아주 무서우셨는데 가끔 하시는 농담이 너무 웃겨서 우리는 그 선생님의 수업을 기다리곤 했어요. 보고 싶은 친구는 바로 1학년 때의 내 짝이에요. 그 아이는 키가 작고 통통했는데 아주 귀여웠고, 수업 시간에 자주 졸았던 기억이 나요. 그 친구는 늘 맛있는 간식을 많이 싸 와서 우리와 함께 먹곤 했어요. 가장 생각나는 일은 유명 가수의 콘서트에 가려고 오후 수업을 땡땡이쳤던 일이에요. 나중에 담임 선생님께 들켜서 아주 많이 혼이 났지만 그 일은 지금 생각해 보면 즐거운 추억이에요. 그 시절의 나의 꿈은 유명한 가수가 되는 것이었어요. 콘서트에서 노래를 부르는 가수의 모습이 너무 멋있었거든요. 그러나 나는 지금 평범한 회사원이 되었어요.

단짝 친구 摯友　통통하다 胖呼呼的；富態的　땡땡이치다 翹課　떠오르다 浮起；升起；想起
들키다 被發現　평범하다 (平凡-) 平凡的

10-2 10년 전에는 어땠는데요?

학습 목표 ● 과제 현재와 과거 비교하기 ● 문법 전만 해도 ─ 는다고 할 수 있다 ● 어휘 비교 관련 어휘

◗ 이곳은 예전에 어떤 모습이었을까요?
여러분의 고향은 예전과 지금의 모습이 같습니까?

🔊 112~113

정희　여기도 많이 변했어요. 10년 전만 해도 이렇게 큰 건물이 없었는데.

웨이　10년 전에는 어땠는데요?

정희　길 양쪽에 극장이 있었는데, 모두 단층 건물이었지요.

웨이　그때보다 많이 발전되었다는 말인가요?

정희　조금 더 화려해지고 커졌다고 할 수 있지요.

웨이　시간이 흐르면 모든 것은 변하니까요.

변하다 (變 -) 改變 ; 變化　　양쪽 (兩 -) 兩邊 ; 雙方　　단층 (單層) 一層　　발전되다 (發展 -) 發展
시간이 흐르다 時間流逝

어휘

01 [보기]에서 알맞은 어휘를 모두 골라 빈 칸에 쓰십시오 .

[보기] 발전하다   좋아지다   향상되다
       늘다   변하다   바뀌다

요즘 휴대 전화는
예전보다 기능이
다양해지고 편리해졌어요 .

기술이 발전하다

고향에 있을 때는
45kg 이었는데 지금은
50kg 이에요 .

몸무게가 _____

한국에 와서 한국말을
배우면서 한국말을 더
잘하게 되었어요 .

한국말 실력이 _____

10년 만에 친구를 만났는데
누구인지 잘 몰랐어요 .
키도 크고 더 예뻐졌어요 .

친구 모습이 _____

조금 전까지 친구는
슬퍼 보였어요 . 지금은
기분이 아주 좋아 보여요 .

친구 기분이 _____

전에는 취직을 하고
싶었어요 . 지금은 공부
를 더 하고 싶어요 .

생각이 _____

02 [보기] 에서 알맞은 표현을 골라 빈 칸에 한 번씩만 쓰십시오 .

[보기] 10 년 전만 _____   10 년 전과 _____   10 년 전에 비해 _____
10 년 전보다 _____   10 년 전처럼 _____

1) 현재의 인터넷은 ___10 년 전에 비해___ 많이 발전했다 .

2) 엄마는 _____ 나를 '아기' 라고 부르신다 .

3) 선생님 모습은 _____ 별로 달라진 것이 없다 .

4) 우리 집의 경제 사정은 _____ 나아진 것이 없다 .

5) 내 생각에는 요즘 젊은 사람들의 인간관계는 _____ 못한 것 같다 .
젊은 사람들에게서 정을 별로 느낄 수 없다 .

문법 설명

01 전만 해도

表示現在的狀況與不久前的狀況有很大區別時使用。用在表示時間的話的後面。

● 가 : 방금 전만 해도 지갑이 여기
　　있었는데 , 어디 갔지 ?
　나 : 가방에 넣은 거 아니야 ?
　　다시 잘 찾아 봐 .

　甲 : 剛剛錢包還在這裡的 , 跑去哪
　　了呢 ?
　乙 : 不是放到包包裡了嗎 ? 再仔細
　　找找看 。

● 가 : 매운 음식을 좋아하시나 봐요 .
　나 : 3 개월 전만 해도 김치도 못
　　먹었는데 이제 매운 음식도
　　잘 먹어요 .

　甲 : 看你挺愛吃辣的 。
　乙 : 才三個月前我連泡菜都不能吃 ,
　　可是現在很能吃辣的東西 。

● 가 : 여긴 정말 많이 변했다 . 10 년 전
　　만 해도 시골이었는데 ......
　나 : 그래 . 너무 복잡해져서 이제는
　　어디가 어딘지도 잘 모르겠다 .

　甲 : 這裡真的變了很多 , 十年前這
　　裡還是農村呢 ……
　乙 : 是啊 , 變得太複雜了 , 現在都
　　不知道哪裡是哪裡了 。

● 가 : 그 영화 매진이래 .
　나 : 어 ? 조금 전만 해도 7 시 30 분
　　　표가 있었는데 ....

甲：那個電影票已經賣完了。
乙：啊？就在剛剛還有七點半的票
　　呢……

02 –는다고 / ㄴ다고 / 다고 할 수 있다 .

　　　表示即使說是某種狀況也不算錯時使用。用在動詞或形容詞語幹後。以子音結束的動詞語幹後用 "-는다고 할 수 있다" ，以母音結束的動詞語幹後用 "-ㄴ다고 할 수 있다" 。形容詞語幹後用 "-다고 할 수 있다" ，名詞後則用 "-이라고 할 수 있다" 。對已經結束的事實時用 "-었다고 할 수 있다" 。

● 10 년을 같이 산 그 친구가 나에게는
　가족이라고 할 수 있다 .
● 이 책은 3 급 학생들에게는 좀 쉽다
　고 할 수 있다 .
● 한국 사람들은 다른 나라 사람들에
　비해 야채를 많이 먹는다고 할 수 있다 .
● 요즘 초등학교 교과서는 10 년 전보다
　많이 어려워졌다고 할 수 있다 .

一起生活了十年的那個朋友可以說
是我的家人。
這本書對三年級的學生來說有點簡
單。
韓國人比起其他國家的人，可以說
是蔬菜吃得比較多的。
現在的小學課本，比起十年前可以
說是變難了許多。

문법 연습

전만 해도

01 그림을 보고 다음과 같이 문장을 만드십시오 .

1 시간 전만 해도 지하철 안이 복잡하지 않았는데…….

- 는다고 / ㄴ다고 / 다고 할 수 있다

02 질문에 다음과 같이 대답해 보십시오 .

1)	여러분 나라는 인구가 많습니까 ?	1억 명쯤 되니까 많다고 할 수 있어요 .
2)	여러분 나라의 풍습은 한국과 비슷합니까 ?	
3)	여러분은 한국 생활에 익숙해졌습니까 ?	
4)	여러분은 한국을 살기 좋은 곳이라고 생각하십니까 ?	
5)	여러분은 비만의 원인이 무엇이라고 생각하십니까 ?	

과제 1   말하기 ●━━━━━━━━━━━━━━━

다음 표를 채우고 1년 전과 현재의 내 모습을 비교해 [보기] 와 같이 이야기해 봅시다 .

1년 전	현재
• '가', '나', '다'도 모르다	• 한국말로 어느 정도 이야기할 수 있다
•	•
•	•
•	•

[보기] **1년 전만 해도 '가', '나', '다'도 모르던 내가 한국말로 어느 정도 이야기할 수 있게 됐다 .**

과제 2 　　읽고 말하기

01 　다음 글을 읽고 질문에 답하십시오.

　　요즘은 세월이 많은 것을 변하게 했다는 생각을 한다. 10년 전만 해도 전화선을 이용한 인터넷은 속도도 느렸고 채팅은 불가능했다. 전자 우편 하나만 가지고 있어도 자부심을 느끼던 시대였다. 하지만 요즘은 초고속 인터넷이 집집마다 들어가고 전자 우편을 쓰지 않는 사람은 별로 없다. 아니 이제는 아무리 멀리 있어도 얼굴을 보면서 음성으로 또는 글로 하고 싶은 말을 주고받는다. 세상이 참 많이 변했다.

　　현대에 많은 것이 좋아졌다고 해도 나는 10년 전이 그리울 때가 있다. 그때는 기다리는 즐거움이 있었다. 휴대 전화가 없어서 상대방의 안부를 바로바로 알지 못해도, 매일 매일 전자 우편으로 상대방의 안부를 알 수 없어도 편지를 기다리는 즐거움이 있었다. 그리고 상대방을 그리워하며 편지를 쓰는 즐거움이 있었다. 이 즐거움은 이제 어디서 찾아야 할까?

1) 이 글의 중심 내용은 무엇입니까? (　　　　　)

❶ 인터넷의 발달로 생활이 편리해졌다.

❷ 요즘 전자 메일을 쓰는 사람이 많이 늘었다.

❸ 생활은 편리해졌지만 기다림이 없어 아쉽다.

❹ 요즘은 인터넷을 쓰지 않는 사람이 별로 없다.

2) 이 글의 내용과 같은 것을 고르십시오. (　　　　　)

❶ 10년 전에도 속도는 느렸지만 채팅은 할 수 있었다.

❷ 예전 사람들은 전자 우편 쓰는 것에 자부심을 가지고 있었다.

❸ 편지를 쓰는 즐거움은 10년 전이나 요즘이나 별로 다르지 않다.

❹ 10년 전 사람들은 손으로 편지 쓰는 것을 별로 좋아하지 않았다.

02 여러분은 과거로 돌아가고 싶을 때가 있습니까? 표를 채우고 [보기] 와 같이 이야기해 봅시다.

	[보기]	나
언제 돌아가고 싶습니까?	중학교 시절	
언제 그런 생각을 하십니까?	겨울 / 날씨가 추워지면	
과거로 돌아가면 무엇을 하고 싶습니까?	마음껏 썰매를 타고 싶다	

[보기]

　도시에 살고 있는 나는 때때로 중학교 시절로 돌아가고 싶은 생각이 든다. 특히 겨울이면 더욱 그렇다. 중학교 때 나는 시골에 살았다. 겨울이 되면 친구들이 집에서 만든 썰매를 가지고 얼음 위에서 놀았다. 시골이라 얼음이 언 곳이 많아서 어느 곳에서나 썰매를 탈 수 있었다. 지금 사는 곳에서는 썰매를 타려면 마음먹고 썰매장을 찾아야 한다. 중학교 시절로 돌아가면 마음껏 썰매를 타고 놀 것이다.

세월 (歲月) 歲月　　자부심 (自負心) 自信；自豪　　초고속 (超高速) 超高速
아쉽다 可惜的　　예전 過去；以前

10-3 한국에 오지 않았다면 어땠을까요?

학습 목표 ● 과제 가정 표현하기 ● 문법 –었다면, –었을 것이다 ● 어휘 추측 관련 어휘

두 사람은 무슨 이야기를 합니까?

여러분이 한국에 오지 않았다면 지금 무엇을 하고 있을까요?

◀》 114~115

정희   시간이 참 빨라요. 어느새 우리가 만난 지 1 년이 다 됐네요.

웨이   벌써 그렇게 됐군요. 여기에 와서 많은 것을 배웠어요.

정희   언제 귀국하세요?

웨이   조금 더 여기에 있을 계획이에요. 회사 사정도 있고요.

정희   웨이 씨가 만약 한국에 오지 않았다면 어땠을까요?

웨이   아마 결혼을 했을 거예요. 부모님이 많이 바라셨거든요.

어느새 不知不覺地   귀국하다 (歸國 -) 回國   사정 (事情) 情況   바라다 期盼

어휘

01 [보기] 에서 알맞은 어휘를 골라 빈 칸에 한 번씩만 쓰십시오 .

[보기] 가정하다　　　　상상하다　　　　추측하다　　　　예상하다

나는 학생이다. 그러나 만일 내가 선생님이라고 **가정하면** 으면/면 나는 예의 바른 학생들을 좋아할 것이다.	나의 꿈은 멋진 피아니스트가 되는 것이에요. 그때를 ＿＿＿＿＿ 으면/면 기분이 좋아져요.
야구 경기에서 어느 팀이 이길지 ＿＿＿＿＿ 어/아/여 보세요.	사고가 일어난 자리에서 발자국이 있는 것으로 보아 누군가 그곳을 다녀갔다고 ＿＿＿＿＿＿ 을/ㄹ 수 있다.

02 [보기] 에서 알맞은 어휘를 골라 빈 칸에 한 번씩만 쓰십시오 .

[보기] 사정　　　　결과　　　　경우　　　　상황　　　　상태

1) 이번 사업의 ＿＿**결과**＿＿ 어/ 가 어떨 것이라고 예상하십니까 ?

2) 만일 이 실험이 실패했을 ＿＿＿＿＿ 을 / 를 가정해 봅시다 .

3) 최근에 갑자기 그 환자의 건강 ＿＿＿＿＿ 이 / 가 나빠졌다 .

4) 그 사람은 집안 ＿＿＿＿＿ 이 / 가 어려워서 대학에 진학하지 못 했다 .

5) 생존자가 없기 때문에 사고 당시의 ＿＿＿＿＿ 은 / 는 추측할 수밖에 없다 .

문법 설명

01 -었을 / 았을 / 였을 것이다

對已經結束的行為或狀態進行推測陳述時使用。用在動詞或形容詞語幹後。除了 "아, 야, 오" 之外，以其他母音結束的動詞或形容詞語幹後用 "-었을 거예요"，以 "아, 야, 오" 結束的動詞或形容詞語幹後用 "-았을 거예요"。"하다" 動詞語幹後則用 "-였을 거예요"。

● 가 : 제임스 씨가 오늘 수업 시간
　　　에 졸던데 ....
　　나 : 어제 일 때문에 밤을 새워서
　　　많이 피곤했을 거예요 .

甲：詹姆斯今天上課時打瞌睡了。

乙：他因為昨天的事情熬夜，可能
　　非常累吧。

● 가 : 웨이 씨는 아까 우리랑 같이
　　　점심 먹었는데 또 식당에 가던
　　　데요 .
　　나 : 그 식당 음식이 웨이 씨한테는
　　　좀 적었을 거예요 .

甲：王偉剛才跟我們吃午餐，可是
　　又看到他去餐廳了。

乙：那個餐廳的飯量對王偉來說可
　　能比較少。

● 가 : 미선 씨가 학교에 있을까요 ?
　　나 : 글쎄요 , 수업이 끝났으니까
　　　아마 집에 갔을 거예요 .

甲：美善在學校嗎？
乙：嗯……，已經下課了，可能回
　　家了吧。

● 가 : 지금쯤 도착했겠지요 ?
　　나 : 네 , 일찍 출발했으니까 벌써
　　　도착했을 거예요 .

甲：現在應該到了吧？
乙：對，因為出發得早，應該早就
　　到了。

也可以用來表示假設某種事實後，而對其結果的推測。

- 고등학교 때 열심히 공부했다면 어머님이 좋아하셨을 거예요 .
  如果高中時努力念書，媽媽就會很高興了。
- 젊었을 때 술을 덜 마셨더라면 암에 걸리지 않았을 거예요 .
  如果年輕時少喝點酒，也許就不會得癌症了。

02 – 었다면 / 았다면 / 였다면

假設做了過去沒有做的事情時使用。用在動詞或形容詞語幹後。除了 "아，야，오" 之外，以其他母音結束的動詞或形容詞語幹後用 "-었다면"，以 "아，야，오" 結束的動詞或形容詞語幹後用 "-았다면"。 "하다" 動詞語幹後則用 "-였다면"。

- 키가 컸다면 모델이 되었을 것이다 .
  如果長得高，可能就可以做模特兒了。
- 날씨가 좋았다면 한라산에도 올라갔을 것이다 .
  如果天氣好，可能也去爬漢挐山了。
- 한국말 공부를 좀 더 일찍 시작했다면 지금은 어학당을 졸업했을 텐데 .
  如果早一點開始學韓語，現在可能語學堂都畢業了
- 그 사람을 만나지 않았다면 어떻게 되었을까 ?
  如果沒有見到他，會怎樣呢？

- 었을 / 았을 / 였을 것이다

01

웨이는 몸이 아픈데도 회사 일 때문에 출장을 갔습니다 . 다음은 웨이를 걱정하는 리에와 마리아의 대화입니다 . 대화를 완성하십시오 .

리에　　: 웨이 씨가 잘 도착했을까 ?

마리아 : **잘 도착했을 거야 .**

리에　　: 아픈데 약은 먹었을까 ?

마리아 : 약을 가지고 갔으니까 _____

리에　　: 회의 준비는 다 했을까 ?

마리에 : 웨이 씨는 성격이 꼼꼼하니까 _____

리에　　: 웨이 씨가 괜찮은지 한번 전화해 볼까 ?

마리아 : 지금 거기는 새벽이니까 지금 자고 있을 거야 .

리에　　: 그래 ? 거기는 벌써 새벽이야 ? 저녁 식사는 했겠지 ?

마리아 : 걱정하지 마 . _____

리에　　: 그런데 내가 갖고 싶다고 한 선물은 샀을까 ?

마리아 : _____

리에　　: 내일 아침에는 꼭 전화해 봐야겠다 .

마리에 : 그래 , 그렇게 하자 .

- 었다면 / 았다면 / 였다면

02 다음은 마리아 씨의 일기입니다. 밑줄 친 부분에서의 마리아의 생각을 '- 었다면'을 사용하여 다음과 같이 쓰십시오.

오늘은 엘레나를 만나서 발레를 보러 갔다. 그런데 또 늦어서 엘레나를 기다리게 했다. 1) 지하철을 탈까 하다가 시간이 넉넉해서 버스를 탔는데 사고가 났는지 차가 너무 밀려서 약속 시간이 지나 버렸다. 엘레나가 너무 오래 기다릴 것 같아서 내려서 택시를 탔다. 2) 다행히 운전사 아저씨가 지름길을 아셔서 많이 늦지 않았다. 내가 늦었는데도 엘레나는 웃으면서 괜찮다고 했다. 역시 착한 엘레나!

러시아에 있었을 때 엘레나는 우리 학교에서 가장 발레를 잘 하는 학생이었다. 3) 나는 엘레나가 발레리나가 될 거라고 생각했다. 그런데 왜 발레를 그만두었을까? 발레보다 동양 문화를 더 좋아해서일까? 사실 내가 한국말을 공부하고 있는 것도 엘레나 덕분이다. 4) 처음에 나는 한국에 대해 관심이 하나도 없었는데, 동양에 관심이 많은 엘레나한테 여러 가지 이야기를 들으면서 관심이 생겼다. 둘 다 한국에 있는데도 바빠서 자주 만나지 못하는 것이 안타깝다.

1) 버스를 타지 않았다면 약속 시간에 늦지 않았을 거예요.

2)

3)

4)

과제 1   말하기

고등학교 때 하고 싶었지만 하지 않았거나 하지 못한 일이 있습니까? 다음 표에 여러분이 하고 싶었던 일 세 가지를 써 보십시오. 그리고 그 일을 했다면 어떻게 되었을지 생각해 보고 [보기]와 같이 이야기해 봅시다.

	내가 고등학교 때 하고 싶었던 일	그 일을 했다면 지금은 어떻게 되었을까?
1)	그림을 그리는 것	그림을 계속 그렸다면 화가가 됐을 거예요.
2)		
3)		
4)		

[보기]

저는 지금 유치원 선생님인데 원래 제 꿈은 화가였어요. 사실 대학교에서도 미술을 전공하려고 했지만 대학 입학시험에 떨어지고 말았어요. 실망도 했고 자신이 없어지기도 해서 그때부터 그림 그리는 것을 그만두었어요. 사실 아이들도 좋아해서 지금 유치원 선생님을 하는 것에 만족하고 있지만 그때 그림 그리는 것을 **포기하지 않았다면** 지금 정말 유명한 화가가 **됐을 거라는** 생각을 하곤 해요.

실망하다 (失望 -) 失望的   만족하다 (滿足 -) 滿足的

과제 2　　듣고 말하기 [🔊 116] ●─────────

01　대화를 듣고 질문에 답하십시오 .

1) 무엇에 대한 이야기입니까 ? 쓰십시오 .

2) 들은 내용과 같으면 ○표 , 다르면 X 표 하십시오 .

❶ 이 사람은 대통령의 아들이나 딸로 태어나고 싶어한다 .　　　　　　（　　）

❷ 이 사람은 지금부터 5 천 년 전에 태어났기를 바라고 있다 .　　　　（　　）

❸ 이 사람은 천재로 태어났다면 생활이 더 편해졌을 것이라고 생각한다 .（　　）

❹ 이 사람은 지금 상태로도 충분히 행복할 수 있다고 생각한다 .　　　　（　　）

02　반 친구들에게 [보기] 의 내용에 대해 질문한 후 표를 채우고 그 내용을 발표해 봅시다 .

만약	어떻게 되었을까요?		
	나	친구 1	친구 2
한국에 오지 않았다면	결혼했을 것이다.	다른 나라로 유학을 갔을 것이다.	취직했을 것이다.
나에게 10 억이 생겼다면			
내가 유명한 스타가 되었다면			

[보기]
　제가 만약 한국에 오지 않았다면 지금쯤 우리나라에서 대학을 졸업하고 결혼했을 것입니다 . 리에 씨는 만약에 한국에 오지 않았다면 지금쯤 다른 나라로 유학을 갔을 것이라고 합니다 . 마리아 씨는 만약에 한국에 오지 않았다면 지금쯤 취직했을 것이라고 합니다 .

대통령 (大統領) 總統　　　태어나다 出生　　　천재 (天才) 天才　　　이루다 實現
결과적으로 (結果的 -) 結果

10-4 집안일은 물론 아이를 돌보기까지 한대요

학습 목표 ●과제 미래 예측하기 ●문법–듯이, 은 물론 ●어휘 미래 생활 관련 어휘

▶ 두 사람은 지금 무슨 이야기를 합니까?
미래는 어떤 세상일까요?

🔊 117~118

제임스   신문 보셨어요? 드디어 새로운 가사 로봇이 판매된다고 해요.

리에   그래요? 무슨 일을 하는 로봇인데요?

제임스   집안일은 물론 아이를 돌보기까지 한대요.

리에   그래도 로봇이 하는 일이 사람이 하는 것만 할까요?

제임스   사람이 하듯이 아주 완벽하게 잘 한답니다.

리에   그런 다양한 기능을 가진 로봇이 나오다니, 세상 참 좋아졌어요.

드디어 終於   새롭다 嶄新的；新鮮感的   가사 (家事) 家務   판매되다 (販賣 -) 銷售
완벽하다 (完璧 -) 完整的；完善的   기능 (機能) 功能

어휘

01 [보기] 에서 알맞은 어휘를 골라 빈 칸에 쓰십시오 .

[보기] 신기술   신형   신기록   신제품   신상품

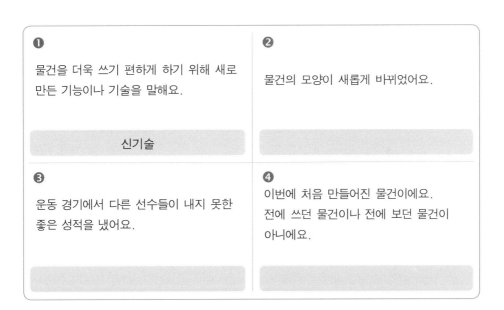

❶
물건을 더욱 쓰기 편하게 하기 위해 새로 만든 기능이나 기술을 말해요 .

신기술

❷
물건의 모양이 새롭게 바뀌었어요 .

❸
운동 경기에서 다른 선수들이 내지 못한 좋은 성적을 냈어요 .

❹
이번에 처음 만들어진 물건이에요 .
전에 쓰던 물건이나 전에 보던 물건이 아니에요 .

02 [보기] 에서 알맞은 어휘를 골라 빈 칸에 쓰십시오 .

[보기] 나오다   발표되다   나타나다   밝혀지다   알려지다   발견되다

1) 이번에 신제품이 시중에 __나왔어요__ 었어요/ 았어요 / 였어요 .
2) 드디어 10 년 동안의 연구 결과가 신문에 _____ 었어요 / 았어요 / 였어요 .
3) 100 년 전에 사람들이 쓰던 물건이 _____ 었어요 / 았어요 / 였어요 .
4) 갑자기 이상한 동물이 집 앞에 _____ 었어요 / 았어요 / 였어요 .
5) 이번 사건의 범인이 누구인지 _____ 었어요 / 았어요 / 였어요 .

문법
설명

01 -듯이

做與前面相似的動作，或發生與前面相同的狀況時使用。用在動詞或形容詞語幹後。

- 사람마다 생김새가 다르듯이
  생각도 다르다.

  就像每個人的長相不同一樣，每個人的想法也不同。

- 누구나 그렇듯이 나도 다른 사람에게
  피해를 주는 일은 하고 싶지 않다.

  就像每個人一樣，我也不想做會傷害到別人的事。

- 그 남자는 춤을 추듯이 교실로
  걸어 들어왔다.

  那個男孩像在跳舞一樣走進了教室。

- 그 말을 듣고는 미워하던 마음이
  눈 녹듯이 사라졌다.

  聽了那句話，對他的怨恨的心情就像冰雪融化似的消失了。

02 은 / 는 물론

表示不僅是前面的內容(人、事物、狀況等)如此,而且後面的內容也理所當然地同樣如此時使用。用在名詞後。

- 유럽은 물론 아시아의 각국도 축제 분위기이다.

  歐洲就不用說了,亞洲各國也是一片慶祝節日的氣氛。

- 고등학교 때 내가 얼마나 유명했는지 동네나 학교는 물론 시내에서도 나를 모르는 사람이 없었다.

  高中的時候我多麼有名,社區和學校就不用說了,就是在市區也沒有不認識我的。

- 아이는 부끄러운지 얼굴은 물론 손까지 빨개졌다.

  小孩可能覺得害羞,別說臉了,就連手都紅了。

- 가 : 리에 씨는 한국어를 참 잘해요.
  나 : 리에 씨는 한국어는 물론 영어도 꽤 잘해요.

  甲:理惠韓語說得很好。
  乙:理惠不僅韓語說得好,而且英語也不錯。

- 가 : 토요일인데 일하러 가세요?
  나 : 요즘 일이 밀려서 토요일은 물론 일요일에도 일을 해야 끝낼 수 있어요.

  甲:週六也去上班嗎?
  乙:最近事情比較多,不僅週六要上班,就連週日也要上班才能完成工作。

문법 연습

- 듯이

01 다음 그림을 보고 문장을 만드십시오 .

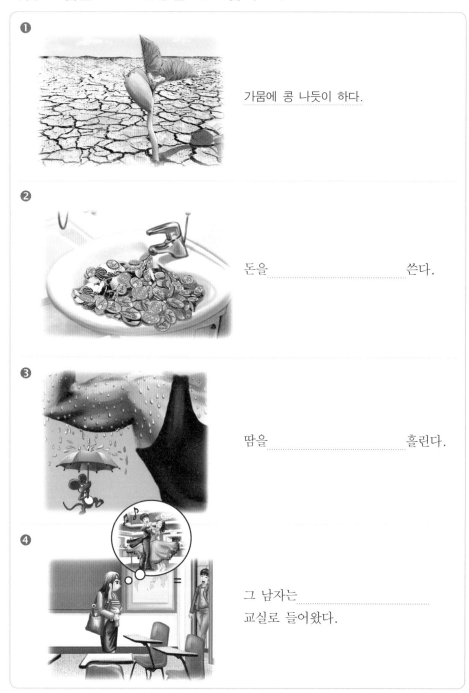

❶ 가뭄에 콩 나듯이 하다.

❷ 돈을 .... 쓴다.

❸ 땀을 .... 흘린다.

❹ 그 남자는 ....
교실로 들어왔다.

은/는 물론

02 다음 그림을 보고 문장을 만드십시오.

❶

월드컵 경기로 유럽은 물론 한국도 축제 분위기입니다.

❷

선생일 파티에 _____ 선생님도 초대되었다.

❸

아이가 부끄러워서 _____

❹

우리 아들은 _____

과제 1   말하기

여러분은 미래에 어떤 모습일까요? 다음 표를 채우고 미래의 내 모습에 대해 이야기해 봅시다.

현재의 내 모습	미래의 내 모습
• 한국어를 배우고 있다.	• 일본어, 중국어도 잘 할 수 있다.
•	•
•	•
•	•
•	•

→

• **한국어는 물론** 일본어, 중국어까지 잘 할 수 있을 거예요.

•

•

•

•

과제 2   읽고 말하기

01 다음 글을 읽고 질문에 답하십시오.

2130년 10월 1일 한 회사가 강아지의 모습을 한 고양이를 생산한다고 발표했다. 이로써 단순히 강아지의 종류와 색을 주문하던 시대에서 강아지의 성격까지 선택할 수 있는 시대가 되었다. 관계자에 따르면 이 애완동물은 강아지의 큰 눈과 고양이의 성격을 원하던 한 소비자의 요구에 맞춰 생산된 것이라고 한다. 이 소비자는 평소 강아지의 모습은 마음에 들었지만 강아지의 아이같은 성격은 별로 좋아하지 않았기 때문에 이러한 애완동물을 주문하게 된 것이다.

이 회사는 앞으로 이 애완동물의 이름을 만들어 줄 계획이다. 관심 있는 사람들은 이 회사의 홈페이지에 들어가 이름을 응모하면 선물을 받을 수 있다고 한다.

1) 새로 생산되는 애완동물의 특징으로 맞는 것을 고르십시오. (   )

❶ 고양이 모습에 강아지의 성격을 가진 동물이다.

❷ 개와 고양이가 부부가 되어 만들어진 동물이다.

❸ 주문자가 주문한 모양과 색에 따라 만든 강아지이다.

❹ 주문자의 취향에 따라 모습과 성격을 다르게 만든 새로운 동물이다.

2) 여러분은 위의 애완동물을 기르시겠습니까? 만일 그렇다면 왜 그렇습니까?

3) 여러분은 위의 애완동물의 이름을 어떻게 지으시겠습니까?

4) 여러분은 위와 같은 일이 일어날 것이라고 생각하십니까?

02 여러분은 현재의 생활에 만족하십니까? 바꾸고 싶은 것이 있다면 그것은 무엇입니까? 표를 채우고 [보기]와 같이 이야기해 봅시다.

	[보기]	나
무엇을 바꾸고 싶습니까?	강아지	
어떻게 바꾸고 싶습니까?	고양이의 성격으로	
이유는 무엇입니까?	혼자 놀기도 하고 부르면 옆에 가만히 앉아 있는 고양이의 성격이 좋아서	

[보기]

　나는 강아지의 성격을 바꾸고 싶다. 강아지의 크고 착해 보이는 눈은 마음에 들지만 아이 같은 성격은 마음에 들지 않는다. 나는 고양이의 성격이 좋다. 혼자 놀기도 하고 부르면 옆에 가만히 앉아 있는 성격이 참 좋다. 그렇지만 고양이의 눈이 무서워서 고양이를 키우고 싶지 않다. 강아지의 성격을 고양이처럼 바꾸고 싶다.

단순히 (單純 -) 單純地　　관계자 (關係者) 有關人士；當事者　　소비자 (消費者) 消費者
요구 (要求) 要求　　응모하다 (應募) 應徵

10-5 재미있는 지명이야기

🔊 119

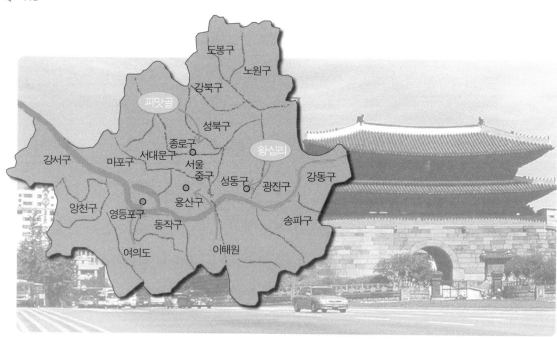

---

1) 지명   place name   (地名) 地名

　서울에서 가장 외국인이 많은 곳은 아마 이태원일 것이다. 한국에 온 외국인이라면 이태원을 한 번쯤은 들어보거나 가 본 적이 있을 것이다. 그럼 이태원은 무슨 뜻일까? 지금의 이태원은 외국인들이 많은 국제적인 2) 거리이다. 지금은 볼 수 없지만 오래 전에 이태원에는 배나무가 많았다. 그래서 배라는 뜻의 '이', 크다는 뜻의 '태', 집이라는 뜻의 '원'자를 써서 이태원이라고 부르게 되었다. 이와 같이 서울에는 지명과 관계된 여러 가지 이야기가 있다.

　지하철 2호선에는 왕십리역이 있는데, 이 왕십리라는 이름에도 재미있는 이야기가 전해진다. 조선을 세운 **태조**는 새로운 장소로 수도를 옮기려고 했다. 그래서 유명한 스님인 **무학대사**에게 새 수도를 어디로 옮기는 것이 좋을지 알아보게 했다. 무학대사는 좋은 땅을 알아보기 위해서 이곳저곳을 다녔다. 그러던 어느 날 한 노인이 나타나서 서북쪽을 가리키며 좋은 곳을 찾으려면 여기서부터 십 리 2)를 더 가라고 말한 후에 사라졌다. 알고 보니까 그 노인은 아주 유명한 **도선대사**였다. 무학대사가 노인의 말대로 서북쪽으로 십 리를 더 가니까 그곳에 정말 좋은 땅이 있었다. 그곳이 바로 지금의 경복궁 자리이다. 그 후 십 리를 더 가라는 뜻으로 '가다'라는 뜻의 '왕'에 십 리를 붙여서 왕십리라 부르게 되었다.

- 태조 : 조선을 세운 사람 | the person who founded Chosun, Seong-gye Lee | 太祖：建立朝鮮的人
- 무학대사 : 조선 개국 직후 왕사를 지낸 조선의 승려 | a Buddhist monk who helped Seong-gye Lee to develop Chosun | 無學大師：朝鮮僧侶，相傳在朝鮮開國之後，擔任國師
- 도선대사 : 왕건이 후삼국 통일을 하고 고려를 세우는 데 가장 중요한 도움을 준 승려로 전해짐 | another Buddist monk who helped Seong-gye Lee | 道詵大師：相傳是在王建統一後三國建立高麗時，給予很大的幫助的僧侶

한국 정치와 언론, 경제의 중심지 [4]가 어디냐고 물어보면 많은 사람들이 여의도라고 대답한다. 하지만 예전의 여의도는 모래밖에 없는 쓸모없는 땅이었다. 그래서 사람들은 나는 필요 없으니까 '네가 가져라'라는 뜻으로 '너의 섬'이라고 불렀다. 그것이 섬이라는 뜻의 한자인 '도'로 바뀌어 '여의도'로 바뀌었다고 한다. 여의도가 지금처럼 변한 것은 1960년대 이후부터이다. 정부 [5]는 여의도가 서울의 중심에 있어서 나라의 여러 주요 기관 [6]을 세우기에 좋다고 생각했다. 그래서 여의도를 개발하기로 결정했다. 먼저 큰 건물들을 지을 수 있도록 땅을 메워서 [7] 넓혔다 [8]. 그 후에 국회의사당 [9], 방송국, 신문사, 증권회사 등이 세워져서 지금의 모습이 되었다.

종로는 옛날에도 지금과 같이 서울에서 가장 많이 복잡한 곳이었다. 또한 궁궐과 가까이 있어서 지위 [10]가 높은 사람들도 많이 다녔다. 백성들은 높은 사람들이 말을 타고 이곳을 지날 때마다 땅에 엎드려서 그들이 지나갈 때까지 기다려야만 했다. 그래서 가끔씩은 서서 걷는 시간보다 땅에 엎드린 시간이 더 많을 때도 있었다. 그것이 많이 불편했던 백성들은 종로 바로 뒤쪽에 좁은 길을 만들었다. 그리고 그 길의 이름을 '피맛골'이라고 했는데 피한다 [11]는 뜻의 '피'와 말이라는 뜻의 '마'가 합쳐진 것으로 말을 피해 다닐 수 있는 길이라는 뜻이다. 가난한 백성들이 주로 이용했던 이 길은 그 후에 값싸고 맛있는 음식점들이 하나둘씩 생겨서 지금까지 맛있는 음식점이 많은 길로 유명하다.

서울에는 이곳들 외에도 재미있는 유래 [12]를 가진 장소들이 많다. 왜냐하면 서울은 수백 년의 역사를 가지고 있는 도시이기 때문이다. 서울의 이곳저곳을 돌아다니면서 옛날 모습을 상상해 보는 것도 재미있을 것이다.

2)	국제적이다	international	(國際的 -) 國際的
3)	리	unit of distance equal to 0.4 km	(里) 1 里約相當於 400 公尺
4)	중심지	center, central area	(中心地) 中心
5)	정부	government	(政府) 政府
6)	기관	institution (주요)	(機關) 機構
7)	메우다	to fill in, reclaim land (땅을)	填充；填補
8)	넓히다	to widen, extend	加寬；擴大
9)	국회의사당	National Assembly Building	(國會議事堂) 國會
10)	지위	royal palace	(地位) 地位
11)	피하다	to avoid	(避 -) 避開
12)	유래	origin	(由來) 由來

내용 이해

1) 윗글에서 언급된 각 지명의 뜻을 쓰십시오 .

지명	지명의 뜻
이태원	배나무가 많은 마을
왕십리	
여의도	
피맛골	

2) 현재의 여의도에 대한 설명으로 맞는 것은 무엇입니까 ? (   )

❶ '너의 섬'이라고 부르기도 한다 .

❷ 땅의 대부분이 모래로 덮여 있다 .

❸ 나라의 주요 기관들이 세워져 있다 .

❹ 개발 중이라서 건물을 짓는 곳이 많다 .

3) 백성들이 피맛골을 이용하게 된 이유는 무엇입니까 ? (   )

❶ 값이 싸고 맛있는 음식점들이 많아서

❷ 궁궐과 가까운 곳에 위치하고 있어서

❸ 주로 이용하던 종로가 사람들이 너무 많아 복잡해서

❹ 높은 사람들이 지나갈 때까지 기다리는 것이 불편해서

4) 이 글의 내용에 대한 설명으로 맞는 것은 무엇입니까? (   )

❶ 이태원에는 지금도 배나무가 많다.

❷ 태조는 왕십리에 새로운 수도를 세웠다.

❸ 옛날에도 지금처럼 종로는 많은 사람들이 이용했다.

❹ 원래 여의도는 여러 건물을 세울 수 있을 만큼 넓었다.

5) 이 글의 내용과 같으면 0, 다르면 × 를 하십시오.

❶ 여의도는 주요 기관을 세운 후에 개발을 시작했다.   (   )

❷ 서울에는 지명의 유래를 찾아볼 수 있는 곳이 많다.   (   )

❸ 왕십리는 지금의 경복궁 자리에서 십 리를 더 간 곳에 있다.   (   )

❹ 옛날 백성들은 지위가 높은 사람이 말을 타고 지나가면 땅에 엎드렸다.   (   )

더 생각해 봅시다

1) 다음은 유명한 사람의 이름을 붙인 도로의 이름들입니다. 여러분 나라에도 유명한 사람의 이름을 붙인 도로나 지명이 있습니까?

> • 을지로 :
>
>   고구려의 장군인 '을지문덕'의 이름 '을지'를 붙여서 지은 이름
>
> • 충무로 :
>
>   조선의 장군인 '이순신'의 시호인 '충무'를 붙여서 지은 이름
>
> • 세종로 :
>
>   조선의 제 4 대 왕이었던 '세종대왕'의 '세종'을 붙여서 지은 이름

한강의 과거와 현재 ◀》 120

　대한민국의 수도 서울에는 도시의 한가운데를 흐르는 한강이 있습니다. 강북과 강남이라는 말을 들어보셨지요? 한강을 중심으로 서울을 둘로 나눌 수 있는데 강의 북쪽 지역을 강북, 강의 남쪽 지역을 강남이라고 부릅니다. 한강은 서울뿐 아니라 대한민국을 대표하는 강으로, 한국이 경제 발전을 이루었을 때 '한강의 기적'이라는 말이 생겨났을 정도입니다.

　한강은 옛날부터 중요한 역할을 해 왔습니다. 한강은 강원도와 충청도까지 연결되어 있어서 도로가 발달되어 있지 않았던 조선 시대에는 한강이 교통의 중심이었습니다. 현재의 한강은 교통의 요지이며 문화의 중심지입니다. 총 25개의 한강 다리가 건설되어 한강의 남과 북을 연결하고 있습니다. 그리고 강가에는 숲과 공원, 자전거를 위한 도로도 있어서 서울 시민들이 여가를 즐기는 장소가 되기도 합니다.

[서울의 한강 다리]

김포대교 - 행주대교 - 방화대교 - 가양대교 - 성산대교 - 당산철도교 - 양화대교 - 서강대교 - 마포대교 - 원효대교 - 한강대교 - 한강철도교 - 동작대교 - 잠수교 - 반포대교 - 한남대교 - 동호대교 - 성수대교 - 영동대교 - 잠실대교 - 잠실철도교 - 올림픽대교 - 천호대교 - 광진교

1) 여러분 나라의 과거와 현재에 대해 이야기해 봅시다.

2) 50년 후의 한강의 모습은 어떻게 달라질까요? 상상하여 이야기해 봅시다.

수도 (首都) 首都　　한가운데 正中間　　대표 (代表) 代表　　기적 (奇蹟) 奇蹟
요지 (要地) 要衝 ; 重地　　중심지 (中心地) 中心 ; 中樞

대화 번역

❖ 第一課

1-1

詹姆斯：美善，你的興趣是什麼？

美　善：我喜歡旅行，所以每當有時間的時候，就去旅行。

詹姆斯：是嗎？要抽出時間旅行不會很困難嗎？

美　善：雖然困難，但只要下定決心，總能抽出時間的。那你呢？

詹姆斯：我喜歡集郵。我已經收集了幾乎快五千張世界各國的郵票。

美　善：真的收集了很多啊！

1-2

瑪麗亞：畫真好看，你什麼時候開始畫畫的呢？

王　偉：開始沒多久，因為想學畫畫，所以去年就去了補習班。

瑪麗亞：要完成這幅畫需要多久的時間呢？

王　偉：大概花了兩個月的時間。

瑪麗亞：比想像中還要久耶，你主要都畫人像畫嗎？

王　偉：對，偶爾也畫風景。

1-3

瑪麗亞：詹姆斯，你要加入什麼社？

詹姆斯：我還沒決定，哪個社好呢？

瑪麗亞：既然你對韓國文化有興趣，面具舞社或傳統音樂社怎麼樣？

詹姆斯：這個嘛，上次聽了社團介紹之後，還是沒辦法決定要加入哪個社。

瑪麗亞：那你可以進學校網頁找找看社團介紹，也有照片和影片。

詹姆斯：啊！對喔。只要進入首頁都可以看的到，我真是白擔心了。

1-4

理　惠：韓國人有時間的時候通常都做些什麼呢？

美　善：根據調查結果顯示，(韓國人) 最常去爬山。

理　惠：是這樣啊！韓國有很多山，要爬山很方便。

美　善：對，而且山勢不險峻，所以小朋友也能輕鬆地爬山。

理　惠：你這次連假也會去爬山嗎？

美　善：不會，我一下課就要去濟州島，我和朋友們約好了去濟州島觀光。

1-5

❖ 閱讀

世界各國人民的興趣

　　每個國家、每個人都有不同的興趣。世界各國的人民都有著什麼樣的興趣嗜好呢？

　　在英國人的興趣中，比例最高的是美化庭園，英國人喜歡種植、修剪花花草草，即使房子不大，但每戶人家的屋子前或後，都會有個庭園。因為英國天氣陰涼，常常下雨，很容易讓人變得憂鬱，所以更努力地裝飾庭園，在美麗的庭園裡舉辦烤肉派對或茶會，歡渡快樂的時光。

　　德國人或許是因為常常搭火車，所以在德國熱門的是製作火車模型。火車模型製作會把火車和周邊的風景做得跟真的一樣。因為零件價格昂貴，所以比起獨自製作，更傾向於與其他人一起完成。因此在德國的小村莊裡，也會有一兩個火車模型同好會，偶爾也舉辦展示會。如果去德國主要都市的火車站的話，還可以看到會動的模型火車。在漢堡，也有能看到700 多台火車模型的博物館。

在日本，不只是小孩，連 40~50 歲的成人或老年人都愛看漫畫。看漫畫時，可以獲得快樂，同時也消除壓力。因此，在日本，漫畫就像小說或電影一樣熱門。日本人平均每人一年大概會閱讀 15 本的漫畫或漫畫雜誌，所以在日本有很多世界知名的漫畫及漫畫家。此外，也會將漫畫再改編成電視劇、電影或小說。

中國的早晨是充滿活力的。清晨開始就有很多人聚集在公園裡打太極，太極拳是一種身體緩慢並柔軟地動作的運動，所以老年人也可以很容易地做到。太極拳對健康有益，在運動的同時，心情也會變得愉悅。在公園除了太極之外，還可以看到喜歡跳傳統舞蹈、打羽毛球等運動的人們。也有人的興趣是養鳥，在公園或街道上，也很常看到出來遛鳥的人。

澳洲天氣很好，自然環境也很優美，喜歡各式各樣的戶外活動的人很多。特別是可以看到很多愛好釣魚的人。在溫暖的陽光下一邊釣魚，一邊悠閒地享受自然。還可以將釣到的魚帶回家料理，與家人一同品嘗。但並不是所有釣到的魚都可以帶走，太幼小的魚必須再把牠放生。有獨自釣魚的人，也有和家族一起一邊游泳，一邊舉辦烤肉派對，同時享受釣魚的人。

韓國人最愛的興趣是登山，因為韓國跟其他國家相比，有很多很容易攀登的山，在首爾也有許多景色優美，適合登山的地點。一到周末，就能看到許多在清晨早早就去登山的人們。在山上喝山泉水，一邊運動。所以，每個公司都會有登山同好會。

每個國家都享受著適合該國家的生活習慣與文化的休閒活動。這種休閒活動會成為明天的力量，萬一從來沒有興趣的話，即使是現在也好，開始嘗試休閒活動如何呢？你一定會擁有比現在更有活力的生活的。

❖ 第二課

2-1

理　惠：您好，我是新搬到前面的理惠。請多多關照。

鄰　居：剛好我也在想不知道是誰搬進來，正想去打聲招呼的。您是外國人吧？

理　惠：對，我是日本人。

鄰　居：您韓語講得真好！

理　惠：謝謝，這是搬家糕餅，請嘗嘗看。

鄰　居：謝謝，我會好好品嘗的，為了搬家一定很忙吧，怎麼還準備這些（您還真是費心）。

2-2

美容師：您想怎麼剪呢？

理　惠：請幫我剪短，瀏海總是會刺到眼睛，然後再幫我染髮。

美容師：要染什麼顏色呢？最近很流行淺色。

理　惠：我之前都是染深褐色，淺色會適合我嗎？

美容師：當然，一定會適合的。

理　惠：那就幫我染淺色吧。

2-3

學　生：不好意思，我是看了徵工讀生的廣告後過來的。

老　闆：啊，是嗎？這對新手來說是比較難的工作，你有工作經驗嗎？

學　生：一直到不久前，我還有做這類的工作。

老　闆：我們的上班時間比較長，大家都覺得挺累的，沒關係嗎？

學　生：是的，沒關係。我會努力工作的。

老　闆：那麼明天開始一起工作吧。

2-4

理　惠：我是來修手機的。買沒多久就不能打了。

職　員：讓我看一下，好像是程式有問題。

理　惠：修理費要花多少錢呢？

職　員：因為您還買不到一年，所以可以免費維修。

理　惠：現在放在這裡的話，什麼時候可以來拿呢？

職　員：請一個小時後再過來。那時候就會修好了。

2-5

❖ 閱讀

搬家糕餅

　　一層樓有八到十間房間，公寓裡總是人來人往，但是住在公寓裡的住戶們卻不怎麼關心隔壁是誰搬來、誰又搬走了。這是因為早上很早就去上班，陷入各種事務的忙碌中。

　　後面的房子進行了三天的工事，非常吵雜，似乎是在裝潢，好像又有人搬來了，看著窗外，載滿行李的搬家卡車轉進了住宅區，停在我們的公寓前面。看來要搬到樓上的人已經到了，到了下午，又要因為搬東西而開始不安寧了。每到春天、秋天，一個月裡都會有好幾次這樣的經驗。

　　跟料想的一樣，下午果然因為搬行李的聲音，整間公寓都不得安寧。正當我獨自邊抱怨邊打掃時，突然門鈴響了起來。

　　"叮咚"

　　"是誰呀？"

　　"您好，我剛搬到 402 號，想分給您一點搬家糕餅。"

　　拿著糕餅過來的人好像是新婚的太太，因為最近很少看到有人會分送搬家糕餅，所以有點意外。

　　"啊！謝謝！你們是今天搬過來的吧。"

　　"對，不好意思，很吵吧？"

　　"不會。"

　　"請好好享用，還有以後麻煩您多多照顧。"

　　"我會好好享用的。"

　　因為不好意思直接還給她空的盤子，所以請她稍等我一下。想著拿些水果給她，但打開冰箱一看，才想起昨天晚上已經把剩下的唯一一顆蘋果吃掉了。因此只好把空的盤子還給她。

　　"沒有什麼東西可以回送給你，怎麼辦呢？真不好意思。"

　　"怎麼會，沒關係的，那下次見。"

　　"好，再見，有空過來玩。"

　　晚上和下班後的老公坐在餐桌，一邊聊著今天發生的事，一邊分享糕餅。吃著糕餅的同時，腦中浮現了白天看到的新婚太太的微笑，剛搬來的人過來打招呼，就那樣把空的盤子給她帶回去，稍微覺得過意不去。明天一定要招待他們過來，即使喝個茶也好。

❖ 第三課

3-1

美　善：詹姆斯，你要去哪裡？

詹姆斯：我有點不舒服，剛去看醫生回來。

美　善：你臉色不太好，很不舒服嗎？

詹姆斯：嗯，因為上禮拜過度疲勞，好像感冒了，渾身痠痛。

美　善：身體健康才能做任何事，所以千萬不要太累了。

詹姆斯：對啊，不管怎麼說，健康是最重要的。如果沒有了健康還能做什麼呢？

3-2

美　善：早上運動後覺得如何呢？

瑪麗亞：心情變舒爽了，也比較有食慾。

美　善：我大概從一年前開始，每天早上都起來運動，身體健康很多。

瑪麗亞：是喔？我每天早上光是上學就夠忙的了。

美　善：想要維持健康的話就必須努力啊。我們明天也在這個時間見面吧。

瑪麗亞：好啊，明天早上你也會打電話叫我起床吧。

3-3

王　偉：要做韓國料理感覺有點麻煩。

貞　熙：對啊，每天吃的泡菜也是很費工的料理。

王　偉：雖然很費工但據說對健康很好。

貞　熙：對，像泡菜或大醬這樣的食物都是代表性的健康食品。

王　偉：據說最近是醃泡菜的季節，貞熙你家也醃泡菜嗎？

貞　熙：沒有，我太忙了所以沒有醃。

3-4

詹姆斯：請問您認為長壽的秘訣是什麼呢？

醫　生：這個嘛，我認為規律的飲食比任何事都重要。

詹姆斯：這樣啊，飲食的量也很重要吧。

醫　生：當然囉，不要過量飲食也是非常重要的。

詹姆斯：但是長壽的人們有特別偏好的食物嗎？

醫　生：聽說長壽村的老人們喜歡吃大醬湯和水煮豬肉。

3-5

❖ 閱讀

火氣

　　從前有一個因為常常發脾氣的兒子而煩惱的父親。他給了兒子裝有一片木板和釘子的袋子，告訴他，每當生氣的時候，就在木板上釘一顆釘子。兒子在第一天就釘了 30 個釘子，但是在

隔天釘了 27 個，再隔一天 24 個，釘子的數量漸漸減少了，兒子不釘釘子的原因是，覺得釘釘子太辛苦了，所以乾脆忍住不生氣。慢慢地，隨便發脾氣的習慣便消失了。某一天，兒子對父親說，要停止釘釘子。聽到這話的父親便對兒子說，這次每當你忍住不發脾氣的時候，就拔出一顆釘子。當木板上的釘子全部被拔掉的那一天，父親對兒子說：「做得好，但是你看到木板上的釘痕了嗎？你生氣時說的話，都像這些痕跡一樣給別人留下傷痛，因此，生氣的時候再多想一下，不要讓你的話傷害到別人。」在這個故事裡，父親告訴兒子不要發脾氣，此外也教導他，在發脾氣的同時可能會讓別人受到傷害。

　　現代人常常活在受到許多壓力的忙碌生活中，也會因為那些壓力而發脾氣。但有人生氣時會表現出來，也有人強忍住讓自己心情不舒服。為了健康，哪一種比較值得呢？總是忍住不發火，火氣會留在心裡產生病痛。我們通常稱為「火病」，會造成頭痛或消化不良。根據調查結果顯示，總是忍住火氣的人比發火的人更短命。但如果常常發火的話，對身體的各部位也會有不好的影響。邊大聲喊叫、丟東西發火的話，血壓會上升，給心臟帶來負擔，沒辦法控制情緒，不只會以言語讓別人受傷，嚴重的話，還會有產生暴力行為的情形。因此，發脾氣不只有害自己的健康，對別人也會帶來傷害。

　　那樣的話，要讓現代人活得健康，應該怎麼控制情緒呢？下次要生氣前請先思考以下三點，就能找到答案了。第一點，那是跟我的健康一樣重要的事嗎？如果是為了一些小事生氣而傷害身體的話，就沒有發火的必要了。只要想那不過是件小事，就讓它過去，心情會變好，生氣的感覺也會消失。但若是必須要發脾氣的狀況，強忍住的話，壓力會開始堆積，反而對健康不好。第二點是，這是站得住腳的脾氣嗎？也就是先想一想「發火是對的嗎？」之

後再發脾氣，才不會在發火之後，因為自己不管三七二十一就發脾氣感到後悔。韓國的俚語裡有一句話，「放屁的傢伙還發脾氣。」這句話就是在描述，明明自己做錯事，還發脾氣。第三點是，發脾氣之後能解決問題嗎？如果發了脾氣之後可以解決問題，那發脾氣也可以，但如果對解決問題沒有幫助，那就不一定要發火。在運動競賽結束之後，總是會有因為輸了就生氣丟東西或大聲喊叫的人，但即使生氣也沒辦法改變比賽的結果。

　　對於充滿壓力的現代人來說，脾氣總是無所不在。如果能夠好好思考什麼時候該發火，什麼時候該忍耐，能夠控制脾氣的話，現代人們就能健康地生活了。

❖ 第四課

4-1

詹姆斯：理惠，聽說音樂劇「春香傳」非常感　　　　人，你看了嗎？

理　惠：沒有，還沒看。你不這麼說我也正想　　　　看呢。

詹姆斯：那我們一起去好嗎？去看過的朋友　　　　說，舞台和服裝都非常美麗，歌舞更　　　　不用說了。

理　惠：不過是韓語演出的公演，我看得懂　　　　嗎？

詹姆斯：雖然不能像聽日語那樣，但是會有字　　　　幕，應該能看懂的。

理　惠：那麼我來訂票。票由我來買，晚餐就　　　　你請客吧。

4-2

美　善：理惠，你在做什麼？

理　惠：詹姆斯說要一起看在國立劇場演出的　　　　「春香傳」，所以我在用語音訂票，　　　　但是沒那麼簡單耶。

美　善：網路訂票不是更好嗎？還可以選想坐的　　　　位子。

理　惠：那很好啊，可以在國立劇場的網站上預　　　　訂吧。

美　善：對，如果不是國立劇場的會員的話，先　　　　加入會員，再選擇想預訂的演出。

理　惠：本來以為會很麻煩，比想像中的簡單耶。　　　　謝謝你告訴我。

4-3

理　惠：今天的演出怎麼樣？

詹姆斯：太感人了。特別是男主角的嗓音，是不　　　　是很有魅力？

理　惠：對啊，不只嗓音有魅力，演技也非常出　　　　色。台詞也很有趣。

詹姆斯：理惠你最喜歡哪個場面呢？

理　惠：我印象最深刻的是兩個主角重逢的最後　　　　那個場面。

詹姆斯：我也是，這是我在韓國第一次看的演出，　　　　但我想 "下次如果有好的演出的話，我還　　　　要再看"。

4-4

王　偉：請推薦有趣的演出給我吧，我週末想和　　　　朋友一起看。

瑪麗亞：韓國傳統音樂怎麼樣啊？四物打擊樂真　　　　的很值得一看。

王　偉：我一次也沒看過，韓國傳統音樂的話，　　　　氣氛會很安靜嗎？

瑪麗亞：不會，我原本也以為會很無聊，但是實　　　　際上既開心又有趣。壓力一下子都消除　　　　了。

王　偉：是嗎？那麼我問問看朋友再決定。

瑪麗亞：那個演出很熱門，所以要快點訂票喔。

❖ 閱讀

潭陽竹子慶典

5 月期中考試結束後,和朋友一起去了舉辦竹子慶典的潭陽,可能因為是週末,又有慶典,所以路上大塞車。但因為是隔了好久才出發的旅行,和朋友開心地聊天,路途中一點也不無聊。

大約過中午的時候,到達潭陽,我們直接進了餐廳吃午餐。餐廳的阿姨向我們介紹,潭陽最有名的是竹筒飯,所以我們就點了竹筒飯。過了一會,餐點上桌,第一次看到竹筒飯的我們都嚇了一跳。竹筒飯是把米和各種健康的食材放進竹筒裡面製作而成的,因為太好看了,就那樣吃掉覺得很可惜。嚐了嚐味道,還散發出竹子的香氣,非常好吃。我把飯全部吃完後,把竹筒帶走作紀念。

吃完午飯,我們去參觀竹林,竹子亭亭玉立、挺拔地向上延伸。一邊聽著竹葉因為風搖曳的聲音,一邊走在林中,身體與心靈都好像被洗淨。從竹林中走出來,一旁的舞台上正在進行國樂演奏,穿著韓服,吹著用竹子製成的大笒的模樣,讓我印象深刻,不知道是不是因為大笒音色較低沉,聽起來有點悲傷。

演奏結束後,和朋友去騎了用竹子作的竹馬,一開始就跌倒,沒辦法騎得很好,試了幾次之後,變得有趣了。雖然最近不常看到,但據說在以前,小孩子和朋友們常常騎著竹馬一起玩耍。

到處參觀過後,天色漸漸暗了。到了該回去的時間,搭上巴士,開始下雨了。竹林的照明燈光一個兩個地亮了,在雨中看到的用竹子做成的燈罩非常漂亮。來到韓國已經七個月,竹子慶典是我參加的第一個慶典。我還想要參加更多能夠體驗韓國文化,創造美好回憶的慶典。

❖ 第五課

5-1

理　惠:上次提到過的美善的朋友昨天上新聞了耶。

美　善:對啊,她在巴黎辦了服裝秀,評價很好的樣子。

理　惠:在韓國也很有名嗎?

美　善:雖然實力得到了認可,但還不是那麼有名。

理　惠:最近也經常見面嗎?

美　善:因為她太忙了,所以只是電話連絡。

5-2

美　善:瑪麗亞,聽說你換寄宿屋了,房子還滿意嗎?

瑪麗亞:嗯,滿意。大小大概是教室的一半,一個人住很足夠了。

美　善:寄宿屋裡的氣氛怎麼樣?

瑪麗亞:阿姨非常親切,上次我拉肚子,阿姨就像媽媽一樣,還煮粥給我吃。

美　善:真的嗎?你遇到了很好的房東阿姨喔。

瑪麗亞:對啊,她非常照顧我,就好像在故鄉的媽媽一樣。

5-3

詹姆斯:你聽到那個消息了嗎?

瑪麗亞:什麼消息?難道是說在學校前面賣年糕的那個阿姨的事情嗎?

詹姆斯:對,你也聽說了啊。聽到她把 20 年來賺的錢全捐獻給學校的事情,我嚇了一跳。

瑪麗亞:我也是,要捐出那麼大筆的錢可不是件簡單的事。

詹姆斯:對啊,那筆錢是賣年糕累積下來的,也很令人驚訝。

瑪麗亞:阿姨應該是想幫助跟自己一樣沒錢念書的人吧。真的很了不起吧?

5-4

美　善：看看我高中的照片，這是我們老師，非常帥氣吧。

理　惠：看來你非常喜歡你的老師，是什麼樣的人呢？

美　善：是一位心胸很寬廣的人。為了我們一定很辛苦，但從來沒看過他發火。

理　惠：真的是很好的老師。

美　善：我也想成為像老師一樣給予他人關懷的人。

理　惠：你說過下週有同學會吧？見到老師的話，試著跟他說你很尊敬他，他會很高興的。

5-5

❖ 閱讀

傻瓜溫達和平岡公主

　　高句麗平岡王時期，有一個叫做溫達的人。他已經過了適婚年齡卻還是獨自一個人。他的長相奇醜無比，看到他的臉就會忍不住想笑，總是穿著的磨破的衣服到外頭走動，被小孩們嘲笑。但溫達太善良了，面對小孩們的嘲笑也只是以「嘿嘿」的笑聲回應。因此，人們都叫他傻瓜溫達。心地善良的溫達有一個年邁的母親，家裡非常貧窮，總是向村裡的人討些飯，盡心地侍奉母親。

　　平岡王有一個小女兒平岡公主。從小只要一哭就停不下來。

　　「平岡啊，不要哭了，漂亮的臉蛋都要哭醜了。」

　　「嗚嗚嗚」

　　國王無論說什麼都沒辦法讓公主停止哭泣，因此國王開玩笑的說了，「如果你再不停止哭泣的話，我就要把妳嫁給傻瓜溫達了。」聽到那些話的公主突然停止哭泣，問溫達是誰。

　　「傻瓜溫達是非常適合愛哭鬼公主的伴侶。」

　　「傻瓜溫達？」公主很好奇溫達是什麼樣的人。

　　時光飛逝，平岡公主十六歲了。父親平岡王打算幫公主找個好人家，但是公主卻因為平岡王平常說的話，堅持要嫁給溫達。對於公主的固執感到非常生氣的平岡王，便將公主逐出宮外。

　　公主循著路找到了溫達，並跟他結婚。公主將從宮中帶來的飾品變賣維持家計。某一天，公主讓溫達買匹馬回來好好地養大，並且認真地教導溫達讀書，熟悉武術。溫達每天認真地學習和練習武術。

　　高句麗在每年的3月3日都會舉辦狩獵大會，並且把在狩獵大會上抓到的禽獸祭祀給上天。平岡公主對溫達說「溫達大人，你一定要盡全力，要抓到用來祭祀的最大、最好的獵物。」

　　「為了公主，我一定會抓到的。」

　　溫達謹記公主的話參加了狩獵大會。溫達比別人跑得更快，抓到了很多的獵物。此外，還射箭抓到了巨大的野豬。國王傳喚了抓到最大隻野豬的溫達。

　　「真是好馬和好身手阿，你叫什麼名字？」

　　「我是以前被叫做傻瓜溫達的溫達。」

　　「你說什麼？你說你是傻瓜溫達？」

　　「是的，我是和公主結婚的溫達。」

　　「那好，我的女兒現在在哪裡？」

　　見到了平岡公主的國王高興地淚流滿面，國王大力讚賞溫達，為他和平岡公主舉辦了一場宴會。

　　從此，溫達成為了守護國家的偉大將軍，溫達出戰了好幾場戰爭，勇猛殺敵，贏得勝利。國王也認同了溫達這個女婿，給予很高的官職。

❖ 第六課

6-1

伯　母：快進來，來的路上很累吧？

英　洙：不會，伯母，最近過得好嗎？準備慶祝會應該很辛苦吧？

伯　母：哪裡，辛苦什麼啊。肚子不餓嗎？要不要先吃點綠豆煎餅？

英　洙：不用，我先去跟奶奶請安。現在在房間裡吧？

伯　母：嗯，那你幫我把綠豆煎餅拿給奶奶好嗎？反正我本來也正想拿過去。

英　洙：好，請給我吧。我拿過去。

6-2

朋　友：嗨，真的好久不見了。同學會才能見到你啊。我們大概有多久沒見了？

民　哲：畢業後是第一次，應該有三年了吧，最近過得如何啊？

朋　友：正準備念研究所。

民　哲：一定很辛苦吧。但是怎麼沒看到貞熙呢？

朋　友：她剛剛有打過電話，說今天不能來了。托我跟你打聲招呼。

民　哲：不能來？我是為了看貞熙才來的呢。

6-3

學　長：民洙啊，好久不見，有什麼事嗎？

民　洙：這星期五有迎新，學長可以來吧？

學　長：這星期五？幾點開始？

民　洙：4點會有新生說明會。說明會結束後才開始歡迎會，所以請在 6 點的時候過來。

學　長：你應該早一點告訴我的。我晚上有約，晚點到沒關係吧？

民　洙：即使晚一點，也一定要來喔。因為歡迎會結束後會一起去KTV，所以請學長準備一首歌過來吧。

6-4

科　長：來，大家開始慢慢整理吧。今天的聚餐大家都會參加吧？

王　偉：當然囉，正滿心期待呢。吃完飯後還有第二攤嗎？

科　長：我在想第二攤要不要去 KTV，大家覺得如何？

王　偉：怎麼辦啊？我聲音沙啞了，可能不能唱歌。

科　長：既然王偉喉嚨不舒服，那第二攤就簡單喝個茶好了。

王　偉：謝謝。那麼第二攤我來買單。

6-5

❖ 閱讀

他，她

俊浩的日記

2010 年 6 月 18 日 星期五 天氣晴

今天是國小同學會。因為聽說宣英要來，從一大早心臟就撲通撲通不停地跳。在公司也一整天想著同學會而無法工作。到了要下班的時候，部長突然說今天晚上要聚餐。但是我說有事必須要先離開，趕緊從公司溜出來。

到達約定地點，一坐下，我就先環顧四周尋找宣英，怎麼找都沒有看到宣英。就在那時，有人叫了宣英的名字。我轉頭望向那邊，但在那裡，坐著一個跟我想像中太不一樣的女生。在我的記憶中，宣英是一個有著白皙的臉龐、大眼睛的可愛女孩。但現在的宣英有點肉肉的，臉龐也不再白皙。原本因為要與宣英見面，滿心期待，卻因為模樣變了很多而感到失望。

我走到宣英旁邊尷尬地打了招呼，問她是不是還記得我。看了我一會的宣英，帶著微笑說記得。以前去郊遊的時候，我把便當

YONSEI KOREAN 3

395

忘在家裡，宣英把自己的便當分給我的事情，她也記得。我對她說，因為不只是臉蛋，她的心地也很美，所以從那時候開始，上學的那段期間都一直暗戀著她，她笑了。看到宣英笑的樣子，我看到了以前我喜歡的宣英的模樣。我們兩個人到同學會結束都一直在聊天。

不知道怎麼的，有一股希望。雖然以前是無法高攀的人，但現在是我可以追求的對象了。下次的聚會她還會來嗎？我有很好的預感。

宣英的日記

2010 年 6 月 18 日 星期五 天氣晴

今天第一次參加國小同學會。從以前就知道有同學會，但要和從小記得我的朋友見面，不知怎麼地，覺得尷尬又沒有自信，所以從來沒參加過。

幾天前，從小學同學會的網站發了今天有同學會的訊息過來。猶豫了一下該參加還是不參加，因為是週末晚上，又沒有其他的計畫，所以回覆了這次會去。很擔心太久沒見面，會很尷尬，但和朋友見面後，尷尬的感覺很快就消失了。朋友們的模樣都變了很多，但還留有一些以前的輪廓，所以很快就能認出來。看到歡迎我的朋友們，很後悔沒有早一點參加同學會。

以前的記憶一一浮現，正聊這聊那的，突然有一個人來到我旁邊跟我打招呼，一開始認不出是誰，但看了一會後，我認出是俊浩，小學的時候，俊浩不是那麼顯眼的孩子，跟我也不怎麼親近。但現在變得太好看了。俊浩和我聊了小時候我把自己的便當分給他的事情，並跟我說從那時候開始就很喜歡我。我們聊了很多，一直到聚會結束。看到俊浩對我的微小的事情都清楚地記得，我有點錯愕。

聚會結束後回到家，總是想起俊浩看著我的眼神。不知怎麼地，心情有點激動。雖然是以前的事情了，真的無法相信那麼帥氣的人說

喜歡過我。俊浩下次還會參加同學會嗎？不知道有沒有女朋友？如果能和他再親近一點的話就好了。

❖ 第七課

7-1

理　惠：詹姆斯，怎麼辦啊？我今天不小心失誤了。

詹姆斯：怎麼了？發生什麼事了？

理　惠：我把日記本當成作業交給老師了。該怎麼辦才好呢？

詹姆斯：那有什麼問題？去跟老師要回來啊。

理　惠：我是擔心老師已經檢查完作業了。

詹姆斯：看來內容裡有什麼秘密吧。我也開始好奇了喔。

7-2

理　惠：今天我向房東阿姨說出了之前忍了很久的話。

英　洙：什麼話？

理　惠：在寄宿屋吃飯的時候，不是把湯分開盛來吃而是大家一起吃，我覺得很不方便。

英　洙：在韓國，感情很好的人都是那樣吃的。

理　惠：真的嗎？我都不知道還跟房東阿姨抱怨很不衛生。

英　洙：寄宿朋友們之間就像家人一樣嘛。不是嗎？所以用同一個碗吃應該也沒關係吧。

7-3

瑪麗亞：喔！英洙，來這裡有什麼事嗎？

英　洙：我在附近有約，就順便過來了。因為擔心我昨天拜託你的事會造成你的負擔。

瑪麗亞：不會，是我拒絕得太直接了，你應該
　　　　沒生氣吧？

英　洙：怎麼會呢？反而是我不好意思。那我
　　　　先走囉。

瑪麗亞：就這樣走嗎？和我喝杯茶再走嘛。

英　洙：我還有事，得快點離開。茶下次再喝
　　　　吧。

7-4

理　惠：韓國人好像不太說對不起。

詹姆斯：對啊。所以常常會產生誤會。但是發
　　　　生了甚麼事嗎？

理　惠：昨天有個人在街上撞到我了，但是卻
　　　　沒道歉。

詹姆斯：是嗎？你是說他撞到人卻沒道歉？

理　惠：他沒說對不起，只是不停地問我還好
　　　　嗎。

詹姆斯：是那樣啊！有些韓國人不說對不起，
　　　　而是用其他方法來表示歉疚。

7-5

❖ 閱讀

從失誤中產生的發明

　　我們在生活中會發生很多失誤。大部分的
失誤不只對自己，也會對別人帶來損害，因此
人們總是想避免失誤。但並不是所有的失誤都
會帶來不好的結果。有些失誤反而會成為我們
另外的機會。

　　1850 年代，在美國的舊金山出產許多黃
金，聽到那個消息，人們為了淘金，一天就有
數十名淘金客，從全國各地來到這裡。突然湧
入太多的人，住宿的地方便不夠了。因此人們
搭起帳篷，開始生活。因為住在帳篷裡的人變
多，想買帳棚的人也就增加。那時，有一個因
為製做帳篷而賺了很多錢的人，那個人就是李
維・史特勞斯。

　　史特勞斯某一天從軍隊接到了要做 10 萬個
帳篷布的訂單，意外地抓到了賺大錢的機會
的他非常高興，員工們每天帶著愉快的心情
認真地工作，但他的快樂只是一時的，因為
負責染色的員工的失誤，將軍隊要求的綠色
布全部染成了藍色。結果史特勞斯無法將那
批布賣給軍隊，10 萬多批的布全部成了沒
有用的東西，史特勞斯在一天之內失去了所
有。

　　從失望中走出來，找回工作，到處奔波
的他，偶然地看到礦夫們聚在一起縫補褲子
的樣子，礦夫們向他抱怨，布料太不結實，
很容易就磨破。他的腦中浮現了因為染錯顏
色，而堆積在倉庫裡的藍色帳篷布料。史特
勞斯心想，把耐用的帳棚布料製作成衣服的
話，就不會有破洞了，他馬上跑到工廠開始
製作褲子。

　　史特勞斯先讓幾名礦夫試穿用帳篷布做
成的褲子，礦夫們非常喜歡耐穿又結實的褲
子，看到這個情形，獲得了力量的史特勞
斯，開始著手把剩下的布料全部做成褲子，
販賣給礦夫，褲子經礦夫們的口耳相傳，十
分暢銷。有關褲子的消息散播到全國，不只
是礦夫，連一般人也開始穿著。史特勞斯在
1873 年將這種褲子以藍色牛仔褲的名稱上
市。成為了現今不論男女老少都愛穿的全球
性的服裝。

　　只要是人都會發生失誤，但將失誤轉化
成成功的人卻不多，史特勞斯利用失誤轉化
成另一個機會，他的這種思想轉換創造了牛
仔褲，失誤其實也可以不是失誤，即使犯下
了無法彌補的失誤，只要稍微轉換思考，那
可能也會變成更好的機會。

❖ 第八課

8-1

會　長：這次的社團出遊什麼時候去好
　　　　呢？

詹姆斯：星期五下午出發，去兩天一夜應該還不錯。週末的話人太多了，不是嗎？

會　長：對啊，因為大家明明知道人會很多卻還是都在週末的時候去玩。

詹姆斯：那地點跟時間怎麼安排呢？

會　長：明天有社團全體會議，大家一起討論，怎麼樣？

詹姆斯：那樣很好啊。因為大家都會很有興趣的。

8-2

王　偉：詹姆斯，你最近也學中文嗎？

詹姆斯：沒有，最近學著學著，發音和語調都不知道有多難，結果就放棄了。

王　偉：學外語真的很難。我也正在學英語，真不容易。

詹姆斯：那我們來語言交換好嗎？我也想再重新學中文。

王　偉：正好我也想再多練習英文，真是太好了。詹姆斯你什麼時候有時間呢？

詹姆斯：我星期一或星期三下午有空。

8-3

王　偉：老師，今天理惠說不能來了。

老　師：為什麼？有說什麼事嗎？

王　偉：這個嘛，雖然沒說什麼，但看她表情不太好，好像有什麼不好的事。

老　師：真的嗎？會是什麼事呢？

王　偉：昨天她和我約好一起看電影的，但是吃過午餐後，什麼話都沒說就走了。

老　師：你試著問問看是什麼事吧。再怎麼說不出口的煩惱，搞不好會向朋友傾訴也說不定。

8-4

瑪麗亞：老師，我想上韓國的大學，應該要怎麼做呢？

老　師：你要先送入學申請，然後再考入學考試。

瑪麗亞：只要遞申請就好了嗎？

老　師：每間學校都不一樣，一般還需要高中成績和自傳。還有面試。

瑪麗亞：除了那些之外，還有要準備的嗎？

老　師：啊！因為你是外國人，所以還要考韓語考試。

8-5

❖ 閱讀

給敬佩的老師

　　早晚天氣變得特別涼了。老師，過得好嗎？在季節轉換的期間，不知道老師的身體狀況是否安好？很抱歉之前沒有常和老師連絡。

　　我雖然很忙碌，但過得很好。一邊打工一邊認真地念書，這學期也拿到了獎學金。雖然非常辛苦，但是不向父母伸手，能夠靠自己的力量賺零用錢，一邊念書，覺得很有成就感。

　　老師，您還記得以前上國文課時，曾經讓我們大家說說自己的夢想嗎？其他朋友都很有自信地說出自己的夢想，但那時我只小小聲地說：「我沒有夢想，也沒有擅長做的事。」然後坐回座位。老師都聽完大家的分享之後，這麼說了：「就算是沒有名字的野花也都有自己特別的香氣，你們也有自己具備的才能。找出才能，堅持下去，完成夢想吧。」在那時候，我既沒有目標，也沒有夢想，不知道為什麼要念書。覺得「因為別人都在念書，似乎我也得念書才行。」那樣生活著，聽了老師的話之後，我開始認真地思考「我也有擅長的事情嗎？我的才能是什麼？」煩惱了幾天之後，不經意地讀到了在非洲生活，一生都在做志工的醫生寫的書，覺得那樣的生活也很帥氣。因此我也下定決心，要做幫助別人的事才行。就那樣，我決定了人生的方向。老師的話帶給我希望和夢想。因此，我現在在大學念社會福祉學系。多虧了老師，我才能抱著這樣的夢想，努力地生活。

　　對了，老師，告訴您一個好消息。明年我

將以交換學生的身分到美國留學，因為這是非常難得的機會，所以我想更認真地學習。

大概下個月中，考試結束，我會比較空閒。那時候一定會找時間去拜訪老師，老師，祝您永遠健康，一切安好。

2009 年 10 月 11 日
學生 金真英 敬上

❖ 第九課

9-1

瑪麗亞：我正好要去吃點什麼，你要一起去嗎？

詹姆斯：雖然很想一起去，但是我現在得把剩下的作業做完。

瑪麗亞：我以為你昨天就做完了，還沒結束嗎？

詹姆斯：結束什麼啊！昨天晚上同事突然來找我聊天，幾乎聊了一整夜。

瑪麗亞：啊！難怪你今天看起來有點疲倦。

詹姆斯：嗯，不好意思，可以麻煩你回來的路上順便幫我買瓶飲料嗎？

9-2

理　惠：在這裡拍張照再走吧。去拜託那個路過的叔叔怎麼樣？（把相機遞給路過的叔叔）

詹姆斯：嗯，不好意思，可以麻煩您幫我們拍張照片嗎？

叔　叔：啊，我嗎？好，我幫你們照。按這個就可以了嗎？

詹姆斯：對，要拍到後面的長頸鹿喔。

叔　叔：嗯，如果再往後退一步的話，可能會比較好喔。來，要拍了喔，一、二、三。

詹姆斯：真的很謝謝您。

9-3

王　偉：那個，瑪麗亞，有件事想麻煩你，你能幫我嗎？

瑪麗亞：什麼事呢？

王　偉：我下禮拜沒有辦法發表，你可以和我調一下順序嗎？

瑪麗亞：你說沒辦法發表？有什麼事嗎？

王　偉：因為公司的事情，我得去鄉下出差。

瑪麗亞：怎麼辦呢？我下禮拜也有重要的考試，所以可能有點困難。

王　偉：是嗎？那我拜託其他朋友好了，不好意思讓你費心了。

9-4

王　偉：科長，你說過這週日是中國那邊的客戶要過來吧？

科　長：對，是很重要的貴賓要來，所以請多費心準備。

王　偉：科長您也會去機場接機嗎？

科　長：會，你不說我也正想拜託你，不知道你那天晚上是不是能幫忙翻譯？

王　偉：星期天晚上嗎？那個時間可能有點困難，我已經先有一個很重要的約了。

科　長：這樣啊？那我再找其他人看看好了。

9-5

❖ 閱讀

委婉的拒絕

在我們的生活中常常會遭遇到許多需要拒絕別人的情況，但拒絕卻不是件簡單的事。無法拒絕別人的理由，是因為心腸軟或是擔心和請求的人關係會變得不好。因此誰都曾有過因為拒絕不了而讓自己困擾的經驗。人們通常透過行動或言語表達拒絕。也有用搖頭或帶著困擾的表情拒絕對方的請求的時候。但是比起直接用言語或行動拒絕，選擇以不傷害對方的心情、有技巧的、間接的拒絕方式是比較好的。

　　拒絕的時候，稍微帶點幽默的方式回答也是不錯的方法。有一位美麗的舞蹈家愛上了一個天才作家，她對他說：「如果能生出像你出眾的頭腦和我美麗的外貌的孩子的話，不是很棒嗎？」向他求婚。聽到這番話的作家說：「如果生出了像我的外貌和你的頭腦的孩子該怎麼辦呢？」拒絕了她的求婚。這句話比起找其他的藉口，有技巧並明確地拒絕了求婚。

　　有一個貪心、心腸又壞的富翁。某一天，他聽說有很一位很會畫牛的畫家，便去找他，富翁要求畫家畫一幅「在草原吃草的牛」。畫家不想畫給壞心的富翁，但富翁一直纏著畫家要他畫圖，畫家不得已只好答應了。幾天後，畫家給了富翁一幅畫，拿到期待已久的畫的富翁非常高興地看了畫，但是在那上面只寫了題目「在草原吃草的牛」。富翁大發雷霆，馬上找到畫家，並問他，畫裡面的草原在哪裡？畫家便回答，草都被牛吃光了。於是他又問，那麼牛在哪裡？然後畫家回答，因為草都吃完了，所以牛都到別的地方去了。

　　距離現在約 600 年前，曾是高麗將軍的李成桂為了推翻高麗，建立新的王朝，培養自己的力量，他想招攬在高麗受到尊崇的學者鄭夢周到自己的旗下，李成桂的第五個兒子李芳遠，知道父親的想法，於是叫來了鄭夢周。他讓鄭夢周聽了一篇自己寫的名為「何如歌」的詩，那首詩的內容，是在問鄭夢周是否願意和自己合作推翻高麗，建立新的國家。對於這麼做的李芳遠，鄭夢周寫了一首「丹心歌」回答他，這首詩說的是，「即使我死了，再次出生又死去，那樣反覆死了一百次，我還是一心只為一個人著想」的內容。這話表明了，直到最後都只會向高麗的國王盡忠的意思。

　　面對請求的人時，要直接說出拒絕的話是不容易的。因此，很多人因為無法拒絕而感到苦惱。但必須要拒絕的時候，明確地表達拒絕是很重要的。若很難直接拒絕的話，稍微想想其他的方法會比較好。就像這些故事一樣，有技巧地，或是委婉地拒絕的話，不管是被拒絕的人，還是拒絕別人的人，彼此都會減少一點遺憾及歉疚感。

❖ 第十課

`10-1`

王　偉：在看什麼啊？

貞　熙：高中時期的照片啊。開始想念那時候的朋友們了。

王　偉：回憶以前的事情，會令人心情很好吧。高中時期的你是什麼樣子呢？

貞　熙：我那時候真的很喜歡看電影。常常念書念一念，突然跑去看電影。

王　偉：是那樣啊！所以你家裡跟電影有關的雜誌才會特別多啊！

貞　熙：說到這，我們一起去看場電影好嗎？

`10-2`

貞　熙：這裡也變了很多。 10 年前還沒有這麼大的建築物呢！

王　偉：10 年前是怎麼樣的呢？

貞　熙：路的兩旁有電影院，都是平房。

王　偉：你是說比那時候發展了許多的意思嗎？

貞　熙：可以說是變得更華麗、更大了。

王　偉：因為隨著時間的流逝，所有的一切都是會變的嘛。

`10-3`

貞　熙：時間過得真快。不知不覺我們認識也快一年了耶。

王　偉：對啊，都快一年了！來到這裡學了很多東西。

貞　熙：你什麼時候回國呢？

王　偉：我預計在這裡再待一陣子。也還要看
　　　　公司的情況。
貞　熙：如果你沒有來韓國的話，會是怎麼樣
　　　　的呢？
王　偉：可能已經結婚了吧。父母都非常期盼
　　　　我結婚。

10-4

詹姆斯：你看報紙了嗎？聽說新的家事機器人
　　　　終於上市了。
理　惠：是嗎？是做什麼的機器人？
詹姆斯：不只是做家事，聽說還會照顧小孩呢。
理　惠：就算是那樣，機器人做的比得上人做
　　　　的嗎？
詹姆斯：聽說跟人做的一樣完美。
理　惠：居然出現那樣具有多功能的機器人，
　　　　這個時代真是越來越幸福了。

10-5

❖ 閱讀

有趣的地名故事

　　在首爾，最多外國人聚集的地方大概就是
梨泰院了，說到來韓國的外國人的話，一定多
少都曾聽過或去過梨泰院。那麼，梨泰院是什
麼意思呢？現在的梨泰院是外國人聚集的國際
性的街道。雖然現在已經看不到了，但以前，
在梨泰院有很多的梨樹，因此，取梨子的「梨」
字，表示很大的意思的「泰」字，家的意思的
「院」字，而被稱為「梨泰院」。就像這樣，
在首爾有許多與地名相關的故事。

　　地鐵 2 號線有一個往十里站，這個往十里
的名字也有有趣的故事流傳下來，建立朝鮮的
太祖，打算將首都遷到新的地點，因此命令有
名的僧人無學大師尋找適合遷都的地點，無學
大師為了尋找好的地點到處奔走，在某一天，
出現了一名老人，指著西北方說，想找到好的
地點的話，就要從這裡再走十里，說完後便消

失了。後來才知道，那名老人是非常有名的
道詵大師。無學大師依照老人的話，往西北
方再走了十里，那個地方真的是非常好的寶
地。那裡就是現在的景福宮所在地。從此之
後，以再走十里的意思中，取「走」的意思
的「往」字，加上十里，便稱為往十里。

　　若問到韓國政治、言論和經濟的中心，
很多都會回答汝矣島。但以前，汝矣島只
是一塊除了充滿沙子以外，沒有其他用處的
地。因此，取人們說，因為我不需要，「你
把它拿走」的意思，把它稱作「你的島」。
把固有韓語的島換成漢字音的「島」便成了
「汝矣島」(音譯)。汝矣島變成現在這樣，
是在 1960 年代以後，汝矣島因位在首爾的
中心，因此政府認為適合設置國家各種重要
機關。所以決定開發汝矣島，為了建大型建
築，首先先填平、拓寬地面，之後建造了國
會、電視台、報社、證券公司等，成為了現
在的樣子。

　　鍾路以前也和現在一樣是首爾最熱鬧的
地方，又因為鄰近宮闕，地位高的人常常在
此出沒，百姓們只要遇到地位高的人騎著馬
經過此地，便必須趴跪在地上，等到他們經
過。因此，偶爾會有比起站著走路的時間，
趴在地上的時間更長的時候，覺得那樣非常
不方便的百姓們，在鍾路的後面又造了一條
狹窄的小路，然後稱那條小路為「避馬路」，
意為躲避的「避」字和意為馬的「馬」字合
起來，指可以避開馬行走的路。貧窮的百姓
們主要使用這條路，在後來，一兩家價位
較高的美食店開始進駐，成為了現在以有著
許多美味的餐廳而著名的街道。

　　在首爾，除了此地之外，還有很多具有
有趣由來的地點，因為首爾是擁有數百年歷
史的都市，在首爾到處逛逛，想像著以前的
模樣，也是非常有趣的。

듣기 지문

1과 2항 과제 2

웨이   정희 씨, 취미가 뭐예요?

정희   저는 그림을 좋아해요. 그림을 잘 그리지는 못하지만 좋은 그림을 보면 기분이 좋아져요. 한 달에 한두 번은 그림을 꼭 보러 가요.

웨이   이번에 예술의 전당에서 유명 화가들의 전시회가 있다고 하는데 가 보셨어요?

정희   아, 동서양 유명 화가들의 전시회 말이지요? 저는 지난주에 갔다 왔어요.

웨이   어땠어요?

정희   유명한 그림을 볼 수 있어서 아주 좋았어요. 동양과 서양의 그림을 비교해 볼 수도 있었고요.

웨이   어떤 그림을 좋아하는데요?

정희   저는 풍경화가 좋아요. 인물화도 나쁘지는 않지만 자연을 그린 풍경화를 보면 제가 그 자연 속에 있는 것 같아서요.

웨이   이번 전시회에 풍경화만 있었어요?

정희   아니요. 인물화, 풍경화, 정물화 모두 있었어요. 화가들이 자신들의 모습을 그린 초상화도 많던데요.

웨이   저도 한번 가 봐야겠네요.

1과 3항 과제 2

여자   요즘 기분이 좋아 보여요. 무슨 좋은 일 있어요?

남자   사실은 얼마 전에 동아리에 들었는데 생각보다 재미있네요.

여자   무슨 동아리인데요?

남자   차를 사랑하는 사람들의 모임인데 줄여서 '차사모'라고 불러요.

여자   무슨 차요? 타고 다니는 차요?

남자   아니요, 마시는 차요.

여자   아, 녹차, 홍차 같은 그런 차요?

남자   네, 맞아요. 회원이 꽤 많아요.

여자   주로 뭘 하는데요?

남자   회원들과 같이 유명한 찻집을 찾아 다녀요.

여자 차를 맛있게 끓이는 방법도 서로 가르쳐 주고요.
남자 그래요? 재미있겠는데요.
여자 수지 씨도 관심 있으면 우리 동아리에 들어올래요?
남자 어떻게 들어가요?
여자 인터넷 홈페이지에 들어가서 신청하세요. 누구나 들어갈 수 있어요.
아, 그럼 바로 신청해야겠네요. 홈페이지 주소가 어떻게 돼요?

2과 2항 과제 2

제임스 여보세요, 인터넷에서 광고 보고 전화했습니다.
카펫을 세탁하고 싶은데 어떻게 하면 되나요?
직원 주소를 알려 주시면 저희 직원이 가서 세탁물을 가져오고 세탁이 끝나면
다시 가져다 드립니다.
제임스 며칠이나 걸리는데요?
직원 3-4일이면 됩니다.
제임스 작은 카펫인데 값은요?
직원 작은 카펫은 하나에 15,000원입니다.
제임스 커튼도 세탁이 가능한가요?
직원 가능하고말고요. 커튼도 하나에 15,000원입니다.
제임스 그럼 카펫 하나하고 커튼 하나만 부탁드릴게요.
직원 주소가 어떻게 되십니까?
제임스 신촌 연세 오피스텔 503호예요. 그런데 돈은 어떻게 내나요?
직원 세탁비는 세탁물을 받으실 때 직원에게 주시면 됩니다.

2과 3항 과제 2

가게 주인 어서 오세요.

영수 저, 구인 광고 보고 왔는데요. 혹시 아르바이트 직원 구하셨나요?

가게 주인 아니요, 아직이요. 아르바이트 하려고요?

영수 네.

가게 주인 꽃 배달 해 본 적 있어요?

영수 아니요, 없지만 열심히 하겠습니다.

가게 주인 오토바이 운전 면허증은 있고요?

영수 네, 있어요. 그런데 시간당 얼마쯤 받을 수 있어요?

가게 주인 시간당 7,000원씩 드립니다.

영수 일하는 시간은 어떻게 되죠?

가게 주인 오후 2시부터 7시까지예요.

영수 아, 그래요? 저는 오전에는 수업이 있어서 오후 2시부터 일할 수 있는데 마침 잘 됐네요.

가게 주인 언제부터 일할 수 있어요?

영수 언제든지 괜찮아요.

가게 주인 그럼, 내일부터 나오는 것으로 합시다.

영수 네, 알겠습니다. 감사합니다.

3과 1항 과제 2

제임스 씨는 요즘 몸이 안 좋은 것을 느낍니다. 평소에 운동도 많이 하고 규칙적인 생활을 해야 하는데 그렇게 하지 않았기 때문입니다. 한 달 전부터 금연 계획을 세웠지만 아직도 담배를 피우고 있습니다. 또 회사 일로 늘 과로를 하고, 일이 끝난 후엔 동료들과 자주 식사를 합니다. 그런데 그때마다 과식을 하게 되어 배가 더 나오는 것 같습니다. 술이요? 물론 자주 마시지요. 과음하지 않으려고 하지만 퇴근 후 소주 한잔의 유혹을 뿌리칠 수 없습니다. 제임스 씨의 생활은 정말 문제가 많습니다. 여러분 제임스 씨에게 어떤 충고를 해 주고 싶습니까?

3과 3항 과제 2

기자   오늘은 김철수 박사님을 모시고 건강에 좋은 식품에 대해 알아보겠습니다. 박사님, 안녕하세요?

김교수   네, 안녕하세요?

기자   요즘 건강에 대한 관심이 많아지고 있는데요. 건강을 위한 식습관은 어떤 것이 있을까요?

김교수   네, 먼저 다섯 가지 흰색 식품을 멀리해야 합니다. 다섯 가지 흰색 식품은 흰 쌀, 백설탕, 흰 밀가루, 흰 소금, 화학조미료 등을 말합니다. 이 다섯 가지 식품은 가능하면 적게 먹는 것이 좋습니다. 예를 들면 백설탕보다는 꿀을 먹는 것이 좋습니다.

기자   아, 그렇군요. 또 어떤 것을 주의해야 할까요?

김교수   다음으로, 적게 먹고 많이 씹어야 합니다. 음식물을 잘 씹으면 소화도 잘 되어서 여러 가지 병을 예방할 수 있습니다. 마지막으로 여러 가지 음식을 골고루 먹는 것이 좋습니다. 아무리 좋은 음식이라도 한 가지만 먹는 것은 좋지 않습니다.

기자   네, 박사님, 말씀 감사합니다. 오늘은 김 박사님을 모시고 건강한 생활을 위한 식습관에 대해서 들어 보았는데요. 도움이 되었으면 좋겠습니다.

4과 1항 과제 2

    미라야, 나 제인인데. 잘 있었어? 이번 주 토요일에 내가 연극 공연을 하는데 오지 않을래? 연극 제목은 '미녀와 야수'이고 내가 주인공이야. 그런데 관객이 너무 적을 것 같아서 걱정이야. 사람들한테 많이 알리지 않았거든. 가능하면 네 친구들도 많이 데리고 와. 알았지? 공연 장소는 우리 학교 학생 회관 3층이고 시간은 오후 5시야. 꼭 와야 해. 기다릴게.

4과 3항 과제 2

남자   와, 오늘 공연 정말 좋았지?

여자   응. 말로만 듣던 그 공연을 직접 내 눈으로 보니까 더욱 더 감동적이었어.

남자   그래. '백문이 불여일견'이라고 백 번 듣는 것보다 내가 직접 눈으로 보는 게 더 낫던데.

여자   맞아. 배우들의 연기뿐만 아니라 노래, 춤 모두 다 너무 좋았어.

남자   마지막 장면의 노래는 정말 신나지 않았니?

여자   아, 그 장면? 맞아. 나도 모르게 같이 노래를 따라 불렀어.

남자   난 요즘 회사일로 좀 우울했었는데 이 공연을 보고 나니까 그동안 쌓인 스트레스가 풀리는 것 같아.

여자   나도 그래. 우리 2차로 시원한 맥주 한잔하면서 남은 스트레스를 완전히 풀어 볼까?

남자   그래. 좋아. 가자.

5과 1항 과제 2

   지금부터 제 친구에 대해서 이야기를 할까 합니다. 제 친구의 이름은 김영수입니다. 영수는 부산에서 태어났습니다. 그래서 말을 할 때마다 부산 억양이 느껴지고 사투리도 많이 씁니다. 저는 이 친구를 대학교 동아리에서 만났습니다. 동아리 이름은 '미술 사랑'으로 그림에 관심이 있는 친구들이 모여서 만든 동아리였습니다. 영수는 농담도 잘 하고 언제나 웃는 얼굴이었기 때문에 친구들에게 인기가 많았습니다. 영수는 원래 경영학과를 다니고 있었는데 그림에 관심이 많고, 또 실력도 뛰어났습니다. 대학을 졸업한 후에 영수는 이탈리아로 유학을 갔습니다. 그곳에서 영수는 다시 대학에 입학해서 의상 디자인을 공부했습니다. 졸업 후 이탈리아에서 10여 년 간 활동한 영수는 얼마 전 귀국했습니다. 영수는 이탈리아에서 인정받는 디자이너였기 때문에 한국에 와서도 많은 사람들의 환영을 받았습니다. 얼마 전 열린 그의 패션쇼는 정말 대단했습니다. 저는 영수의 성공 뒤에는 그의 끊임없는 노력이 있다는 것을 압니다. 영수는 정말 멋진 친구입니다.

5과 4항 과제 2

학생   선생님 안녕하세요? 학교 신문사에서 나왔습니다. 우리 학교 인기
              선생님에 대한 기사를 쓰려고 하는데요. 잠깐 인터뷰를 해도 될까요?

선생님   응, 그래.

학생   감사합니다. 첫 번째 질문인데요. 선생님의 인기 비결이 뭐라고 생각하세요?

선생님   글쎄, 재미있고 쉽게 가르치려고 노력하는 게 아닐까?

학생   학생들에게 화를 내신 적이 없다고 들었는데 정말인가요?

선생님   음, 화를 내고 싶을 때도 있지만 화를 내기보다는 학생들을 이해하려고
              하지.

학생   선생님께서는 수업 시간에 여러 가지 이야기도 많이 해 주신다고
              하던데요.

선생님   나는 고등학교 때는 앞으로 자신이 무슨 일을 할지 생각해야 하니까 공부
              뿐만 아니라 다양한 것에 대한 관심이 필요하다고 봐.

학생   어떻게 그렇게 다양한 분야의 지식을 쌓을 수 있으셨어요?

선생님   글쎄, 아마 책을 많이 읽는 것이 도움이 되는 것 같은데.

학생   아, 저도 책을 더 많이 읽어야겠네요. 마지막 질문인데요. 요즘 학생들에
              대해서 어떻게 생각하세요?

선생님   요즘 학생들은 인터넷으로 많은 지식을 얻을 수 있으니까 내 이야기를
              재미없어할까 봐 걱정이 되기도 해.

학생   아니에요, 선생님. 다들 선생님 수업이 제일 재미있대요.

6과 1항 과제 2

제임스   우리 회사 과장님의 아기 돌잔치에 초대 받았는데 무엇을 사 가지고 가면
              좋을까요?

미선   글쎄요. 아기 옷이나 신발 같이 아기한테 필요한 물건은 어떨까요?

제임스   그런데 아기 엄마의 취향도 잘 모르고 해서.

미선   그럼 금반지는 어때요?
           조금 비싸긴 하지만 한국 사람들이 아기 돌에 많이 선물하거든요.

제임스   그래요? 그럼 반지가 좋겠어요.
           그런데, 돌잔치에 가서 뭐라고 인사해야 해요?

미선	아기를 보고 '참 잘 생겼다'라든가 '참 예쁘다'고 말하고 '건강하게 자라라'고 하면 돼요.
제임스	부모님들에게는 뭐라고 인사해요?
미선	'축하합니다'라고 말하고 아기에 대해 좋은 이야기를 하면 될 것 같은데요.
제임스	그렇군요. 미선 씨 덕분에 잘 갔다 올 수 있을 것 같아요. 저는 혹시 실수나 하지 않을까 해서 걱정하고 있었거든요.

6과 3항 과제 2

선배	제임스, 오늘 저녁 여섯 시에 신입생 환영회 있는 거 알지?
제임스	네, 선배님. 그런데 장소는 어디예요?
선배	신촌에 있는 연세 돼지 갈비집인데 백화점 뒷골목에 있어.
제임스	그런데 선배님, 한국의 신입생 환영회에서는 뭘 해요?
선배	신입생 소개도 하고, 선배들 이야기도 듣고, 뭐, 맛있는 음식도 먹고, 술도 마시고……. 일단 와서 경험해 봐. 재미있을 거야.
제임스	저희들이 뭐 준비 할 거 없어요?
선배	선배들이 다 알아서 준비할 테니까 오기만 해.
제임스	정말요? 야, 오늘 정말 기대되는데요.
선배	대학원 선배들하고 졸업한 선배들도 모두 오시니까 늦지 말고 와야 한다.
제임스	네, 알았어요.
선배	아, 그리고 환영회 뒤에 노래방에도 갈 거니까 뒤에 다른 약속 잡지 말고.
제임스	알겠어요. 그럼 이따 뵐게요.

미선   어머 리에 씨, 어떡하죠?

리에   왜요?

미선   리에 씨가 부탁한 김밥을 사 왔는데요. 참치 김밥을 산다는 것이 그만
             김치 김밥을 사 왔어요. 잠깐만 기다릴래요? 제가 다시 바꿔 올게요.

리에   아니에요, 미선 씨. 괜찮아요. 김치 김밥도 좋아요.

미선   그렇지만 리에 씨는 매운 것을 싫어하지 않아요?

리에   김치 김밥 정도는 먹을 수 있어요. 자, 같이 먹어요.

미선   아, 난 요즘 왜 이렇게 실수를 잘 할까?
             중요한 약속도 깜빡깜빡 잘 잊어버리고……

리에   저도 그래요. 요즘 일이 바빠서 더 그런 것 같아요.
             음, 김밥 정말 맛있네요. 어서 드세요.

미선   네, 리에 씨. 미안해요. 다음에는 꼭 제대로 사 올게요.

남자   리에 씨, 어제 일은 정말 미안했어요. 사과할게요.

리에   아이, 뭐, 별일도 아닌데요. 신경 쓰지 마세요.

남자   그래도 제가 갑자기 그런 말을 해서 당황하셨죠?

리에   조금은 그랬지만 괜찮아요. 이해할 수 있어요.

남자   나쁜 뜻으로 그런 것은 아니니까 넓은 마음으로 봐 주세요. 알았죠?
             그 대신 제가 오늘 맛있는 점심 살게요.

리에   그렇게 아무 일도 아닌 것 가지고 점심을 사고 그래요? 그냥
             잊어버리세요.

남자   아니에요. 이런 기회에 리에 씨와 같이 이야기할 수 있게 되어서 오히려
             더 잘 됐어요. 자, 어디로 갈까요?

8과 1항 과제 2

제임스	다음 주말에 우리 동아리 회원들끼리 야유회를 가려고 하는데요. 어디로 가는 것이 좋을까요?
여자	어떤 행사를 할 것인가에 따라 장소를 정해야 할 것 같아요.
제임스	음, 오랜만에 갖는 모임이니 장기 자랑 같은 재미있는 행사가 있으면 좋겠어요.
여자	그럼, 남이섬 어때요? 너무 멀지도 않고, 또 근처에 맛있는 식당도 많고.
제임스	아, 거기가 좋겠네요. 그럼 좀 더 구체적인 일정을 짜 보도록 할까요?
여자	아침 여덟 시에 학교 앞에서 출발하면 열 시쯤 남이섬에 도착할 거예요. 두 시간 정도 산책을 한 다음 점심식사를 하고 그 다음에 장기 자랑을 합시다.
제임스	그런데 그런 행사를 할 만한 장소가 있을까요?
여자	제가 좀 알아볼게요. 아참, 장기 자랑 사회는 누가 보지요?
제임스	그런 일은 미선 씨가 잘 하니까 미선 씨한테 맡기는 게 어때요?
여자	좋아요. 우리는 행사 준비와 정리를 맡고 진행은 미선 씨가 하고. 이렇게 일을 나누면 되겠네요.

8과 4항 과제 2

제임스	요코 씨, 학교를 졸업한 후에 뭐 할 거예요?
요코	저는 회사에 취직을 하려고 해요. 제임스 씨는요?
제임스	저는 대학원에 진학해서 공부를 계속 할까 해요. 그런데 혹시 한국에서는 어느 대학교가 한국학으로 유명한지 알아요?
요코	글쎄요. 저도 잘 모르겠는데요. 그런 문제라면 학교 상담 선생님께 한번 여쭤 보시는 것이 어때요? 학교 상담실에 진학에 대한 자료가 많이 있을 거예요.
제임스	맞다. 그러면 되겠네요. 그런데 상담실은 어떻게 이용해요? 한 번도 가 보지 않아서…….
요코	먼저 학교 상담실에 상담 신청을 해 놓고 약속한 날짜에 상담실에 가서 선생님을 만나면 돼요.
제임스	상담 신청은 어떻게 해요?

요코   학교 상담실 앞에 가면 신청 용지가 있을 거예요. 거기에 상담할 내용을 쓰고 상담실에 내면 돼요.

제임스   아, 그런 좋은 방법이 있었군요. 당장 신청해야겠어요. 알려 줘서 고마워요.

9과 1항 과제 2

마리아   제임스, 어디 가?

제임스   응, 도서관에 가는 길이야. 지난번에 빌린 책을 반납하려고.

마리아   그래? 나도 도서관에 가는 길이었는데. 그럼, 미안하지만 혹시 내 책도 좀 반납해 줄 수 있어? 나도 지금 책을 반납하러 가는 길이었거든.

제임스   그래. 이 책만 반납하면 돼?

마리아   응, 그래. 고마워. 난 이제 시내에 갈 건데 뭐 부탁할 거 없니?

제임스   시내 어디?

마리아   명동 백화점에.

제임스   그럼 음악 시디(CD) 한 장만 사다 줄래?

마리아   그래. 무슨 시디(CD)인데?

제임스   이승재의 새로 나온 시디(CD).

마리아   아, 그거, 나도 들어 봤는데 진짜 좋더라. 알았어. 사다 줄게.

제임스   고마워. 역시 친구밖에 없다니까. 여기 돈 있어. 한 만 원쯤이면 될 거야.

마리아   아니야. 돈은 나중에 줘. 내가 카드로 한꺼번에 계산할게.

제임스   그럴래? 알았어. 그럼, 돈은 내일 학교에서 줄게. 고마워.

9과 3항 과제 2

남자	어제 거절하는 방법에 관한 책을 읽었어요.
여자	그래요? 재미있었겠는데요.
남자	네, 평소에 거절하는 것이 어려워서 부탁을 들어주겠다고 하고 고민하는 경우가 많았거든요.
여자	저도 좀 그런 편이에요. 좋은 방법 좀 가르쳐 주세요.
남자	먼저, 착한 사람 콤플렉스에서 벗어나는 것이 중요하대요.
여자	착한 사람 콤플렉스라니요?
남자	아니요'라고 말하고 싶지만 이기적인 사람으로 보일까 봐 '네'라고 대답한다면 착한 사람 콤플렉스에 빠진 거래요. 할 수 없는 일을 적당히 거절하는 것이 착하다는 칭찬을 받는 것보다 중요하다고 해요.
여자	그런 것 같네요. 또 다른 방법은요?
남자	자신의 한계를 먼저 파악하는 것이 중요하대요. 부탁 받는 순간에는 승낙하는 것이 편하게 생각될지도 모르지요. 그러나 자신의 일을 미리 생각하지 않고 약속해 놓고는 일을 잘 끝내지 못해 쩔쩔매면 더욱 곤란해지잖아요.
여자	듣고 보니 다 맞는 말이네요.

10과 1항 과제 2

여자1	야, 정말 오랜만이다. 이게 몇 년 만이지?
여자2	고등학교 졸업하고 처음이니까 한 10년쯤 됐나 보다.
여자1	그래, 정말 반갑다. 그동안 어떻게 지냈어?
여자2	응. 나는 한 3년 동안 호주에 유학 갔다 왔어. 너는?
여자1	난 대학 졸업 후에 무역 회사에 취직했어.
여자2	그랬구나. 우리 고등학교 때는 단짝 친구였는데. 매일 같이 공부도 하고 밥도 같이 먹고 놀기도 하고.
여자1	맞아. 어쩌다 보니 이렇게 시간이 흘렀구나. 아, 그 때 우리가 자주 가던 그 떡볶이 집 아직도 있는지 모르겠다.
여자2	그래. 아주 맛있었는데. 우리 그 집에 같이 가 볼까? 어때?

여자1	좋아. 그 집 아주머니 진짜 친절하시고 떡볶이도 많이 주셨는데.
여자2	맞아. 그 시절이 그립다. 그때는 아무런 걱정도 없고 언제나 즐거웠던 것 같아. 아, 다시 그 시절로 돌아가고 싶다.
여자1	나도 그래.

10과 3항 과제 2

　만약에 여러분이 대통령의 아들이나 딸로 태어났다면 어땠을까요? 여러분의 생활이나 계획이 어떻게 달라졌을까요? 여러분은 지금의 생활보다 그 생활을 더 사랑할까요? 만약에 여러분이 지금부터 5천 년 전에 태어났다면 어땠을까요? 만약에 여러분이 지금까지 살아오는 동안 가장 후회하고 있는 일을 하지 않았다면 어땠을까요? 만약에 말입니다.

　우리는 이렇게 우리의 현재나 과거의 상태와는 다른 어떤 상황을 가정해 볼 수 있습니다. 저는 가끔 만약에 내가 천재로 태어났다면 어땠을까를 상상하곤 합니다. 그러면 제 생활이 더 편해졌을까요? 제가 원하는 많은 일들을 더 만족스럽게 이루었을까요? 결과적으로 지금보다 더 행복한 생활을 할 수 있었을까요? 그런데 이에 대한 대답은 '아니다'입니다.

　우리의 생활을 행복하게 이끄는 것은 내가 천재로 태어나거나 내가 대통령의 아들로 태어나는 것이 아니라고 생각합니다. 나는 지금의 나로서도 충분히 행복할 수 있습니다. 왜냐하면 나에게 행복을 주는 것은 바로 지금 현재의 나 자신이기 때문입니다.

색인 – 문법 색인
– 어휘 색인

문법색인

어휘 색인

YONSEI KOREAN 3

Linking Korean
最權威的延世大學韓國語 3 課本

2014年8月初版
2017年11月初版第二刷
有著作權・翻印必究
Printed in Taiwan.

定價：新臺幣680元

叢書編輯	李　　　　　氿
文字編輯	謝　宜　蓁
內文排版	楊　佩　菱
封面設計	賴　雅　莉
錄音後製	純粹錄音後製公司

著 者：延世大學韓國語學堂
　　　　Yonsei University Korean Language Institute

出　版　者	聯經出版事業股份有限公司	總　編　輯	胡　金　倫
地　　　址	台北市基隆路一段180號4樓	總　經　理	陳　芝　宇
編輯部地址	台北市基隆路一段180號4樓	社　　長	羅　國　俊
叢書主編電話	(02)87876242轉226	發　行　人	林　載　爵
台北聯經書房	台北市新生南路三段94號		
電話	(02)23620308		
台中分公司	台中市北區崇德路一段198號		
暨門市電話	(04)22312023		
郵政劃撥帳戶	第0100559-3號		
郵撥電話	(02)23620308		
印　刷　者	文聯彩色製版印刷有限公司		
總　經　銷	聯合發行股份有限公司		
發　行　所	新北市新店區寶橋路235巷6弄6號2F		
電話	(02)29178022		

行政院新聞局出版事業登記證局版臺業字第0130號

國家圖書館出版品預行編目資料

最權威的延世大學韓國語 3 課本/

延世大學韓國語學堂著 . 初版 . 臺北市 . 聯經 .
2014年8月（民103年）. 448面 . 19×26公分
（Linking Korean）
ISBN　978-957-08-4361-3（第3冊：平裝附光碟）
[2017年11月初版第二刷]

1.韓語　2.讀本

803.28　　　　　　　　　　　101022726